东北流亡文学史料与研究丛书·研究卷

骆宾基：时代与政治洪流里
中国现代作家的一种范型

常勤毅 著

北方联合出版传媒(集团)股份有限公司
春风文艺出版社
·沈阳·

主　编　张福贵
研究卷主编　韩春燕

图书在版编目（CIP）数据

骆宾基：时代与政治洪流里中国现代作家的一种范
型 / 常勤毅著 . —沈阳：春风文艺出版社，2019.11
（2022.2重印）
（东北流亡文学史料与研究丛书）
ISBN 978 - 7 - 5313 - 5621 - 9

Ⅰ. ①骆… Ⅱ. ①常… Ⅲ. ①骆宾基（1917 — 1994）—
人物研究 ②骆宾基（1917 — 1994）— 文学评论 Ⅳ.
①K825.6 ②I206.7

中国版本图书馆 CIP 数据核字（2019）第 129103 号

北方联合出版传媒（集团）股份有限公司
春风文艺出版社出版发行
http://www. chunfengwenyi. com
沈阳市和平区十一纬路25号　邮编：110003
永清县晔盛亚胶印有限公司印刷

责任编辑：姚宏越　刘　维		责任校对：陈　杰	
封面设计：马寄萍		幅面尺寸：155mm × 230mm	
字　　数：204千字		印　　张：14	
版　　次：2019年11月第1版		印　　次：2022年2月第2次	
书　　号：ISBN 978-7-5313-5621-9			
定　　价：48.00元			

序

王观泉

　　东三省在中国历史上有其非常独特的地位，从地缘政治角度，先是统治这块土地的满族皇帝入关问鼎中原，成为中国封建制度最后的王朝——清朝，于是东北成了这个王朝的"发祥地"，享受着"吾朝圣主"恩赐的优惠长达二百多年。这之后则厄运接踵而至。先是第二次鸦片战争，俄国分沾英法所得的一切明显的利益以外，还得到了黑龙江沿岸地区（恩格斯《俄国在远东的成功》）。到了1900年八国联军发动侵华战争，俄国乘机派遣十七万大军，由沙皇尼古拉二世亲任总司令，冲过黑龙江、乌苏里江向东三省纵深全线推进，掠地抢物，奸淫烧杀，无恶不作。对此，列宁愤怒地指出："……如果直言不讳，欧洲各国政府（最先恐怕是俄国政府）已经重新瓜分中国，……他们杀人放火，把村庄烧光，把老百姓驱入黑龙江中活活淹死……"（《中国的战争》）制造了骇人听闻的"海兰泡惨案""江东六十四屯惨案"等等，不一而足。中国的政治家们也愤怒了，在全国掀起的拒俄运动浪潮中，孙中山指出："清政府今日已矣，要害之区尽失，发祥之来已亡，浸而日削百里，月失数城，终归于尽而已。"（《驳保皇报书》）"吾朝圣主"的"发祥地"同全国一样落入半殖民地苦难中。但苦难远没有完结，最后是1931年九一八事变，象征着中国封建制度闪出的最后一道血光——末代皇帝溥仪当上了最可耻的"国中之国"伪满洲国的皇帝。大批东北人流亡入关，有的移地逃生，有的投入抗战洪流，形成了中国现代史上一个特殊的流民群体。这中间出现了一支作家队伍，发出了最早的抗日呼声，《八月的乡村》《生死场》《万宝山》《没有祖国的孩子》《鸳鹭湖的忧郁》《边陲线上》……出现了一批响当当的作家，萧军、萧红、舒群、白朗、塞克、李辉英、唐景阳、孙陵、端木蕻良、骆宾基……这作品、这队伍在中国抗战文学史上所起到的作用，没有获得公正的评价，每当我记起西班牙内战和法国抵抗运动中涌现的一批作家的荣耀，不禁为这些东北作家的遭遇感到深深的不平。

东北作家作为一个群体，曾几何时只有著名文学史家王瑶先生在中华人民共和国成立初期所作的《中国新文学史稿》中列有专节"东北作家群"予以综述，之后随着极左运动的逐步升级，东北作家中萧军、舒群、罗烽、白朗（更不必提离开大陆的李辉英、孙陵等），一个个被剔出文学史。以上还是"东北流亡作家群"的遭遇；不公正的另一面是留在日寇和伪满洲国刺刀下求生存的作家们比在沦陷区和国统区的作家的命运还不济，这是文学史上另一研究项目，这里只能提一下立此存照，以待有识之士去开发。

我本人是在极偶然的情况下被卷入东北文学研究的，曾与辽宁省文学研究所同人联手出版了九期《东北文学史料》大型丛刊；参与过一些东北文学史的项目研究和编纂工作，并主持编选出版了几乎全部的著作和一部回忆录，因而与日本、美国、德国等国家及中国香港、台湾地区的同行有了业务上的交流，但是我本人的研究主课和兴奋点不在东北文学史方面，老是处在擦边球的地位，于是就想到带几个研究生主笔这项极有意义的工作。本书作者常勤毅就是这样入了我的"门"，并以骆宾基研究方面的成果而获得硕士学位。

骆宾基先生，无论从年纪和从文时间，应该算是东北作家群中的小弟弟，虽然他的《边陲线上》成书于1936年，但他的成名之作都是一批反映七七抗战开始的淞沪抗战的文学特写。待到1939年《边陲线上》出版，才算跻身东北作家群体。其时，萧军等已成名，罗烽在延安受制，而萧红则已奄奄一息，……因此，习惯上，骆宾基算是在1937年全国抗战炮火声中成长的一代作家。中华人民共和国成立后，东北作家所剩无几，骆宾基却颤颤巍巍地用他那东北汉子的顽强毅力发表了一系列优秀作品……所有这一切在本书中均有详细的考证、叙述和评价。

我要借常勤毅给我的这个发言机会说说心情，第二次世界大战时期已经出现，为我国读者所熟悉的如海明威、爱伦堡、斯坦贝克、基希等战地报道和特写作家，还应加上我国唯一在欧洲西部战场上一直追踪战争直到纽伦堡审讯战犯的萧乾，这些出生入死的战地作家，除了倒霉的萧乾被打入右派行列外，全部获得一份殊荣。我很为骆宾基不平，他几乎是写在战争地堡里的那些特写《救护车里的血》《我有右胳膊就行》《在夜的交通线上》《难民船》《拿枪去》，以及稍后的《东战场别动队》《落伍兵的话》等，其掀起人们抗战的激情和迅速传递战争信息，不下于上述大师之作，单凭"我有右胳膊就行"这句话，就超越一切抗战文学报道而传达了中国人一致抗日的决心。这句来自战争的语言，应当镌刻在抗战的丰碑上，从前没有出现如此强烈醉人的武士心声，今后再有人写已经不新鲜了！我感到我们的文学史论家、文评家对自己的作家太刻薄了吧，形容外国大师们的溢美之词略微施于中国作家，中国现代文学岂不更能让世界了解？老子天下第一固然不对，妄自菲薄则太可悲了。

正因为我于东北文学史是一个"擦边球"的角色，因此常勤毅的这部以硕士论文拓展研究而成的专著，是他个人的成果。回想起他在我"门"下时，我只是就学问的道给以几点指导：一、不要求立即成果，我不希望我的研究生的名字老是在报屁股上出现，要煞下心来，充分掌握资料，不齐不熟悉，不准动笔；二、把骆宾基放在中国现代史和现代文学史上的相关时代大背景下研究，这是辩证法最起码的要求，不孤立地看待或一事物或一人的发生和成长；三、在方法论上，不准以论带史，理论的设定和结论要建立在坚实的资料研究上。可能还有一些别的，现在已经记不起了。常勤毅是坚持的、做到了的，而且有他自己独特的见解，为我所未想到的。

在中国现代文学史上，能够作为群体存在的，只有"东北作家群"。我之所以要在本文开始讲些似乎不着边际的历史，就因为：东北，从历史上作为犯人的流放地，直到成为解放全中国的革命基地，其耻辱和光荣，使东北作家具有强烈的凝聚力，这部专著当可举一反之，让读者认识一个曾经为中国的革命和社会主义建设流淌过血汗的黑土地成长起来的作家群体的苦难历程。

作为一个研究生导师看到走上社会的学生仍孜孜于硕士论文题目的再深入，并有了长足的发展而写成了本书，我感到欣慰，并愿推荐，是为序。

自 序

一

说实在的，在我考取中国现当代文学硕士研究生之前，对骆宾基这位作家的名字并不太熟悉；现在想起来也难怪，因为在众多种版本的中国现当代文学史上，对骆宾基其人其作介绍得实在太少了。文学史家们几乎无一例外地将浓重笔墨用在堪称文学泰斗的作家身上，自然也就无心无暇顾及另外那些"托月"的"众星"了。因而每当我翻开无论何人所著的中国现当代文学史，都会产生一种怪念头：有朝一日哪怕是自己掏腰包，也要编出一部专门论述那些似乎平凡但绝不平庸的作家的文学史，也算了却了一桩心事。

当然，对于当时的我来说，无论从哪方面来讲都很难马上了却这桩心事。所以，我也只能老老实实埋下头来，将视线落到了骆宾基这位中国现当代的"众星"作家中具有相当涵盖面和典范性的作家身上了。

二

时光如梭，好像就是吸一支香烟的工夫，时间来到了2019年，整整三十二年过去了，甚至我的研究对象——骆宾基，都离开我们二十五个春秋了。这些年间，尽管我也零星地发表了几篇研究骆宾基的论文，但深感一种孤掌难鸣的孤独和无助。当我经过了这么多年的沉淀和思考之后，再回过头来想梳理一下这些年有关骆宾基的研究成果时，我几乎要叫出声音来：三十个春秋更替，整整一代人都为人夫、为人妻，甚至有的都为人父、为人母了，可学术界对骆宾基的研究却很少有让人过目不忘的新成果！当年我就呼吁过的要重视对像骆宾基这样的作家的关注和研究，似乎随着骆宾基的告别人世而清冷得让人战栗。

下面就是我对国内外骆宾基研究的现状所进行的概略分析，并以此求教于同行。

（一）国内外骆宾基研究的现状分析

首先，从国内研究情况考察，从20世纪30年代至今，见于报纸杂志上的研究骆宾基的文章仅有百十来篇，而且其中读后感、访问记、小传、创作年表、研究动态、作品简介之类的文章就占了大多数，真正称得上是研究论著的少得可怜。即使是有一点论著、论文也往往由于某些主客观原因，存在着这样或那样的不足：

1. 大部分研究往往局限在对某段时期的某几部甚至某一篇作品的研究上。如赵园的《骆宾基在四十年代小说坛》、贺依的《论〈边陲线上〉》、韩文敏的《关于骆宾基的〈幼年〉》、邵丽坤的《骆宾基〈幼年〉：个人记忆的别样书写》等这类文章比较多见。另外像更早一些的肖白的《生活的意义》一文仅限于分析骆宾基20世纪40年代的创作，魏金枝、林志浩等人的文章也只限于评论中华人民共和国成立后骆宾基的某个作品集。

2. 有的论文涉及的作品不少，但缺乏深入、细致、独到的研究。对作家创作心态的剖析不够，尤其是没有把骆宾基作为中国现当代同类作家中具有相当涵盖面和典范性的代表来深入剖析其美学特质。比如韩文敏的《现代作家骆宾基》（北京燕山出版社，1989）、于立影的《骆宾基评传》（东北师范大学博士学位论文，2006）等。

3. 有的论文或多或少表现出用政治分析替代艺术分析的庸俗社会学倾向。其特点是全盘肯定1949年后的创作，一味贬低1949年前的作品，或者反之；有的甚至采取贬就贬得一无是处，褒就褒得白玉无瑕的极端做法。

4. 尤其是自从骆宾基1994年病逝以来，学界对骆宾基的研究似乎处于停滞状态，除了叶继群的《论骆宾基小说的家园与寻根意识》（《韶关学院学报》社会科学版2004年11月）、于立影的《骆宾基评传》、潘文祥的《骆宾基文学风格对契诃夫的借鉴与接受》（《吉林省教育学院学报》2010年第1期）、谢淑玲的《从骆宾基的〈混沌初开〉看满汉民族心理的常与变》（《满族研究》2009年第1期）和《骆宾基建国后小说创作的心路历程》、邵丽坤的《骆宾基〈幼年〉：个人记忆的别样书写》以及几篇将《乡亲——康天刚》与其他作家作品进行对比研究、论述萧红等东北作家时顺便提及骆宾基的文章之外，真正称得上学术论文、论著的少之又少。

总之，概括起来讲，迄今为止的国内骆宾基研究普遍存在着对"骆宾基式"心态剖析不足的倾向，而且几乎所有文章都是就骆宾基而论骆宾基，没能将他放在中国现当代文学的宏观层面上，通过研究骆宾基来评析东北作家群和20世纪40年代国统区进步的民主主义作家及其在中华人民共和国成立后一度陷入创作困境的老作家的共同风貌与艺术格局。

其次，从国外研究状况上考察，日本的骆宾基研究起步于1948年。从目前收集到的资料来看：饭冢朗、冈崎俊夫、小野忍、西野广祥、深尾正美、中岛贞子、冈木不二明、今村舆志雄等学者发表了一些研究文章和论著。另外，瑞士的赵淑侠女士也发表过论述骆宾基的文章，香港《明报》上登载过彦火和陈无言等的几篇介绍性短文。

分析一下国外（主要是日本）学者的论文，普遍具备了下述特点：

1. 有的论者开始注意到从时代背景、历史事件、生活环境、作家精力、文学素养、作家影响等几方面综合考察骆宾基的创作。如西野广祥的《抗日战争后期的骆宾基小说》、深尾正美的《论骆宾基》。

2. 微观研究的角度比国内新，挖掘较深。如冈木不二明《从句子结构看骆宾基》一文，采用了结构主义批评方法，由浅入深、由表及里探讨小说结构及其写作手法。

3. 特别注意对作品艺术性、文学色彩的分析。如赵淑侠的《浅论骆宾基》。

但是国外研究的不足之处更为突出：

1. 由于资料不充分和不够准确，存有以偏概全或论据不足的问题。如深尾正美在分析骆宾基的《一星期零一天》时，仅仅从作品人物死亡的角度，武断地认为这是一篇压抑、暗淡、悲伤的文章，"这样结局会给读者带来忧伤"（深尾正美《〈北望园的春天〉的写作过程》），从而忽略了在当时特殊的历史环境下，该作品所反映的悲壮美给读者带来的化悲痛为力量的感召作用。

2. 由于研究者指导思想上的某些原因，使得有的论断和结论不实事求是，有歪曲历史和回避问题的倾向。如深尾正美在分析骆宾基以珲春为题材的作品时，有把东北从中国版图上分裂出去的用意。而西野广祥在评析《老女仆》时，则认为她的反抗仅仅是针对某个人的，无视女仆与主子的矛盾是一种时代的缩影、阶级的对立。（前者见《〈混沌〉序二》，后者见《抗日战争后期的骆宾基小说》）

（二）骆宾基的文学史地位与国际影响

从文学史角度看，骆宾基这位在抗战时期成长起来的中国现代文学史上的第二代作家，在仅仅十几年中就写出了题材不一、风格不同的六十五篇（部）作品。早在20世纪30年代，他的作品就受到茅盾等文坛大家的关注和赞赏。而且在当时文坛上，由于他先作为战士后成为作家的独特经历，使其作品充满了战争的真实感，大大鼓舞了中国人民的抗日斗志，受到一致好评。到了40年代，骆宾基深沉、冷峻的现实主义创作也受到了论者们的称赞，而获得"优秀小说家"的美称。中华人民共和国成立以后的骆宾基更是中国当代文学史研究中一位不可忽视的作家，在他身上既综合了大批从国统区到解放区来的作家的思想认识、创作心态，又反映出他独特的人格操守、政治激情和艺术追求，以至于他最终走上了学者化的道路。

从骆宾基在国际上的影响来看，在20世纪50年代日本就形成了一场不大不小的"骆宾基热"，他的作品被译介、录制成广播剧（当时一位日本学者说，《老女仆》广播以后，听众再也不想听别的什么了）。很快，对骆宾基的研究工作也在日本开展起来。1985年骆宾基在美国《中报》上发表的《说"龙"》等三篇系列论文轰动海外。1986年英国出版的《世界名人录》又将他收入。中央人民广播电台对他"把中国文明向古代推上去二千至三千年"的考证也在《新闻联播》节目中做了报道……

作为一名20世纪三四十年代做出过努力和贡献并受到广泛好评的老作家，作为一名热爱祖国、人民，"留把春秋在案头"的学者，作为一位有国际影响的知名人士，骆宾基却没能得到国内现当代文学研究者的足够重视；而国外的研究又往往南辕北辙，令人不甚满意。鉴于这样一种骆宾基研究的局面，我开始了对骆宾基的再研究，并着手写作这本《骆宾基：时代与政治洪流里中国现代作家的一种范型》。

三

我研究骆宾基从来没敢有过填补空白的奢望，可一旦真正潜下心来从事研究，便常常会被许许多多的空白所困扰。如果是研究鲁迅、郭沫若、茅盾，以及像田间、周立波这样的作家，其资料都够得上浩如烟海；只要你能坐住板凳，就总会找到你所需要的东西（最近几年像张爱玲、沈从文、林语堂、周作人以及张资平这样的作家也开始"炙手可热"）。可是，骆宾基就不同了，你若是仅仅做到能坐稳板凳那你所得到的东西简直就是凤毛麟角，其价值几近于零。因为，非逼着你多设计出几套方案不可，当然也就必须做好多碰几次壁的思想准备。

于是，我与图书馆内阅部的"要员"交上了朋友，抠出一两本该馆的孤本书，不让带出室外，就在阅览室坐上一天，看不完第二天接着看。这也远远不够，早在我在出版社工作时，还曾经三番五次敲开骆老的家门，不管骆老愿不愿意回答，我都得硬着头皮，连珠炮似的提出问题。这还不算，我还自费出差，沿着骆宾基当年走过的路线，亲身体验那里的风土人情，进而挖掘出这些东西在骆宾基创作心态上留下的投影……

经过三十年的漫长准备和断断续续的书写，这部小书终于在骆老与世长辞二十五年、诞辰102周年的今天得以完成（2017年，骆老的女儿张小新女士，还给我打来电话，邀请我去参加在北京举办的纪念活动）。当我写完最后一个字，骆老当年的音容笑貌仿佛又出现在眼前，作为这样一位在世时，最不愿意、也不擅长与人争名夺利的老作家，假如在天上能看到我写的这个东西，不知他是否还能像当年那样，开诚布公地谈起他对这本书的看法……

这部书稿有幸作为《"十三五"国家重点图书、音像、电子出版物出版规划》重大出版工程规划《东北流亡文学史料与研究丛书》中的一种，而《东北流亡文学史料与研究丛书》更是中华人民共和国成立以来第一部全面系统地整理中国现代时期东北流亡文学及研究成果的大型图书。我在此对春风文艺出版社领导和责任编辑姚宏越先生的远见卓识与学术勇气表示深深的敬意，也为领导和同事给予的大力支持表达我的感激之情。最后，在中华人民共和国七十周年华诞前夕，作为一位仍在中国现代文学研究和教学中努力拼搏、坚持主流价值观与正能量的书写者，我愿将这本小书作为薄礼献给我可爱的祖国！

2019年1月17日于宁波紫园

目　录

绪　论

在20世纪30年代抗日救亡烽火熊熊燃烧之际，中国现代文坛上崛起了一批从东北流亡到关内的年轻作家。其中有一位年龄最小、成名较晚、对当时抗战文学贡献较大的作家，他就是本书所要论述的骆宾基。

骆宾基，原名张璞君，1917年2月生于吉林省珲春县一个茶商家庭。家乡独特的地理环境、民族性格、文化传统以及政治敏感性极强的历史地位，都给幼小的骆宾基以深深的影响。九一八事变后，他又从白金泰老师那里领受到了宁死不当亡国奴的悲壮情感，并在后来下乡务农中与汉族、朝鲜族贫民产生了"休戚相关的感情"①。1934年，他在中国大学、北京大学旁听，特别是在北京图书馆阅读了大量鲁迅、托尔斯泰、契诃夫、高尔基等人的作品。1935年他又来到哈尔滨。在这里骆宾基结识了金剑啸等进步作家，为他后来踏上革命现实主义创作道路，准备了必要的条件。从此，骆宾基便从这文学生涯的"起航点"起航，踏上了他长达近六十年的文学道路。

骆宾基的第一部小说是写于1936年、出版于1939年的长篇小说《边陲线上》。尽管这部小说由于战乱而没能及时出版，使它在文坛上的影响有所削减，但骆宾基能在全民抗日意识高涨的1936年，着手写这样一部站在全世界人民反法西斯的思想高度，通过对中华民族团结

---

① 骆宾基：《六十自述》，载《骆宾基短篇小说选》，人民文学出版社，1980。

一致与朝、苏人民共同抗击日军的描写（当然有关苏军、朝鲜游击队的抗日描写还较少），来深刻、全面地反映正义战胜非正义、反侵略战胜侵略的历史趋势的长篇作品，这在当时的抗战文坛上还是不多见的。也许也正因为骆宾基此时培养起来的与全民抗战一时同步发展的文学观，才使得他在七七事变后的全面抗战爆发之际，在东北作家中脱颖而出，以他那在亲临前线战斗中产生的充满战斗性和号召力的战地报告文学震动文坛，受到茅盾等文学前辈的极力称赞，不但"在我们的抗战文艺史上站一个永久的地位"①，而且对推动中国报告文学的迅猛发展，甚至抗日救亡运动都起到了一定的积极作用。

进入20世纪40年代，以迅速、及时反映抗战，大大振奋了中国人民抗日斗志而驰名文坛的骆宾基，其创作发生了明显的变化。他不再满足于用文学作品做即时性的宣传，也没有停留在创作初期用直观写战争的感觉、印象阶段。此时的骆宾基不但将审美注意的指向由战争场景移到日常生活，而且在抗战形势的发展、生活经历的变迁、中外作家的影响等前提下，出于对艺术风格的探索和追求，在创作视角、叙述方式和节奏、艺术式样、审美风格、人物形象和思想意蕴等方面都有了可喜的突破，写出了一系列以"生活的意义"为现实主义思考主线，体现出批判与忧患交织的负重意识、感伤与乐观交融的生命意识、乡愁与童趣交会的归真意识的优秀作品。这些作品有的借鉴了19世纪苏俄批判现实主义文学中忧心如焚的人道主义思想，有的继承了鲁迅式冷峻、沉郁的现实主义精神，但出现更多的则是创新了的中国式"奥勃洛摩夫"和发展了的20世纪40年代的"阿Q""祥林嫂"。其中《幼年》曾被王瑶先生认为是"写得最好的作品"②。《乡亲——康天刚》中所描写的"中国大地上富有泥土气息的生活方式"

---

① 茅盾：《大上海的一日》，转引自赵遐秋、曾庆瑞编《中国现代小说史》下册，中国人民大学出版社，1985，第510页。

② 王瑶：《中国新文学史稿》下册，上海文艺出版社，1983，第479页。

被唐弢先生称为"含有百折不挠的我们民族的精神象征"①。至于海外学者对骆宾基20世纪40年代的创作更是赞不绝口。有的认为《乡亲——康天刚》是"短篇小说中有特殊成就的",其作者"不单在东北作家中是非常重要的一位,在整个中国的作家中也有其必然的重要地位"②。有的认为《北望园的春天》代表了抗战初期"中国文学的一个重要的侧面",而《老女仆》则是"不少现代中国作家包括茅盾在内,以四十年代初期香港为舞台而创作的作品中最优秀的一种"③。有的则称赞《乡亲——康天刚》"可以称得上是意义更深的抗战文学"④,他最喜欢骆宾基20世纪40年代的小说⑤,等等。中外学者这些论述充分说明了骆宾基20世纪40年代的创作是很值得我们特别重视和认真研究的。从文学史的角度还应当指出,对中国20世纪40年代出现的包括本书的研究对象骆宾基在内的作家及其作品,尽管已经在文学史上给予了一定的地位或评价,但研究工作尚未深入,我指的主要是对这阶段的文学还没有从抗日战争历史风云的大时代背景上展开宏观性的研究,关于这一问题,骆宾基本人也曾提出"要重视四十年代的文学作品"的呼吁⑥。

骆宾基此时的"共时"特征与20世纪30年代不同的是:前者是"共时"于对"战争事件"的感官记录,体现为一种与时间的"同

---

① 唐弢:《在民族化的道路上——〈中国现代文学作品选〉序》,《中国社会社会科学》1983年第6期。

② [瑞士]赵淑侠:《浅论骆宾基》,美国《华侨日报》(中文版)1985年4月23日。

③ 小野忍语,转引自韩文敏《漫评日本的骆宾基研究》,《抗战文艺研究》1984第2期。

④ 西野广祥语,转引自韩文敏《漫评日本的骆宾基研究》,《抗战文艺研究》1984第2期。

⑤ 西野广祥在致骆宾基的信中写道:"常勤毅先生的评论(指刊登在《绥化师专学报》1986年第1期上的《试论骆宾基四十年代小说创作中的悲喜剧形象》一文)引起了我的共鸣,我也最喜欢你的四十年代的小说。"

⑥ 骆宾基:《要重视四十年代的文学作品》,《文学报》1982年1月7日。

步"感受；后者则是"共时"于对"平凡生活"的内心书写，体现为一种与时代的"共时"思考。

中华人民共和国成立后，骆宾基和大多数来自国统区的作家一样，怀着对党、祖国、领袖、人民的赤胆忠心和强烈的自我反省意识进入了创作上的苦闷期。平心而论，中华人民共和国成立初期不少作家纷纷检讨、批判自己中华人民共和国成立前的旧艺术观，一方面是他们旧艺术观中确实存在着与新时代、新社会、新生活格格不入的东西；另一方面我们还应看到：有的作家（特别是国统区作家）常常是在有极左苗头的社会思潮下，以一种"负荆请罪"式的自我忏悔，全盘否定了自己中华人民共和国成立前的创作，骆宾基就是如此。在这样一种极不宽松的文艺政治氛围下，骆宾基陷入了写不写都为难的徘徊、矛盾的创作心境中。有的运动将他牵连进去，被当成胡风分子审查整整一年，照道理他事后应该是想说真话而不敢说；有的运动给相当一部分东北作家打入另册，既在感情上受了损伤，又敲了思想上的警钟，按常规即使是他不愿写假话但还得写。前者是想说不敢说，后者是不愿写也得写，这样一种本应使一些作家弃笔转向的左右为难的处境，反倒促成了他马不停蹄的创作丰收（至少是每年都有作品发表）。这一怪异、反常现象的谜底，就在于愈来愈偏离航向的共和国环境使往日里政治思想上积极上进、艺术创作中忠实生活、人格操守上追求真善美的骆宾基，在苦闷、徘徊的创作心境下，其性格和心态发生了裂变。作家的良心、战士的使命、时代的要求使他始终未下定告别创作、从事研究的决心；更不愿无动于衷地面对着新中国奋飞的建设、火热的生活、英雄的人民。可极左的社会思潮、战友的前车之鉴、斗争的冷酷无情，又使他不能像后来被打成"右派"的作家们那样，出于肝胆相照的赤诚，暴露社会的阴暗面；而是立足于当年写战地报告文学的为政治服务的艺术观和重新学习《讲话》后的切身体会，写了些只见光明、不见阴暗、"不管它们的未来怎样"的"颂歌"文学。

这样一来反倒使骆宾基在徘徊、彷徨心境下的多重矛盾之间发生一种令人深思的同向运动，也导致了与之同构的心理平衡：这就是骆宾基从矛盾体的接触点出发，巧妙地寻到了一个感情上的宣泄口和政治上的安全阀，即他不为（至少在内心深处）历次运动做毫无时间差的同步性图解，又不去暴露生活中应该暴露的阴暗面；同时他又紧紧踏着时代的节拍，唱出一些发自肺腑的赞歌，形成他中华人民共和国成立后创作道路的与其他作家既有相同点又有差异性的"横跨"特征。

十年动乱期间，骆宾基和所有遭到迫害的老作家一样，被多次批斗，关进牛棚，几乎中断了任何写作。

打倒"四人帮"，特别是十一届三中全会以后，骆宾基焕发了艺术青春，虽受身体、精力、生活积累和艺术准备等多种条件限制，不能重新进行创作，但他那种积极进取、自强不息的革命现实主义求实精神驱使他在金文、古史研究中贡献出一份力量。进而有的学者对他"把中国文明向古代推上去二千至三千年"[1]的考证表示赞赏；有的对他"龙为蚕出"的学说报以极大兴趣[2]，在海内外产生了一定影响。他本人则于1986年春接到通知，告知他已经被1986年英国出版的《世界名人录》收入[3]。

骆宾基整理修订《幼年》和《少年》的计划于1988年年底完成，本拟于1994年出版，最后拖至1998年，由北京出版社和北京十月文艺出版社联合出版。计划中的"回忆录"只写了在珲春、在浙东时期的一些片段，距离计划中的六十万字还只是很小的一部分，最终没能完成，这是骆宾基的遗憾，也是所有骆宾基研究者的损失。

1994年6月11日，骆宾基的脑血栓第四次发作，经抢救无效，于11时30分逝世，享年七十七岁。据说骆宾基去世的前一天，还有客

---

① 蒋天佐、骆宾基：《蒋天佐与骆宾基谈金文》，《学习与探索》1981第3期。

② 杨鸥：《从龙说起——访老作家骆宾基》，《人民日报》（海外版）1986年4月23日。

③ 见骆宾基女儿张小新致本书作者常勤毅信（1989年9月28日）。

人前来采访，这一天上午又改写和更正了《新国学"金文新考"又一例证》，他是在午睡中安详、平静地走向另一个世界的。治丧小组根据他的遗愿，"丧事从简"。

总之，骆宾基近六十年的心路历程在中国"跨代"作家中是个具有相当代表性的作家典范，通过对他近六十年来作家、学者生涯及其作品的考察和论述，指出其在中国现当代作家中具有相当涵盖面和典范性的"共时"与"横跨"的特征。洞穿这一"骆宾基式"的典型形成、变化和发展的内外因，剖析他创作心态的内在结构与演化轨迹，公正地评定骆宾基在中国现当代文学史上的地位作用，勾勒出骆宾基的创作风貌，概括出具有规律性的某一类或某一群作家形成、变化和发展的诸因素；进而一方面从中国现当代文学（甚至从中国古代、近代文学和外国文学）的宏观层次上，来完成我们对骆宾基的认识，另一方面也是更为重要的一方面则是我们在他的以"共时"与"横跨"为特征的创作生涯里投射出来中国许多现当代作家的身影中，从共性上搜寻出从整个社会到单个作家的值得总结的历史经验教训，同时在近百年的中国特色的时代与政治洪流中，骆宾基，又是中国现代作家的一种范型的代表，他的成绩与不足为今后中国文化艺术事业的进一步繁荣发展积累了宝贵的经验。

第一章　记录与时间的"同步"感受

——抗日烽火里诞生的东北文学战士

从卢沟桥头和吴淞口岸传出的阵阵炮声，宣布了中华民族对日本侵略者的全面抗战正式爆发；而国民党政府的"自卫宣言"和中共中央的"十大纲领"又预示了两党在共同的敌人面前组成抗日统一战线的大趋势。国家危在旦夕，民族矛盾迅速激化，阶级矛盾暂时缓和，这种风云突变的政治形势给中国文学界带来巨大的影响。

首先，战乱使作家们失去了从容写作的心境和环境；其次，战火破坏了大批的书店、印书馆和出版社。前者给作家从主客观两方面产生伟大的史诗性作品制造了严重的困难，后者又往往使一些待出的巨著难以出版发行（《边陲线上》推迟出版就是一例）。可是我们还应看到，"因为战争所给予作家的刺激是兴奋，又因为抗战以来文艺工作者多参加军队政治工作"①，所以战乱中的作家又有着不断涌起的创作激情和来自生活的真知实感；再加之中华一致对外、国内政治冲突暂缓的时局，也为文学的繁荣发展、伟大作品的产生创造了必要条件和大好时机。特别值得一提的是，一大批无名作家和文学青年在同仇敌忾的抗日枪声里，开始崛起于中国文坛，骆宾基便是20世纪30年代流亡的东北作家群中有代表性的一个。

---

① 郭沫若给罗科妥夫的信，1940年11月3日答《国防文学》编者，载《沸羹集》，新文艺出版社，1951。

第一节　珲春与骆宾基的幼年与少年

骆宾基的出生地是吉林珲春。据《三国史记》和《新唐书》记载，早在公元前27年（汉河平二年），今珲春市境内的温特赫部城就已是高句丽的栅城。唐渤海国强盛时期，在珲春温特赫部城设东京龙原府，领庆、盐、穆、贺四州。明奴尔干都指挥使司下属的密拉卫、乌尔珲山卫、童宽山卫（今珲春通肯山）等，都设在珲春一带。

清初珲春属封禁区。1714年（清康熙五十三年），清政府设珲春协领，这是有资料可查的珲春地名第一次在官方出现。珲春协领下设卡伦十五处，隶属于宁古塔副都统。次年始建协领衙门于浑蠢水（即今珲春河）之北，据《金史·世纪》载，有"珲春水与统门水合流即此"，并开始建城。1859年（清咸丰九年），珲春协领升为副都统衔协领。1881年（清光绪七年），增设珲春副都统，统辖延边大部分地区。首任副都统依克唐阿继续在珲春筑城，初在今靖和街东部（第一百货商店东——东关路一带），俗称"旧城"。同年设吉林边务督办、珲春招垦局，开放荒围。1889年（清光绪十五年）前后在珲春相继建有副都统衙门、招垦总局、边务行营等军政机构。1909年（清宣统元年），设珲春厅，辖密江以东之地，治所仍在珲春城。添设吉林省东南路分巡兵备道，珲春厅抚民同知衙门与道台衙门同城。从此废除了吉林围场。实行移民驻军的实边政策，如招民垦荒、驻靖边军、置防俄炮台、修通道路、整设驿站，使珲春进入了重新开发时期。1913年（民国二年），珲春厅改为珲春县。

关于"珲春"之名，最早在《金史》中有"浑蠢"名，后来在《明史》中也出现了"浑蠢"一名，并说明"浑蠢"来自女真语，也就是后来的满语。在此后的诸多史料中"浑蠢"还写作"浑淖浑""温车恨""浑蠢浑""弗出浑""弗出""训春"等，最后音译汉化为

"珲春"。从"浑淖浑"到"珲春",变化很大,但都是不同历史时期,由于满语音译时所用的汉字不同而造成的差异,珲春是其最后较稳定的译音。另据朝鲜《李朝实录》,称珲春为"训春""后春""下训春",称哈达门一带为"上训春",称珲春河为"训春河"。

据《珲春县志》和《珲春乡土志》记载:珲蠢金时称作浑蠢,为魏晋时"沃沮"二字的变音。凡勿吉、窝集、扶余皆此音之转。《明史》又载,珲春为满语"边地、边陲、边陬(zōu,隅,角落)、近边"之意。也有人说,珲春是满语"尾巴"的意思,表达河流的概念,可译为"江汉""河汉子"。或意为"末端""边陲"。还有人说,珲春是以水得名,满语意为"边远之城"。综合起来,珲春是满语大概无疑,可做三种意思理解:一、可当"尾巴"和"末梢"之意来讲;二、作为河流的概念可当作"汉子""江汉""河汉"来讲;三、由于珲春东部、东南部濒临大海,颇有天涯海角之感,故又可当作"边陲"来讲。虽然多数人同意珲春是满语,但其中有人认为是针对自然地理形态而言,有人却认为是由古代土著部落名演化而来的。

珲春群峦拱卫,濒临江海,是诸水流入江海的地方。正所谓"九河下梢"之地,这些情况适于满语的译解,且因其最早见于《金史》。据《珲春乡土志》(1935年)河流部分记载:红溪河又名珲春河、红旗河(旧作"浑蠢"、一作"乌春"),源于珲春东北通肯山。因红旗河,当时亦称珲春为"红旗街"。因而推测,金代以前,当地先民因地理形貌而取河名,始有珲春河;此后因河名而派生珲春政区名珲春协领;最后因珲春政区名而派生城区名(聚落名)。又有人说今天的珲春市城区最早叫"大八屯",后因随珲春县名而改称"珲春镇"。

据吴振臣1721年(清康熙六十年)著《宁古塔纪略》中载:"在宁古塔西南(应为东南)地名红旗街与高句丽接壤颇近海,今设官府,出海参为头等。"其所说的"红旗街"亦即珲春。另外,在民间有"珲春"是"浑(混)春"的转语之说。其说的根据是:因珲春近海,晨雾较多,尤其在春夏之交季节,晨雾蒙蒙缭绕,近午方消,故曰"珲春"。

按现代的说法，珲春，位于吉林省东端，靠近海参崴，面向日本、朝鲜和俄罗斯边境之间的三角地带。具体点讲，珲春地处吉林省东部，位于延边朝鲜族自治州东南，处在东经130度3分21秒至130度18分33秒，北纬42度25分20秒至43度30分18秒之间。政区以珲春岭为界与俄罗斯滨海边疆区的哈桑区接壤，边境线全长二百四十六公里；西南以图们江为界与朝鲜咸镜北道相邻，边境线全长一百三十九点五公里；北部以老爷岭为界与汪清县毗连，西北角与图们市相连，东北与黑龙江省东宁市相邻。珲春市位于图们江下游。与俄罗斯陆路接壤，与朝鲜临江相邻，与日本、韩国隔海相望，是珲春独特地理位置的魅力所在，"雁鸣闻三国，虎啸惊三疆；花开香三邻，笑语传三邦"是对珲春的真实写照。由于珲春市处于图们江区域国际合作开发的核心地带，也被称为"东北亚的金三角"。①

由于珲春地区具有江河、海洋、森林集于一身的独特地理风貌和秀丽宜人的自然风光②，这就为居民提供了丰富的自然资源和生息、繁衍的条件。据史书记载：珲春"自古称为天府隩区，在部落时代酋长称雄，其民风气纯厚，恃射猎为生"，因而形成了"珲春居民风气纯厚，习俗朴素"③的民族文化传统和与大自然同生共难中产生的倔强不屈、胸怀宽广、感情笃实、热爱生命、向往和平的民族性格。

自从清朝初年，此地被列为"封禁之地"后，"珲春一带渐渐变

---

① 珲春市人民政府门户网，http://122.136.128.199:8080/pub/hc002/lv/dlwz/201810/t20181009_136871.html。

② 徐君编写的《珲春乡土志》一书中有这样的记载："珲邑负山抱海，其冈峦起伏为长白北出之尾脉，故山水秀美，风景宜人。春夏之交，野花怒放，时鸟弄音到处有，清游胜利。邑人士举其最著者分为八景：一、仙峰云笠。二、古渡涛声。三、星泡珠光。四、龙泉灵境。五、柳岸春晴。六、莲塘九曲。七、林麓微霜。八、层峦积雪。"

③ 徐宗伟：《〈珲春乡土志〉跋》，黑龙江省图书馆藏书，油印本。

为荒凉之地，即鲜编氓、复懈政治，其疆界遂有暗昧不明之势。"①日本、沙俄连年不断的侵略和吞并，使聚居着汉、满、朝鲜、回族和一些日本、俄国及西欧人的珲春，随着对外关系的变化（特别是丧权辱国的"二十一条"签订后），由地理位置上的几方交界的边地变为国际风云中极敏感的政治区域。到20世纪二三十年代，这里又不断发生中、日、朝几方的矛盾冲突，再加之各民族、各阶层内部的矛盾纠纷，所有这些又将珲春投入了纷纭复杂、一触即发的政治、经济、文化、军事、民族和阶级的多重矛盾旋涡之中。就在这样一块土地上，骆宾基在一个原籍山东的茶商家庭里出生了。

正如有论者所说，珲春这个小城是骆宾基永远难以忘怀的地方，在他的大部分作品里，都是以此地为背景展开故事的。如《混沌初开》（又名《幼年》《少年》，是长篇自传体小说《姜步畏家史》的第一部和第二部的合集，1998年北京出版社，北京十月文艺出版社）《边陲线上》《罪证》《乡亲——康天刚》《蓝色的图们江》等。

当骆宾基长到要上学的年龄时，作为家中唯一的男孩子，当然也就成为父母的希望。

然而，在骆宾基的教育以及将来要选择什么道路的问题上，骆宾基父母的意见经常有分歧。

母亲想叫骆宾基上新学堂，甚至求人帮忙，亲自托小学校长的关系。而父亲对这种说法持反对态度，骆宾基长大成人后去经商才是父亲的期望。他父亲还认为在新学堂里读不到"正经书"，还不如拜个师傅学点谋生的本事。

骆宾基就是这样在一父一母这两股势力的"较量"中，上了小学又退学，先后拜了几位塾师念古文，还和先生学过扶乩、瞧病、看风水等，后来上高小，直到毕业。

骆宾基六岁时的启蒙老师是韩三爷，他是清末的一名秀才，被称

---

① 易庵：《间岛问题》，光绪戊申年间版（上海）。

为"三秀才"，在当时的珲春他很受人尊敬。论长相他其貌不扬，是一位矮胖矮胖的老人。手里总是拿着根长长的乌木杆烟袋，手指甲有一两寸长。尽管他好像有一股威严，但却从来没用戒尺打过人，也没向学生发过脾气。骆宾基拜他为师的时间并不长。

七岁时，城里北区的祖师庙私塾，又引得骆宾基在那里读了一个寒假。上部《论语》读完后，来自胶东的塾师张海涛给小小的骆宾基很多称赞。他还告诉骆宾基的父亲，一定要供孩子好好读书，要上大学。在这私塾念了不久，大约八岁，骆宾基的母亲执意坚持并亲自促成了骆宾基来到东关县立第一小学读初小，直接入二年级做插班生，念至四年级毕业。

骆宾基在《幼年》中对在初级小学里的这段日子，有着多方面的描写和介绍。在作品中姜步畏的学校生活，姜步畏的喜怒哀乐，都淋漓尽致地再现出来。

初小四年级毕业后的三年时间里，骆宾基先后拜了几位塾师，一些作者本人的回忆也模糊不清了，似乎还在祖师庙的私塾里念过一段"四书"，具体情况已经不可考。1930年，在母亲的坚持之下，骆宾基又回到县立第一小学，插班高小一年级，当时他已经虚岁十四岁了，已经进入了他的少年时代。

就在他插班县立高小一年级后，学校聘请了一批刚从北平香山慈幼院毕业的新教员。骆宾基一年级的班主任是白全泰老师，二年级的班主任是本地的满族人郎光宇先生，两人都是对未来充满憧憬的爱国者。其中白全泰老师教语文，教他的时间也比较长，骆宾基在许多文章里都提到这位老师，可见这位老师在骆宾基心中的印象之深。这些新教员给这个地处边陲的小城带来了巨大的影响，骆宾基也就是在他们那里了解了五四新文化运动。

珲春地理位置偏僻而遥远，在北京、上海、哈尔滨、长春都轰轰烈烈的五四新文化运动在这个小城并没有多大的动静。也是因为这里偏僻而狭小，所以也没有更高级的学校。当时珲春最高学府大概也就是县立两级小学了。就像骆宾基在书中写的那样：在当时，"就是县邮局的信差，商埠地高等警察厅的警察，也都要在报考时交初级小学的毕业文凭，至于手抱三角旗'大令'巡街的宪兵，都须有高级班的毕业资历，才能报考"。

有着进步思想的新教员在这个珲春的最高学府展现自己才华的同时，也为学生带来了民主进步的新思想。当时庆祝"双十节"的标语写着："要革命，不要做官！"唱的是"打倒列强！打倒列强！救中国！救中国！"的歌，晚会上演出话剧《娜拉出走之后》……新老师不摆架子，不搞体罚，课后跟学生一同游戏，一同锻炼。到了星期天，还带学生去郊外写生……也正是从这时起，骆宾基才真正开始懂得更多的道理：什么是信任，什么是尊重，什么是"五四""五卅""宁汉分家""中国共产党"……

可是就在他念高小二年级的时候，震惊中外的九一八事变发生了！消息传来，学校也开始停课了。白全泰老师给学生们讲了都德所写的《最后一课》。当时教室里死一样的寂静，有的人在低声啜泣。课后，一个朝鲜籍学生在黑板上写下这样的话："这回你们跟我们一样了！"

十四岁的骆宾基从心里呼喊出："从今天起就要做亡国奴了？不，不能这样！"停课后，县城仍旧是骆宾基逗留的地方，他还常常到民众教育馆，在那里可以看到一些平日与白全泰老师来往密切的同学以及新从北平回来的学生，他们争着看《申报》，也十分关注形势的变化和时局的发展。不长时间，白全泰就率领一批毕业班同学，报名参加了抗日救国军，赶往距城九十里的东兴镇，去参加抗日了。骆宾基的好友周树东（1937年在安图县牺牲，当时是东北抗日联军第一路军第四师师长兼政委，年龄二十岁左右）就是当时追随白全泰最先出走的学生之一。其实骆宾基也报了名，可是临走前却被父母发觉给拦住而没走成。

第二节 从边陲小城到《边陲线上》

有关珲春这一地区的民族和阶级的多重矛盾，在骆宾基的自传体小说《幼年》和1998年出版的《混沌初开》中都有描写，而且这描写是通过小孩的视角和感受得以展示的：

> ……在学校里，移民子弟和当地学生是分作两派的，然而各不相犯。在校外这种敌视的界限就明显了，他们喊我们"山东棒子""暴发户"，我们叫他们"大麻哈""破落户"，因为他们大多数是出身于八旗的皇族，他们的高贵的家庭从清末宣统帝逊位才开始衰败下来。满汉间相互敌视的风气有着极远的源泉，在大清一统的那些年代，任何一旗皇族子弟，都可以随便侮辱"民人"学生，1911年辛亥革命，"民人"子弟才得到报复的机会，就由这延续下来，直到现在还是相互侮蔑的。

满、汉孩子各自一派，互相敌视。然而他们也时常不分彼此，结成一伙，那就是当他们其中一方和朝鲜孩子打架的时候，他们就会同仇敌忾了。当"战斗"结束，再接着互不理睬，仿佛什么都没有发生过。朝鲜孩子是这县城里的另一个派别，有一种顽强求生存的被压迫民族的不甘屈辱的尊严。朝鲜孩子和中国孩子之间的冲突时时都会发生，只要有机会遇到，就一定会互相寻衅，痛打一架。在去学校的路上争夺行人板，冬天在红旗河争夺冰场，夏天游泳时在河边争夺换衣服的树荫……为了打架有的小学生竟然每天腰里缠着三节鞭上学。

其实，骆宾基的家乡早在他降临人世之前就已置于日本侵略者逐步踏来的铁蹄之下了。

他出生以后日本一步步侵吞珲春、镇压中朝人民抗日斗争、挑拨中朝民族关系，一系列事件，不能不或多或少印在骆宾基幼小心灵中。这在长篇小说《少年》之一章中就有所反映，作者真实生动地刻画了"国家的不吉"（指九一八事变）给"我"及其他中国学生心灵上带来的创伤，并通过它来揭示"我"和其他中国学生在珲春这片土地上培养起来的忠心爱国的强烈民族自尊心和少年时期的一种朦胧的政治敏感性。请看下面这段描写：

> 这只是在那外表依然平静的流逝着的生活波面底下的激流，这一波面底下的激流，很急促地回旋、动荡，终于因为全景贤在黑板上涂写"不要骄傲，中国的同学们！你们和我们一样了！"而停止早自修，撕打起来。
>
> 开初季柄文大声喊着："你们是亡国奴！"接着有人叫："亡国奴滚蛋！"
>
> "你说谁？"一个名叫姜显春的朝鲜学生气势汹汹地走到季柄文跟前。那时候，还有人站在桌子上戏谑地讲演，说是："大家平等，都是亡国奴，说好了。"……
>
> 当我们在街上走着的时候，我们感觉到最大的不同是两旁飘展着的五色旗行列。警察疏疏落落地排布两旁，脸上都闪着执行职务的兴奋光芒。仿佛世界上只由于他们的执行职务，才显得美满，有次序，太平，幸福似的，这就是1931年的9月18日那天。
>
> 西城门洞的墙壁上贴满各式各色的标语，由于我们的撕扯，警察的呼叫声从城门西端传来，夹杂着急匆匆的奔跑声。我们就像些小鱼似的，从围拢来的人丛间四散逃了。
>
> 我是那么吃惊，实际上，所以撕扯那些标语，只不过为了排泄和那些朝鲜学生斗殴的余忿，因为这一个日子在他们是那么狂欢，自然那些庆祝的语句是对我们的国家不祥，当

时还不明白，这一天到底是怎么一回子事，只知道国家有了不吉的缘故。

家乡珲春在骆宾基的创作中一直是他灵感的源泉，这在他的第一部公开发表的作品长篇小说《边陲线上》里，就已经充分地反映出来。

作为很早播种（生活素材的积累、创作心理的积淀）、较晚开花（作品的完成）、更迟结果（作品的发表和引起重视）的《边陲线上》，是骆宾基第一部长篇小说，也是开篇之作。以笔触从这里伸出，固然有作者对家乡熟悉的因素；但却不是主要缘由。因为大多数东北作家的中长篇处女作，如马加的《寒夜火种》、萧红的《生死场》、萧军的《八月的乡村》、端木蕻良的《科尔沁旗草原》等也都描写作者家乡的人和事，有的干脆以作者自己为模特儿。可见单单对创作题材、生活素材的熟悉，还远远不能构成骆宾基创作《边陲线上》的全部动机。我认为其中重要原因有两个：

一是珲春本身历史特殊性所致。发生在珲春的事件适合在大容量、长篇幅、多人物、复杂情节和多重主题的长篇小说中反映出来。在这部小说里，作者全方位、多角度、多侧面展现了这个东北边陲小城的错综复杂的民族关系。珲春处于中、朝、苏三国交界地带，本来杂居着满、汉、朝等不同民族，九一八事变后又被日本人占领。因此民族矛盾是这个小城的一大特色。《边陲线上》的开篇描写便画龙点睛地交代了这样的时代背景和地域特色。

二是即将到来的全面抗战形势的需要。当时达到极点的华北危机是中国面临着沦为日本殖民地危机的信号。就在中华民族生死存亡的时候，一二·九运动爆发了，它立刻在全国范围内掀起了一场轰轰烈烈的抗日救亡运动的新高潮。在上海等地建立了工人救国会、文化界救国会、妇女救国会和各界及全国救国联合会，在全国响起了停止内战、一致抗日的呼声。文学界做出的反应更为强烈，许多不同阶层、不同思想倾向、不同文艺主张的文艺工作者纷纷提出"民族自卫文学""国防文学""救国文学""民族的革命文学运动""非常时期的文学"等口号，反日的作品也渐渐占着优势，在那些作品里面反映了亡国灭种的危险和一种新颖的、动人的爱国主义，形成了革命文学的新的内容，"1936年几乎成了一个国防文学年"①……也就是在1935、1936年期间，《生死场》(萧红)、《八月的乡村》(萧军)、《流民三千万》(塞克)、《没有祖国的孩子》(舒群)、《寒夜火种》(马加)、《呼兰河边》(罗烽)和《鸳鸯湖的忧郁》(端木蕻良)等东北作家抗日代表作相继问世，东北作家群开始崛起于中国抗战文坛。

说起东北作家群，就不能提起很多东北作家成长的摇篮——哈尔滨。而骆宾基和萧军、萧红等人一样，也曾在这个城市里生活过。

在到哈尔滨之前，1934年夏，骆宾基和邻村的青年黄某先是经青岛来到北平。但他对北平的印象不佳，他甚至抱怨道："北平有什么好？满街的灰，土墙破院子，哪里赶得上青岛！"紧接着，他的同伴不辞而别独自回山东，将他一人留在了举目无亲的北平。在接下来的一年多时间里，骆宾基开始了他清苦、奋发的自学生涯。后来一位朋友带骆宾基到北京大学去旁听。在北大，他们听胡适讲哲学史，听闻一多讲《诗经》等。后来骆宾基阅读了《社会发展史》和《辩证法入门》等书。他喜欢看《申报·自由谈》，读鲁迅的小说、高尔基的早期作品、19世纪俄罗斯与西欧的文学名著。比如林琴南用文言译的列夫·托尔斯泰的《现身说法》(即《童年·少年·青年》)、狄更斯的《块肉余生》(即《大卫·科波菲尔》)以及陀思妥耶夫斯基、安德烈耶夫、普希金、契诃夫和莫泊桑的作品……这些作品，深深地影响着骆宾基。

1935年夏天，怀着借道去苏联的想法，骆宾基只身前往哈尔滨。

此时的哈尔滨早已被日本占领。骆宾基一到哈尔滨便去了一家位

---

① 周扬：《抗战时期的文学》，转引自北京师范大学中文系现代文学教学改革小组编《中国现代文学史参考资料》第1卷，下册，第639页。

于中国七道街的私人外语补习学校——"精华学院",报名俄语班,并缴了三个月的学杂费,成为寄宿生。这个学院的院长阎宗山是山东荣成人,和祖籍山东的骆宾基是乡亲。

骆宾基报的俄语班总共只有两个外地学生,教师姓张,是全国有名的哈尔滨工业大学的学生,穿着干净、笔挺的西装,每周上两次课,一天上课一小时。不上课时,骆宾基就在教室里自己看书。不久,那唯一的同学也不再来了,俄语班只剩了骆宾基一个学生。

当时日语班有个叫安本元八的日本教员。他见到骆宾基一个人在看高尔基的小说,就翻看起骆宾基随身带来的书,表示自己对茅盾的《子夜》、创作社的出版物很感兴趣。他指着钱杏邨的《无产阶级与革命文学》,又指指自己的心,点点头,表示也是为他的心灵所向往的。

后来,经过院长阎宗山的介绍,骆宾基认识了当时在哈尔滨话剧界已经小有名气的年轻导演——贾小蓉。贾小蓉在1932年松花江大水灾之后演出《罗密欧与朱丽叶》时,担任的是出演罗密欧的男主角,还导演过一部名为《心》的电影。他们一见面就成为很好的朋友。他们谈莎士比亚,谈托尔斯泰,谈《活尸》,谈《罪与罚》,又谈丁玲,谈蒋光慈。骆宾基将自己原本来哈尔滨学习俄语以便寻找去苏联留学的机会,作为知己的秘密话告诉了贾小蓉。

这时,他还结识了一个年轻的音乐教师李仲华。有时,马迭尔电影院有流亡的白俄音乐舞蹈演出,三个年轻人宁肯只吃黑面包和酸黄瓜也要买票去看。在观看格林卡的名剧《伊万·苏萨宁》时,虽然骆宾基听不懂俄语的歌词内容,却仿佛被歌声深深打动,剧中年迈的伊万·苏萨宁在大雪纷纷的严冬,把入侵的波兰士兵引到无路可走的山林深处,使之陷于绝境,而自己也将与之同归于尽……这一切在经过了"九一八"的骆宾基的内心,产生了强烈的震撼。

而当他看了国产影片《桃李劫》后,更使他万分激动。李仲华看过之后,就记下了《毕业歌》的曲子和歌词,教他们低声歌唱。此时三个贫穷的年轻人却自认为是富裕的"贵族"。[①]

贾小蓉又陪着骆宾基去拜访了《大北画刊》的编辑——中共地下党员金剑啸。从金剑啸那里，骆宾基第一次听说了从哈尔滨出走到上海的萧军和萧红的名字，也听说了他们两人的作品《八月的乡村》和《生死场》已经在上海由于鲁迅先生的推荐，震动了当时国内文学界，骆宾基听后十分羡慕。从《大北画刊》回来之后，他就找来萧军和萧红合著的《跋涉》来读。

读完《跋涉》，骆宾基产生了一个大胆的想法：他要从事文学创作，特别是要写出像二萧这样的作品。就像有论者所说的那样："萧军和萧红的经历为他以后从哈尔滨逃亡上海指明了一条路，一条通向以鲁迅和茅盾为中心的左翼文坛的道路。"

他看到《跋涉》是由舒群、罗烽为首的哈尔滨左翼文艺界的朋友们筹资自费出版的，就开始产生了在哈尔滨办文艺杂志的想法，于是他和几位年轻的友人商定创办综合性文艺刊物——《艺蕾》。几个志同道合的人有了，现在他们面临的最主要的问题是资金。钱从哪里来呢？只能再向母亲伸手了，于是他1936年春节之前赶回珲春，为的是向母亲索取"最后一笔钱"。临走，他顺手带了两本从北京带过来的书，一本鲁迅的《准风月谈》，还有一本钱杏邨的《无产阶级与无产阶级文学》，预备在寂寞的旅途上阅读。可没料到这两本书却差点给他带来大麻烦。原来，这些在北平需要有人介绍才能买到，并且只能背着人偷偷阅读的禁书，在1935年夏天骆宾基从北平回珲春的时候，沿途从北平到青岛，再从青岛坐船到天津转大连，再经吉林、图们与朝鲜咸镜北道回到珲春，从来没有人开箱检查这些左翼文学作品与唯物理论书籍。

但1936年春天，在日本法西斯统治下的伪满洲国已经开始所谓的"强化治安"，现在骆宾基带着两本"禁书"回珲春，起初并没有特别

[①] 骆宾基：《初到哈尔滨的时候》，载《初春集》，江西人民出版社，1982，第292页。

在意，就把书随手放在小茶案上，准备在车上阅读。没有料到在这列经过朝鲜境内的列车里，竟然有日本便衣特务，当他发现《无产阶级与无产阶级文学》时，也不管骆宾基是否答应，以借去看看为由，竟自拿着书走出这节车厢。骆宾基也离开自己的座位，匆匆下车换乘属于伪满珲春森林株式会社的小火车，离开了朝鲜咸镜北道。

就在骆宾基等人为创办《艺蕾》而奔波时，又发生了一件使他不得不离开哈尔滨的事情。那是4月的一天，骆宾基回"精华学院"，正撞见安本元八在殴打院长阎宗山，骆宾基看到安本打了阎宗山一个耳光之后又举起手杖，就大喝一声："干什么！"及时制止了安本。此时张栋庚闻声赶来相劝，于是安本在骆宾基的怒斥声中悻悻走开。不久，阎宗山偷偷来告诉骆宾基，说安本已经去日本宪兵队就他们以前的反日情绪而"告密"去了，要他们赶快躲一躲。于是，骆宾基、张栋庚只好连夜躲到哈尔滨道里的八杂市去，在一个买卖旧衣物的胶东老乡的黑暗的板房里隐匿了一周。

哈尔滨不能再待下去了，于是骆宾基也奔赴上海。从此，骆宾基走上了以笔为刀枪的抗日创作道路。

骆宾基于1936年5月抵达上海。基于他从家乡带来的对日本侵略者的仇恨，又受眼前高涨的全民抗战意识的影响，他一下子由黄浦江上的抗日呐喊联想到图们江畔的抗战枪声；特别是他能跨越仅仅反映家乡沦陷后的苦难和反抗的局限，通过中、朝、苏不同国度、民族人民团结一致抗击日寇的具有国际主义色彩的描写，真实反映出正义必胜、侵略者必败这一不可抗拒的历史规律。于是他开始创作《边陲线上》。从此种角度看，《边陲线上》的创作是与作为国际反法西斯统一战线分子的中华民族抗击日本法西斯的救亡运动同步产生和发展起来的。

《边陲线上》将东北义勇军作为一支主要的抗日武装，进行了刻画和描写。不但把他们英勇杀敌的英姿展现在读者面前，而且还逼真地写出了他们艰苦卓绝的生活和斗争。更塑造了刘强、王四麻子等抗日志士的形象，奏响了抗日的主旋律。

英勇的抗日志士在流血牺牲，而刘房东之流却逍遥自在地吸着大烟枪。一个随手拈来的对照，便写出了贫富不均的黑暗社会现实。然而，无论他们怎样朝思暮想要剥削、压榨贫苦农民，可他们毕竟也算个中国人。不管他们出于何种动机，这些人都很难接受当亡国奴的冷酷现实。于是作者又给了他们一个很弱但却与主旋律同声部的和声：从他们口中发出的"日本准败"的议论。

这里特别值得一提的是王四麻子这一人物。在日本兵面前他有些畏缩，但他始终相信"日落酉时"。部下朗世魁投奔义勇军，他心急如焚，而且终于被局长罚了五千元的赔偿；但他仍然敢当面催日本人的房租。当刘房东被日本人指使的汉奸逼死时，他暗暗发誓："'满洲国'……这不让人活下去的国度哇！但我要活下去，我要开辟一条路，我一定要……并且趁着这癸酉年，我要看着这些恶霸倒下去，和落日一样；我要来痛痛快快地拍几下掌。"正因为基于这样的思想基础，上集结尾时他终于走上了抗日的道路，最后英勇战死在沙场上。王四麻子，随着抗日的主旋律由弱到强，奏出了中华民族不做亡国奴的战歌，是个有血有肉的人物形象。

骆宾基在《边陲线上》中奏响了抗日主旋律，但没有谐调的和声部，也不算是名副其实的抗日交响乐。作者荡开大笔，从正义战胜非正义、侵略必败于反侵略的思想高度上，塑造了苏联战士和朝鲜人民的抗日形象。当日本兵要枪杀无辜的朝鲜百姓时，作者不露声色地写了从苏联境内飞射过来的子弹，暗示了苏联人民对侵略者的严厉惩罚。特别是当义勇军迷了路，误入苏联边境时，苏联士兵热情赞扬义勇军"是很值得钦佩的人"，并无不暗喻地写到他们给这些迷失方向的东北义勇军指明了道路。对于朝鲜人民的抗日行动，作者没有直接描写，但从日本官兵一听到"朝鲜共产党"便倾巢出动、如临大敌的描写中，便可窥见朝鲜人民的抗日力量……所有这类情节都使《边陲线上》具有国境边陲民族聚居地的爱国人民同仇敌忾的地方特色，使作品生动起来，吸引读者，产生力量。

发生在珲春一带的事情，绝不可能是单一的。特殊的地理环境、民族分布和历史地位决定了珲春的复杂性。如果仅仅为了宣传抗日，就不去描写阶级间的矛盾、种族间的冲突，势必就不可能真实再现珲春的历史本来面目。因此，骆宾基从历史唯物主义的高度，在高奏抗日主旋律的同时，也唱出了一首首反映阶级矛盾、贫富对立的插曲。

作者首先刻画了刘房东收朝鲜穷苦农牧民租子这一事件。尽管刘房东没有像黄世仁那样为逼租使人家破人亡，但他的佃户毕竟是有着一张张"饥黄的脸"的朝不保夕的穷人，他们哪里有钱交租哇！紧接着作者又刻画了金盖持枪劫走刘房东父子的紧张场面。这里金盖有一句话应引起我们注意："快走！不是我种地的时候了。现在我要把历年给我的欺压，再酬谢给你。"可见，与其说是汉族和朝鲜族两个民族间的小摩擦，不如说是被压迫者对压迫者的反抗，这是阶级的矛盾，而不是民族的冲突。作者在这里"努力用阶级意识克服民族意识"，体现了他在政治思想上开掘的深度。

阶级差异、贫富对立的现象还体现在抗日武装内部。作者以敏锐的洞察力、犀利的笔触剖析了抗日阵营内部各种复杂成分，揭穿了军阀、骗子、投机分子、堕落者、叛徒等一副副打着抗日旗号的各式嘴脸，揭示了他们终究会被抗日的洪流所淘汰的必然结局。在具体刻画这些人的丑恶面目时，作者巧妙地运用主人公刘强的主观视角，起到了不同凡响的艺术效果。

主人公刘强是刘房东的儿子，但和其父大不相同。刘房东自私，除了自己的老婆、孩子和家产、地租之外，他只是躺在床上抽大烟；刘强无私，在抗日战场上他听到父亲死去的消息后，没有赶回家去奔丧，而是要"为了祖国，为了大众"而战斗下去。这样一位英勇顽强、誓死抗日、大公无私的人，其主观感觉也好，客观判断也罢，无疑是正确或基本无误的。因此，在他眼中，"父亲是个浸沉在自己一切打算里的人"，季伟刚"变成了个奇怪的家伙"，关唯吾等人"是一些政治投机者"，琬玲"那么装腔作势"……其事实也恰恰如此，关键时刻，关司令叛变，会长投降，投机者发了财，颓废者送了命。这一插曲虽然表面上似乎与抗日的主旋律没有什么直接关联，但其实质仍依附于抗日这个大主题，它告诉读者只有那些深受灾难的广大劳苦人民，只有那些没有个人目的的抗日志士才是抗日的中坚力量，才是赶走日本侵略者的胜利因素，才是中华民族的脊梁！

由于历史遗留下来的所谓"间岛问题"的复杂性，更兼日本当局的唆使和阴谋，在历史上珲春地区的汉、朝鲜民族之间发生了一些不应该发生的误会和冲突。如何真实而又适度地反映这一历史遗留问题，确实是件棘手的事。李辉英的《万宝山》对类似问题是"始终注意避开两个民族间的矛盾纠葛"[1]，这显然不失为一种办法，但是不是还有更好的或更能符合历史真实的办法呢？

骆宾基，一个从小即耳闻目睹有关汉、朝鲜民族冲突事件的珲春人，他深深懂得中朝冲突是不该发生的误会，如反映在作品中也许会是一个与抗日主旋律相悖的"不谐和音"；然而作者却颇有回天之力地将这一"不谐和音"伴随着抗日主旋律奏出，出乎意料竟产生强烈的和弦效果。这"和声"的产生，我认为有以下因素：

（一）作者始终把抗日作为中、朝人民共同的战斗目标。如在一场与日军的战斗后，朝鲜青年捡走了日军丢下的武器；不管这是"捡洋捞"还是劫机枪，有一点可以肯定，朝鲜共产党用它是要打击日军。而东北义勇军方面少数人的狭隘民族意识，特别是季伟刚的个人主义和私心导致了一场不该发生的枪战。

（二）作者注意揭示出汉、朝鲜民族间冲突的根本原因，刻画出罪魁祸首日本侵略者的丑恶嘴脸。如在关于铁路需要职员的问题上，杉浦有意要挑起汉、朝鲜民族纠纷，就说"这里该用朝鲜职员""满洲人……多数是坏蛋""一概不用"等。这便揭开了日本帝国主义挑

---

① 王吉有：《东北抗日文学的先声》，载《东北现代文学史料》第8辑，辽宁社会科学院文学研究所编印。

唆民族矛盾的罪恶用心，也形象地回答了珲春地区汉、朝鲜民族纠纷的根源问题。

（三）作者在小说结尾通过东北义勇军和朝鲜共产党并肩前进、共同对敌的描写，写出了中、朝两国人民团结一致打击侵略者的必然结局。这使小说跳出一家一国的狭隘爱国主义局限，将抗日战争作为第二次世界大战总体战中的东方主战场，体现出革命现实主义创作方法和国际主义的思想力量。从此种意义上说，骆宾基的《边陲线上》比之其他东北作家的作品有较高的基点是不无道理的。①

（四）作者刚柔并济的艺术手法，也加大了作品的感染力。尽管《边陲线上》是骆宾基的长篇处女作，但在艺术表现手法上却不像有的东北作家那样青涩。作品里所体现出来的崇高与优美的艺术氛围得到了很好的展现。

小说一开始便是一场粗犷、惨烈的战斗场面的描写：

> "向前压……压……"粗厉的喊叫，混合成庞杂的音浪，像霜雪样严肃，冰雪样激烈。
>
> "乒……砰……砰。"爆竹般的快枪，射出捷速的子弹流光，相互地交错。
>
> 迷漫的灰白色烟雾，障蔽了每人的眼睛。

---

① 纵观东北作家的处女作或有影响的作品，不外乎两种主题：一是反映人民的受苦受难，一是描写人民的反抗斗争。前者像罗烽《第七个坑》、端木蕻良《鹭鹭湖的忧郁》、舒群的《婚夜》等；后者如萧红《生死场》，端木蕻良的《浑河的急流》、白朗的《轮下》、罗烽的《胜利》、舒群的《沙漠中的火花》等。像骆宾基在《边陲线上》所反映出的具有国际性的反法西题主题尚不多见。舒群《没有祖国的孩子》虽然写了苏联与朝鲜儿童，但是他们都是被欺凌的弱小者而不是作为一个抗日武装力量。《八月的乡村》中的安娜倒是个朝鲜族战士，但她所代表的并不是朝鲜方面的抗日武装，而是作为中国抗日游击队中的一分子，也就是说仍没跳出从爱国主义的角度写反侵略写抗日。舒群的《舰上》虽然也写了苏联军队，但是他不是强调抗日主题，而是通过中苏舰队化敌为友来反映中苏人民友好，因此也很难看到中苏人民共同反击日本法西斯的描写。

024

"压……笨种们！"刘司令竭力地高喊。

他穿着灰色旧军服，脖颈贴伏着俄罗斯马头，一手捏着快匣子，大拇指在扳推子弹；另一手里的枪头，朝着城楼子射击。

"咭……咭。"城上的机关枪，向下面人丛中扫射。

"靠山！领着弟兄们攻北门。'煞脱'（快）。"刘司令微胖的脸，挂满豆子大汗珠，眼睛很匆忙地闪视。

"快呀！'磕头'的哥们儿！往北门压。"靠山喘吁着喊。

于是，军队分出了一股。在靠山的小红马后尾，弯曲着腰飞跑。他们制止不住原始性发作，简直是一群野人。

夜间，人们的眼，都成了瞎子；有的将脚踏了别人的脚背，有的竟踢了别人的踝骨……他们没感到这些，只有敌人的残暴引起的暴怒，占据着他们的心，和一颗构造简单的脑子。

云霾是漆黑的，不露一丝星光。

他们穿过一丛树林，城里的灯光，溶化了上空的气氛，露出淡淡的雾光。

"搭软梯子爬城！赶紧。"靠山接着将枪推上了子弹。

"乒……乒……"

士兵们疯狂性的射击，响应着东门的交响的枪声。

火药的光线，在头上交错闪烁。烟雾随着凝结起来。而酸辣的火药味，向每人的鼻前，接续着冲来。……

而在描写东北特有的自然风光时，作者对大自然的情感又是那样缠绵和细腻：

空旷的野外，飘散着草的香气，使人畅快而神怡。一些婆蒲丁的草种，趁着毛翅，在空间任意流荡。一杆高的朝阳，遍撒着金色的光辉。野地上蒙蒙地升起了蒸气。平坦的道路，向远处伸展开去。巨蟒似的长垄，铺满苞米、高粱、谷类的柔苗。沿着道旁的稀树，有鸟雀从叶间飞出，敏捷地消失到远方。星散的茅屋，一座座孤立在田野间。反映阳光的用洋铁瓦盖成的屋顶，盘绕着淡白色的炊烟。院落里的干草堆，高高地矗立着，禽鸟飞集在那尖端，搜寻谷粒和甲虫。红冠的公鸡，在抓扒着草梗。

蘑菇形的草屋，是朝鲜人的居宅。沿着它的左近，堆聚了些山楂子之类的燃物；间或有干柳条枝和茅蒿子。

……………

田里的翠绿谷苗，衬托着沿道的婴粟花，鲜艳而幽静。彩色的舞蝶，在卖弄轻佻的风情。……

绿草夹生在曲树下，纤细而娇软；它们沿着寂寞的路生长着。夕阳的温光，普照着它们。树梢间的晚鸦，偶尔从它们头上飞过。悲怆地啼着。这使王四麻子更感到凄惨。……

正是这种粗犷和细腻，使得骆宾基在后来的战地报告文学和20世纪40年代的生活系列创作中，将二者发挥到淋漓尽致的境界。

说起这部《边陲线上》能够得以出版，还有一个对骆宾基来讲十分重要和关键的人物，这就是茅盾先生。当鲁迅先生病逝后，骆宾基将《边陲线上》的书稿寄给了茅盾先生。有一天在骆宾基望眼欲穿的时候，邮差给骆宾基带来了好消息：茅盾先生回信了。茅盾信上说，从《边陲线上》的"氛围气"看得出作者的笔力和未来，同时，对作品提出了几点意见，答应在修改之后介绍出版并约他到《文学》杂志社见面。这评价对于骆宾基来说既是及时雨，又是催化剂。作为一个文学青年，其处女作能得到茅盾的如此评价和提携，这为他今后更加坚定、痴迷地走在文学创作的道路上，起到了决定性的作用。

收信后第三天下午，骆宾基怀着无比激动兴奋的心情，应邀前往

《文学》杂志社，与茅盾初次会面。茅盾给他介绍了王统照，并询问稿子的署名。骆宾基告诉茅盾署名"金敫"。骆宾基迫切想知道的是茅盾对小说的意见，除了"氛围气"，还有哪些值得肯定、哪些还需要进一步修改的。他多么希望能从前辈导师那里听到对于他那长篇处女作的更为详尽的批评与指点哪，但茅盾更为关心的却是当时东北的形势，因而他和王统照都一再询问有关珲春一带抗日救国军的活动实况。最后，茅盾先生告诉骆宾基："那部长篇准备转给一个书店去，大约一两周内就有回信。"

不久，骆宾基接到通知，说该店老板请他面谈。其实见面除为退还稿件外没有任何意见要谈。第二次，茅盾又将这部作品推荐给了良友书店，结果又和第一次一样，步行往返四五十里，取回退稿。这时他也明白了鲁迅先生为什么介绍《生死场》和《八月的乡村》由奴隶社来自费出书了。

对于这一连两次的退稿，茅盾并不感到意外，他没有因此而灰心，也从未动摇过对这年轻的作者的预言和期望。"还是把稿子再寄给我！"他在一封给骆宾基的信上写道。显然，茅盾准备做第三次的推荐。这给骆宾基带来了一种精神上的力量，也锻炼了他的韧性。1937年初春，为了能继续在上海坚守，也为了稿子不再被退回，骆宾基准备自费出版。然而，是金子总是会发光的。5月一个傍晚，天马书店主编巴人（王任叔）亲自到法租界的美华里，约骆宾基去芳草地散步，告诉他：经茅盾推荐，他们已经决定出版《边陲线上》。骆宾基的喜悦自然是无法用语言来形容的，他立即把这个好消息通报给了那些朋友，让他们来分享自己的快乐。

可是，"八一三"淞沪战争的炮火，再一次击碎了骆宾基的美好愿望。天马书店正位于苏州河北，若不是王任叔冒死抢救，那《边陲线上》原稿也难免与书店在炮火下同归于尽的命运。这样，它又一次回到了茅盾手中，直到1939年11月，经第四次推荐，才由巴金任主编的文化生活出版社在上海出版。

第三节　骆宾基与东北作家群

在 20 世纪 30 年代流亡东北作家群中，骆宾基可称为名副其实的"后生"了，就连这些作家里年龄最小的舒群也比骆宾基长四岁。一般来说晚降临人世，就要迟走向人生，这从东北作家纷纷到达中国 20 世纪 30 年代文化中心——上海的日期中便可看出。萧军、萧红是 1934 年 11 月，舒群是 1935 年春，罗烽、白朗是 1935 年 6 月，端木蕻良是 1936 年初，穆木天则更早是 1931 年 1 月，李辉英到达上海比他们都早，是 1927 年秋；而骆宾基却于 1936 年 5 月首次抵沪。

可见《八月的乡村》《生死场》《没有祖国的孩子》《呼兰河边》《伊瓦鲁河畔》《鹭鹭湖的忧郁》《流亡者之歌》和《万宝山》等在七七事变前与广大读者见面，也不是偶然的。

但是创作经历短、年仅二十岁的骆宾基却有一种不甘落后的韧性、志气和雄心，他靠自己亲临前线参加战斗时的所见所闻所感，凭着因《边陲线上》得到茅盾等文坛前辈的赏识而产生的创作信心，更乘着报告文学风行于抗战文坛的大好时机，一举写出了一系列战地报告文学，数量上压倒群芳[1]，质量上被公认是上乘，震动了文坛[2]，因而使这位先作为抗日战士，后成为抗日作家的骆宾基获得了东北作家

---

[1] 抗战期间有过重要影响的期刊《呐喊》（后改名为《烽火》），发表过三十多位新老作家的报告文学，骆宾基一人就发表了十多篇之多。

[2]《烽火》第 17 期上曾刊出作为"烽火小丛书"之一的《大上海的一日》出版广告，上面写道："在抗战期间活泼的许多报告文学者中骆宾基先生是最杰出最受人注意的一个。他不仅是一个在战地服务的知识分子，他还执着枪守卫过真如南翔的交通线，跟着一些年轻力壮的弟兄参加了保卫大上海的血战，在枪林弹雨下冒着重重的危险。他的每一篇作品都是现实生活的记录。在那里面出现的每个人物都是作者所熟悉的。他们的心和作者的心一同悸动，一同在前线挣扎苦战，产出了种种可歌可泣的事迹。这是有血有肉有生命的东西。这是天地间至情人文。"

群中后起之秀的美称。

在东北作家所形成的这一流亡作家群中，差不多所有人都是在九一八事变后由于伪满洲国的黑暗，特别是文化统治的残酷而流亡上海的。其次，骆宾基、二萧、林珏、金人、李辉英、穆木天、端木蕻良等都与鲁迅有过或多或少的联系，受过他的教诲、鼓励和帮助。另外骆宾基、萧军、罗烽、舒群、塞克、穆木天、李辉英、金人等都被国民党政府逮捕过，饱受了铁窗牢狱之苦。因此，我们说家乡的沦陷、亲人的失散、流亡的艰苦、牢狱的生活、进步作家受党的关怀，这一切促使了东北作家群高高举起反日爱国的革命旗帜，忠贞不渝地冲在争取民族解放的战斗前沿，充分表现了他们强烈的爱国主义忧患情感和为光复祖国甘愿献身的革命英雄主义精神。也正因为有这样的群体意识，其创作便很自然地流露出共同的美学倾向和艺术风格。

（一）慷慨悲歌的爱国主义创作激情是东北作家群共同的美学倾向

中国历史上曾有过一魏晋时代，历时二百年，这是中华民族灾难深重的二百年，是中国社会处于无休止的战乱、分裂、动荡的二百年。那时（甚至更早一些）诸侯混战、社会黑暗、民不聊生，不少文人学士在战乱中流离失所、家破人亡、远走他乡，像蔡文姬还曾被胡兵掠到异域，饱受虐待和侮辱。可偏偏是这样的社会、人生，却产生了中国诗歌史上第一次文人诗歌的高潮，开创了光辉灿烂的建安文学时代。

中国古代文学史上的建安时期是指从黄巾起义到魏明帝景初末年，大约五十年时间。在东汉末群雄并峙逐鹿中原的争夺兼并中，曹操完成了统一北方的大业，并吸引大批文士，形成了以曹氏父子为核心的邺下文人集团。建安诗歌便是社会由分裂动荡趋向统一这一历史时期的产物。在这一时期其时代特征是"世积乱离，风衰俗怨"，而这些目睹和经历了这一动荡社会现实的建安文人，一方面有着博大的胸襟、追求理想的远大抱负、积极通脱的人生态度，一方面在写作中又形成直抒胸臆、质朴刚健的抒情风格——梗概而多气、慷慨而悲凉——为中国诗歌开创了一个新的局面，并确立了建安风骨这一诗歌美学风范。

到了20世纪中叶，历史产生了惊人的相似。流亡的东北作家群的抗日文学与建安文学相比较，由于共同的民族潜在意念——高度的爱国主义情愫的驱使，由于时代特征、作家生涯的某些相近，使得他们的创作呈示出某种一致的思想倾向和艺术激情。那"出门无所见，白骨蔽平原"（王粲《七哀诗》）的惨景不正是罗烽在《第七个坑》中所描写的九一八事变中血肉横飞、死尸遍地的沈阳城的写照吗？那"欲死不能得，欲生无一可"（蔡琰《悲愤诗》）的哀鸣，在白朗笔下则是面对比洪水还残忍的日伪政权，灾民宋子胜的怒喊："弄死吧，弄死吧！这样红胡子年头，这样窝囊的日子……够啦！"（《轮下》）。那"冉冉老将至，何时返故乡"（曹操《却东西门行》）的慨叹到了端木蕻良的笔端则是"什么时候我能回到家里去再吃一次那柔若无骨的香水梨"（《有人问起我的家》）。那"男儿宁当格斗死"（陈琳《饮马长城窟行》）的壮志在骆宾基的报告文学中体现得如此淋漓尽致："我还回到前线去，我有右胳膊就行"（《我有右胳膊就行》）。那"亭亭山上松，瑟瑟谷中风"的气节（刘桢《赠从弟》）正是舒群所塑造的仁人志士中的一个——宁死也不下跪的王海的人格象征（《死亡》）。那"捐躯赴国难，视死忽如归"（曹植《白马篇》）的壮举，竟然会出现在那么柔弱的萧红的作品中："生是中国人，死是中国鬼！"（《生死场》）……

这些"志深而笔长""梗概而多气"的建安诗句，和相隔千年流亡的东北作家群的抗日文学，在思想情感、作家人品、写作风格、艺术表现等多方面，都有着惊人的相似之处，这些充分说明了在动荡不安的年代，民不聊生的现实、年年不断的战乱使得这样一批在白山黑水间成长起来的关东大汉、松江女侠，面对日寇铁蹄下的半壁江山，产生了一种忧国忧民的爱国主义情怀，而这种情怀又化成了和建安文学相近的慷慨悲歌，这些都在流亡的东北作家群的抗日作品中的英雄志士身上得到了集中的体现。

（二）充满现实主义精神的忧患意识是东北作家群的主导心理

前面曾论述，东北作家群中绝大多数都受过鲁迅、茅盾、郭沫若等艺术大师的指教，这些老一辈作家对中华民族命运的深切关怀与忧虑，对贫困要受欺、落后就要挨打的中国近现代社会现实的深刻理解，对祖国昌盛、人民幸福的未来的殷切期望都深深印在东北作家一颗颗年轻的心灵上。其次，东北作家又都充满了坎坷的人生经历，有的几度被捕（如骆宾基、金人、塞克等），这些不幸遭遇使他们能站在将心比心的角度，抛开小我，切身体会到处于水深火热之中的劳苦大众的苦难。再次，他们都生长在东北这块广沃的黑土上，关东人所特有的先人后己的豪爽、仗义疏财的侠气、肝胆相照的赤诚都积淀在他们的性格气质上，因此他们的忧患和焦灼往往能超越自我、指向大众。最后以果戈理、契诃夫为代表的俄国批判现实主义文学在反抗黑暗专制、同情弱小者方面，以高尔基为代表的苏联无产阶级文学在为劳苦大众争取解放、对未来充满必胜信心方面都给东北作家作品抹上了浓郁的人道主义色彩和革命英雄主义、理想主义光辉。所有这些因素都凝聚在东北作家群"先天下之忧而忧，后天下之乐而乐"的爱国主义民族忧患的情感中。

就如勃兰兑斯在评析《爱尔兰歌曲集》时所说：个人的哀伤仅仅是全民族的哀伤的一个象征而已，它所体现的是当时举世存在的苦难。"而当这种举世存在的苦难"[①]所体现出的忧患意识折射在东北作家群作品中时，又映出千姿百态的风貌。

《边陲线上》的刘强为抗日而不回家为父奔丧；《看风筝》（萧红）的刘成为抗日不要家、不要亲人，就像萧军在诗歌《我家在满

---

① 勃兰兑斯：《十九世纪文学主流·英国的自然主义》，人民文学出版社，1984，第211、219页。

洲》中说的，我家在满洲，我没有家了！那一切不久也就是炮火的灰烬！我也不要家了，也再顾不了所有的亲人；端木蕻良则将满怀的忧郁洒向月光下的鸳鸯湖（《鸳鸯湖的忧郁》）；舒群着重描写了没有祖国的朝鲜孩子（《没有祖国的孩子》）；罗烽则以小见大刻画一绺混血儿的头发（《考索夫的发》）……这些超越自我、超越亲人、超越家乡，甚至超越狭隘的爱国主义的忧患意识，使东北作家群在中国现代文学史上占据了举足轻重的历史地位，在配合世界性反法西斯战争方面起到了不可低估的宣传鼓动作用。这些东北作家及其创作雄辩证明了郭沫若的论述："这些炼狱式的爱国主义者，他的反帝的行动愈炽，对于同站在反帝战线上的邻人（友邦及敌国里的朋友）自会倍觉亲切，他是一个爱国主义者，同时也就是一个国际主义者。"①

（三）具有强烈怀乡恋故情绪的"回忆文学"是东北作家群独具特色的叙述风格

中国文学从屈原的《离骚》开始，就奠定下一种创作传统：即以自己的亲身经历为素材，从"回视"的角度将人们带入那流逝的岁月中。这具有较浓自叙传色彩的"回忆文学"在"五四"以后的中国新文坛上，应反封建礼教、追求个性解放之呼声得到了可喜发展。鲁迅、郭沫若、郁达夫、叶绍钧、沈从文、巴金等人的作品都或浓或淡地体现了"回忆文学"的特征。

20世纪20年代初期，中国又诞生了一种"乡土文学"。它是由蹇先艾、许钦文、王鲁彦等作家"被故乡所放逐"，在异地创作的回忆童年、思恋故乡的"隐现着乡愁"②的作品而得名。这种"昔我往矣，杨柳依依，今我来斯，雨雪霏霏"的乡土文学早在《诗经》中就体现出它的魅力。可见《楚辞》与《诗经》这中国文学两大源流对中国现

---

① 郭沫若：《国防·污池·炼狱》，《文学界》1936年6月14日第2号。
② 鲁迅：《〈中国新文学大系·小说二集〉导言》，载《鲁迅全集》第6卷，人民文学出版社，2005。

代作家有着广泛而深远的影响；至少由这两种审美形态构成的传统文化渊源，深深积淀在绝大多数中国作家的集体无意识或潜意识中。因而当我们翻开东北作家群的作品时，便会感受到这两种传统文学形态的影响，同时又表现出东北作家群自己的风格。

东北作家作品的自叙传特点，比较成形的应从二萧的短篇小说集《跋涉》算起，但到端木蕻良的《科尔沁旗草原》、萧红的《呼兰河传》、萧军的《第三代》、骆宾基的《幼年》中，自叙传特点和"乡土文学"特征彼此渗透、水乳交融，形成东北作家群独特的叙述方式和艺术风格。东北作家群的怀乡恋故不是一般意义上成年对天真、纯美的童年的依恋，也不是单纯的游子对家乡一人一事、一草一木的感怀，更不是从"寻根"的角度对田园牧歌般东北乡村文化的反思。东北作家群的乡土文学是建立在强烈的反帝爱国的民族情感上的具有浓重政治色彩的乡土文学；他们的自叙传也不是只从个性解放角度所反映出的冲破封建家庭束缚、争取婚姻自主的反礼教呼声；而是伴随着侵略与反侵略的刀光剑影记载自己走向抗日道路的自叙传。他们怀的乡是日寇铁蹄践踏蹂躏的家乡，他们恋的则是在双重压迫下相依为命的亲人故友。

端木蕻良在《大地的海》后记中就曾这样描述家乡的亲人："我的故乡的人们则是双重的奴隶。在没有失去的时候，是某一家人的奴隶，失去了之后是某一国的奴隶。"[①] 而他那篇干脆取名为《乡愁》的小说，则是通过一个小孩的梦境，回溯了那"甜适而安稳"的故乡和爸爸浑身是血离家出去抗击日寇的情景。最后在疾病折磨下的星儿的喊声"爸爸、老叔、奶奶……我要回家去"，道出了一颗幼小的心灵对日本强盗的深仇大恨，"愁"在这里得到了升华，染上强烈的抗日色彩。这种变乡愁为国恨的艺术构思，显然超出了20世纪20年代单纯写"乡愁"的"乡土文学"，它使我们不难看出，"五四"时期反帝

---

① 黎烈文主编《中流》，第2卷第3期。

反封建、争取民主进步的社会与作家的使命感，在20世纪30年代抗日运动的社会条件下更加突出了。

东北作家群创作中的自叙传色彩，尽管是与乡土文学特征糅合而成的，但有时又表现出独立的自叙风格。以东北作家反映监狱生活的作品为例：罗烽的《狱》、白朗的《生与死》、骆宾基的《可疑的人》、舒群的《死亡》、端木蕻良的《被撞破了的脸孔》、林珏的《女犯》、萧军的《羊》和塞克的《流民三千万》等都是建立在这些作家几乎都受过铁窗之苦的生活经验基础上，用塞克的话讲，他们都是"铁狱里的归来人"（《流民三千万》）。这些作品或者控诉日伪刽子手的凶残，或者暴露国民党监狱的阴暗，或者讴歌视死如归的革命志士，或者塑造含冤而死的无辜者形象。在东北作家笔下，小小牢狱成了沦陷的河山、失去的土地的缩影，一方铁窗成了日伪反动统治、国民党政权的真实写照。这种凝结着作家深刻的亲身经验和牢固的情绪记忆的"铁窗文学"，是东北作家群对"五四"自叙传文学和"乡土文学"的继承和发展，是烙有深深的时代印记和标有鲜明政治内容的"民族革命战争的大众文学"，也是准确意义上的"国防文学"。

（四）传奇超常的人物形象是东北作家群笔下带有浪漫主义因素的理想性格

从总的倾向看，东北作家群是属于现实主义创作流派。然而以下诸因素又为其创作染上了积极浪漫主义色彩。

1. 时代因素：勃兰兑斯在谈到一位作家时说："他的时代却有一种看不见的精神力量，迫使他作为一个作家接受浪漫主义的理论，并按照浪漫主义的手法写作。"他又说："共同的民族厄运更使人产生一种浪漫的倾向。""引出一种特殊的政治浪漫主义。"① 东北作家群亦如此。故乡沦陷、日寇猖獗，他们"略地、奸淫、抢劫、焚烧和屠杀，

---

① 勃兰兑斯：《十九世纪文学主流·英国的自然主义》，人民文学出版社，1984，第211、219页。

把亡国危险最后地加在中国人身上"①"中日矛盾成为主要的矛盾"②,在这样一种中华民族命运攸关之时,这群将国难、民忧、乡恨、家仇集于一身的东北作家,在"不愿做奴隶的人们""用血肉筑成新的长城"这一时代精神力量的感召下,将满腔热血凝聚笔端,为配合抗战产生了一种具有强烈的政治色彩的浪漫主义文学。

2. 生活因素:东北作家除了端木蕻良、李辉英、穆木天而外,大多数都生长在贫寒或较贫困的家境中,其中萧红、舒群、罗烽从童年时代就命运多舛。长大成人后,这些东北作家又无一例外地蒙受了"九一八"灾难。端木蕻良参加救亡活动被学校开除,后来又险些落入国民党的手中;舒群、罗烽、萧军、金人、塞克等有过坐牢的遭遇;萧红当时则是国难和己难兼于一身,其情景更是惨不可言。可见东北作家群产生和形成的历史进程中,坎坷的个人生活经历,不仅构成了他们丰富的创作素材,还渐渐培养起他们对待不幸命运的乐观主义精神和坚忍不拔的英雄主义气质,为东北作家群浪漫主义创作因素产生奠定了必要的生活积累和心理准备的条件。

3. 情感因素:东北作家群具有一种慷慨悲歌式的爱国主义激情,这种激情又往往导致了他们创作中的浪漫主义倾向。正如勃兰兑斯所说:"浪漫主义诗人的光荣就在于他内心燃烧着的最炽烈、最激昂的感情。"③故国沦陷,山河破碎,对每个有爱国心的作家来说,都容易染上这炽烈激昂的情感。尽管东北作家群还称不上真正意义的浪漫主义诗人,但他们确如当年歌德那样,"灵魂的热变成了达到沸点的炽热,用烈焰烧光了一切坚固的形式、形象和思想"④,他们的作品

---

① 毛泽东:《毛泽东选集》第2卷,人民出版社,1952,第345页。

② 毛泽东:《毛泽东选集》第3卷,人民出版社,1953,第232页。

③ 勃兰兑斯:《十九世纪文学主流·德国的浪漫派》,人民文学出版社,1981,第174、180、207页。

④ 勃兰兑斯:《十九世纪文学主流·德国的浪漫派》,人民文学出版社,1981,第174、180、207页。

"似乎整个民族的悲哀与愤怒都一下子在其中得到了宣泄"①。因而东北作家群没有用艺术形式束缚他们的创作激情，相反是让艺术激情冲破了各种创作成规，甚至随意想象到细节失实，尽情抒发到长篇议论，大胆夸张到形象粗糙的地步，这种创作倾向显然不是现实主义而是具有相当成分的积极浪漫主义因素。

4. 理想因素：积极浪漫主义一个重要的美学特征，是对未来充满信心，对理想抱定必然实现的信念；而且这种理想之光无论在多么黑暗的时代都放射着异彩。东北作家群出走时的家乡是暗无天日、强盗横行的屠场。九一八事变后，日本帝国主义为维持其在东北的殖民统治，始终保持着庞大的军事镇压机器。它有号称百万的关东军，十几万伪满洲国军，还有多如牛毛的日伪警察、特务、宪兵。有人形象地说日本侵略者"用刺刀挑开了东北历史上最黑暗的一页"②。东北作家群的创作固然真实再现了这"黑暗的一页"，可也预示了打败侵略者、解放全东北的光明前景。《边陲线上》结尾就写道："黎明晨色中插在远处峰巅的旗帜，更有劲地在狂风吹袭中，庄严而勇敢地摇摆着，极其迅速地摇摆着。"作者笔下这面黎明中的战旗，是不可辱的中华民族的象征，是流亡的东北同胞对打回老家去这一天的殷切期望，也是骆宾基等东北作家一种"浪漫主义渴望的形式——憧憬"③。

以上我们从宏观的时代生活到微观的作家心理角度，概略分析了东北作家群创作中积极浪漫主义产生的因素，而这些因素主要的具体展现，则反映在他们对人物形象的塑造上。也就是他们常常把时代的精神力量、作者本人的乐观主义和英雄主义、强烈的爱国主义激情与

---

① 勃兰兑斯：《十九世纪文学主流·德国的浪漫派》，人民文学出版社，1981，第174、180、207页。

② 黑龙江社会科学院历史研究所编：《东北近百年史讲话》，黑龙江人民出版社，1984。

③ 勃兰兑斯：《十九世纪文学主流·德国的浪漫派》，人民文学出版社，1981，第174、180、207页。

对未来的理想信念统统凝聚在一点：这就是集中体现在他们笔下那些传奇般的、理想化的超常人物性格上。

萧红在《看风筝》中将刘成为抗日而将亲人的生死置之度外，写得毫无人情味；舒群《秘密的故事》里写青子为了能去打击日寇，竟然用绳子勒死儿子；白朗的《一个奇怪的吻》中女主人公为使丈夫脱险自己宁愿溺水而死；萧军的《孤雏》写一姑娘为不使贞操被别人先占有，在为生活所迫当妓女前，竟与同胞兄弟同寝；端木蕻良《鹭鸶湖的忧郁》中母亲为了让孩子安全地"偷青"竟卖身给看青人；骆宾基则在《乡亲——康天刚》中写康天刚为娶地主女儿，竟答应了苛刻得难以达到的条件……对于这些人物的分析，不少论者常认为作者或者缺乏对抗日英雄、刚强好汉的真正了解，将六亲不认的冷血人物理解成这就是大公无私的革命者；或者认为作者有意采用惊世骇俗之笔，来扩大文艺的宣传鼓动作用，其实这还都不是问题的症结所在。我认为这些传奇色彩极浓的超常性格出现，是由于东北作家强烈的亡国离乡之恨和反日激情的沉重压抑，而在他们心理上产生的一种无法摆脱的变形欲。这种欲望体现在作品里则使人物常做出超常态的脱俗举动，而且似乎这种人物动作越异常、越强烈，作者本人那种对日寇的无比愤恨才能得到尽情发泄，亡国离乡的心灵创伤才能暂时得到平复。

因此属于现实主义创作流派的东北作家群，在强烈爱国主义情感所导致的逆反心态下，往往超越了现实主义创作方法在人物性格塑造上要符合性格发展自身逻辑的艺术法则，不强求典型环境中的典型性格，也不硬性刻画普通的人性；而是将人物（常常是正面人物）极度变形、强烈夸张，用违背生活表层真实的艺术手法，深刻地揭示出浪漫主义高层次上的作家情感真实。

（五）反帝反封建主题制约下的东北乡村风俗画是东北作家群创作的一大特色

中国新文学从她诞生那天起，就始终围绕着反帝、反封建这两个主题繁荣发展着。到了20世纪30年代，这一孪生主题在力量对比上开始发生明显变化：随着民族矛盾的上升，反帝主题逐渐壮大；但无论它怎么壮大都跳不出它所反映的中国这几千年封建社会的文化圈层。因此从本质上看，中国的反帝文学从来没有像中国早期反封建文学那么单一，它从郭沫若的《女神》、郁达夫的《沉沦》开始，就一直是反帝、反封建这两个孪生母题的产物。

随抗日烽火崛起于文坛的东北作家群，从严格意义上讲应是抗战文学的作家群体。然而由于他们展示的大多是几千年来被封建枷锁牢牢禁锢的中国农村社会，而且又是远离中原、比较封闭、地处边陲、开发较晚的东北；再加之"五四"反帝文学中兼反封建的传统，因此东北作家群的抗日文学作家笔下经常出现的对观察天兆、占卜、算卦这些封建文化习俗的描写。《鸳鸯湖的忧郁》里来宝和玛瑙对"月亮狠忒忒的红"是"主灾"还是"主兵"的争议；《边陲线上》王四麻子按"天干地支说"得出"今年岁在癸酉"，"日落酉时""日本准败"的结论；白朗《轮下》中胡来、李二虎关于"满洲"两字竟有四个"三滴水"而推出必涨水的论断；特别是《寒夜火种》中，马加用相当多的篇幅刻画了陆大娘、徐老八、秃六，尤其是王七先生对日本侵略者及其傀儡政权——伪满洲国近于谶语的诅咒。

请看下面的描写：

每当冷酷的东风从窗孔中吹进来，吹着窗纸呜呜地响着，她（指陆大娘——引者注）的感情便发生一种共鸣，于是拿起了拐杖，敲打着黑色"吊阔"的木板啪嗒啪嗒地响着，反应着一种回音，她唱歌应和着："大清国，太平初，八国联军攻大沽。哎哎哟！洋鬼子猛如虎……"

（秃六说）"宣统是三年，大同是三年，这回康德又该是三年，等到康德三年非把江山丢掉了不可，他就是三年皇帝，做了三次，三三见九，火牛铁马遍地地走。""这是天数！天数！"

（王七先生说）"中国国旗，为青天白日，此一日也。日本国旗为白天红日，此有一日也。天无二日，二日不能并立，一兴一亡，一盛一衰，此乃自然之理。""白日即晨光主兴，红日为残阳主衰。""国家将亡，必有妖孽，妖孽不死，大祸不止。"

这些描写不单是为作品增添一层浓厚的东北农村乡土气息，也不仅仅是作为一种深深积淀在东北大地上的乡村封建文化而展现的，妙则妙在作者将鲜明的反日爱国的政治色彩，作为人民超常态的愿望融于东北封建文化的氛围中，进而深刻揭示出无论是用科学的历史观，还是用反科学的迷信论都是要得出日伪政权必将覆灭这一不可抗拒的历史结论。从此意义上看，"只要他不是汉奸，愿意或赞成抗日，则不论叫哥哥妹妹，之乎者也，或鸳鸯蝴蝶都无妨"[1]的抗日统一战线原则，是有其广泛的社会基础的。

然而我们还要看到，尽管封建文化及其他形态的封建产物在全民抗战中，从客观上起到一点反帝作用；可若要将日本侵略者赶出中国，推翻日伪统治，靠占星、算卦、测字是无济于事的。陆大娘之子陆有祥、王四麻子等被"逼上梁山"参加抗日武装；胡来和李二虎被日寇抓走都深刻说明了要坚决反帝，就必须彻底地反封建。于是东北作家群的抗日文学又浓淡不同地渗入了反封建因素。[2]"五四"以来反帝反封建这一双重主题，在新的历史条件下被赋予了更新的内涵。

---

① 鲁迅：《且介亭杂文末编·答徐懋庸并关于抗日统一战线问题》，载《鲁迅全集》第6卷，人民文学出版社，2005。

② 如《生死场》《八月的乡村》中对二里半、小红脸等人小农村封建意识的刻画；《大地的海》《寒夜火种》中对地主与日寇狼狈为奸的描写；《边陲线上》既写日军暴行，又写地主对农民的压榨，等等。

如果从东北作家群创作心理角度分析，这种用封建文化来寄托人民反日心愿的艺术构思与前面提到的逆反心态是一个问题的两个方面，只不过一个是将人间现实夸大变形，一个是努力让人信服冥冥之中有神佑，最终二者在抗日救亡这个焦点上重合了。

第二章 刻画与时代的"共时"思考
——继往开来的开放型现实主义小说家

　　表现在骆宾基20世纪40年代创作心态和艺术风格上的"共时"特征，与他30年代创作心态和艺术风格相比较而言，既有一脉相承的共性，更有突破和发展了的个性。概括来讲：30年代是"共时"于对"战争事件"的感官记录，体现为一种与时间的"同步"感受；到了40年代则是"共时"于对"平凡生活"的内心书写，体现为一种与时代的"共时"思考。

　　在抗战文坛引人注目的东北作家骆宾基，进入20世纪40年代后，开始成长为一名以暴露黑暗社会、腐败专制的国统区民主主义进步作家。他在抗战初期建立起来的将文学视为政治宣传工具的艺术观，也在一些主客观因素诱使下，产生了自觉不自觉的深刻断裂。这一断裂的明显标志就是当他的创作重心由战争系列向生活系列过渡时，没停留在凭战时的热情，用"悲壮、胜利的欢呼"①号召人民抗日救亡运动的宣传被动性创作阶段；而是根据进入相持阶段的抗战形势的需要，开始了他深邃、沉郁、冷峻的现实主义创作。这种创作正如郭沫若所指出的那样："因为战争的长期化，战争本身的强烈的刺激渐渐稀薄了下来，人们的情绪也由兴奋的发射进而为沉着的反省……

---

　　① 茅盾：《大上海的一日》，转引自赵遐秋、曾庆瑞编《中国现代小说史》下册，中国人民大学出版社，1985。

因而作家的笔也倾向到批判的观点上来。"①骆宾基正是在这普遍的社会心理作用下，形成了与30年代创作的明显差异：由摹写印象变深入思考、由写悲剧英雄到悲喜剧中弱小者和丑恶者，进而形成他开放与多元的美学特征。

第一节　创作重心从战争到生活

骆宾基进入20世纪40年代的小说创作，其重心已明显由战争转入生活了。尽管这种转移不是突然完成的（因为《大上海的一日》《夏忙》集中的大多数作品就已开始注意了对日常生活的描写），但骆宾基真正由战争系列转向生活系列的第一篇作品，确实要算他写于1940年除夕的小说《生与死》。

以《生与死》为骆宾基生活系列的开篇之作，并不是因为他没直接写战争，相反它恰恰刻画了战争给人们心理上造成的影响。作者在这里提出了一个具有强烈哲学色彩的人生课题："人活着到底是为什么？"骆宾基由对战争场景的具象描绘转向具有抽象思辨意味的对整个人生的反思，表面上看似乎远离了抗战，或者是对现实的超脱；其实则是一种深层面上的现实主义超越。从此骆宾基便在这新的起点上，开始了他对"生活的意义"的不断探索、深入思考和执着追求。

茅盾在分析抗战后十年来国统区文艺创作不良倾向的原因时说："由于国民党反动派的迫害""反动派对于书报刊物的严格检查""由于未能克服自己的小资产阶级的思想观点，所以在这十年来，每到政治形势逆转，政治的天空乌云密布的时候，作家在作品中所表现的情

---

① 郭沫若给罗科妥夫的信，1904年11月3日答《国防文学》编者，载《沸羹集》，新文艺出版社，1951。

绪，也就是低沉苦闷的调子多过于战斗的激情了。"①用这样精辟的论述来概括国统区文艺创作各种不良倾向之根源，确实是切中肯綮的；但对某一具体作品、具体作家来说，其因素要复杂得多。

纵观现代文学史，无论像鲁迅、郭沫若这样的伟大人物，还是像蒋光慈、柔石这样的革命家，更不用说巴金、老舍，甚至包括茅盾本人，在他的创作生涯多多少少流露过一些低沉苦闷的情绪和思想消极的倾向，如果都用脱离革命斗争或克服小资产阶级思想观点这一公式去套，未免有些简单化。我们殷切希望并高兴地看到作家们始终站在革命队伍前列，处在阶级斗争、民族矛盾的风口浪尖中，但不能就因此用衡量革命家、政治家的尺度来要求作家、艺术家；更何况即便作家是个合格的革命家，也不一定就能写出优秀的革命作品来。世界观与艺术观，思想、生活与创作之间的进程关系，并不总是表现出一一对应的同步性。

如果以上分析成立的话，再来看骆宾基创作重心由战争转向生活，尽管其中也出现过一些"低沉苦闷的调子"，但原因却不是那么简单，除了茅盾指出的共性因素外，还包含着属于作者本人的生活经历和一些主观方面的多层因素。

（一）生活经历的变迁

骆宾基是于1938年4月，由中共宁绍特委组织部部长兼嵊县县委书记邢子陶亲自发展加入了中国共产党。但仅仅两年时间，他又失去了组织。这件事得从1939年11月说起，骆宾基当时应宁绍特委调动，去绍兴主编《战旗》。为了加强《战旗》与政治指导室的关系，便于研究编辑方针，他还兼任了专员公署政治工作队的教官职务。在党的组织关系上，由公署秘书长郦咸民以合法身份直接和骆宾基联系。

---

① 茅盾：《在反动派压迫下斗争和发展的革命文艺——十年来国统区革命文艺运动报告提纲》，载《中华全国文学艺术工作者代表大会纪念文集》，新华书店发行。

也就在骆宾基接编《战旗》的同时，黄源自皖南新四军中带信给骆宾基，邀请他到前线采访。黄源在信中说："陈毅同志在敌后开展梅花桩战术，创建了抗日游击根据地，是为中国伟大作品的产生所在。"①希望他在报告文学上有所反映。

6月底，骆宾基按黄源要求向皖南游击区进发，足足走了十多天，抵达了此行的目的地——云岭新四军军部，受到组织部部长曾山的热情接待。遗憾的是，通往前沿的交通被封锁，而骆宾基的正式的党组织关系介绍信又迟迟不见转来，所以，他无法如愿以偿地去作战部队进行实地观察和采访，只能留在军部协助编写农民夜校教材。焦躁、不安与日俱增，一直等了三个多月，去前线采访的事仍然没有着落，等下去也是毫无意义，于是骆宾基决定返回浙东。

9、10月间，骆宾基身着新四军军装，携带新四军签发的证件抵达金华。但他熟悉的柴场巷十五号已物是人非。因反动逆流猖獗，邵荃麟夫妇等已迁往福建永安，其余文艺界战友也已经各自转移，国际新闻社金华分社的牌子早已不知去向。他当时想等形势稍稍稳定之后再设法恢复党的关系。但事实上，他离开绍兴不久，宁绍特委书记杨思一等就已做出决定，认为他未经同意就擅离职守，违反了组织纪律原则，"纯属知识分子、文化人的自由主义"表现。因而，按"自动脱党"处理，不再向新四军转发组织关系介绍信。几天后，骆宾基离开金华，为寻找组织关系而往来奔走于绍兴、嵊县之间，但这一番努力是徒劳的，最终未能改变既成的事实，从此，骆宾基失去了组织关系，直到1982年才重新入党。

一位在初出茅庐时便得了文学前辈茅盾、党的负责人冯雪峰亲切关怀，在革命大集体中度过四个春秋的进步青年，突然与组织失去联系，应该说是个相当沉重的打击。正如他自己所讲："当一个人离开了思想上的战斗主力的时候，从战斗中撤退出来的时候，落在战斗背

---

① 骆宾基：《六十自述》，载《骆宾基短篇小说选》，人民文学出版社，1980。

后的时候，也就正是感觉到自己是弱者的时候，感到群众之外自己的个体存在的时候，感受到孤独的时候。"①

也就是他孤立无援之际，1941年年初，皖南事变发生，桂林政治空气紧张，一些具有进步倾向的书店、出版社接连遭到查封，环境恶化，文化人纷纷转移。1、2月间，茅盾自重庆赴香港路经桂林，对骆宾基说："这里不好住，不如也去香港吧！我准备一到那边就筹办刊物，你来好了！"

自1938年冬，日军先后侵占广州、武汉后，桂林成为我国西南政治、军事重镇。由于桂系军阀比较开明的政策，东北、华北、东南等各沦陷区大批文化人士纷纷来到桂林，各种文化团体和单位竞相成立。据初步统计，抗战期间，先后到过桂林的文化人数以千计，其中闻名全国的有近200人，他们当中有作家、艺术家、科学家、历史学家、诗人、演员、社会活动家和民主党派人士等。骆宾基也是那个时候去桂林的。

可是，到了1941年，当时许多政治活动家、学者、文学家、艺术家遭受国民党顽固派的迫害，在国统区无法立足，在共产党的帮助下，纷纷从上海、武汉、广州、桂林、重庆、昆明等地辗转流亡孤岛香港。一时间，香港人才济济，报刊、社团蔚为大观。香港仿佛真的就是一块筑有"战争防火墙"的"和平绿洲"。当得知骆宾基抵达香港时，茅盾立刻委托叶以群去旅店探望。身上已不名一文的骆宾基从旅店打电话给端木蕻良，说明自己的情况。当时端木蕻良在周鲸文办的《时代文学》与周鲸文一起任主编。端木蕻良取得周鲸文的同意之后，委托时代书店的两位职工前去为骆宾基付清店钱，取出典当的行李，把他安置在书店的职工宿舍里。为使骆宾基能以稿费维生，端木蕻良撤下自己在《时代文学》上连载的小说《大时代》，换上了骆宾基的长篇《人与土地》。大约半月后，骆宾基又迁至九龙太子道底的

---

① 骆宾基：《〈萧红小传〉序》，载《初春集》，江西人民出版社，1982。

森马实道一处住宅，与旅港剧人凤子等文艺界战友为邻。骆宾基安定之后，又在埋头创作新的中篇与短篇。

不久，中篇小说《仇恨》（即《一个倔强的人》）开始在茅盾主编的《笔谈》上连载。

1941年12月8日，日军偷袭珍珠港，对美、英宣战，太平洋战争爆发。战争爆发的当天，骆宾基正在九龙寓所伏案写作《仇恨》的结尾部分，根本没有注意到空中飞机的声音。突然，"轰轰"两声巨响，震醒了沉浸在创作中的骆宾基，他感到整栋楼房都随之而摇撼，紧接着，窗子被震碎的玻璃哗啦啦坠地，再接着，肆虐的飞机嗖的一下几乎是贴着屋顶一掠而过，向远方去了……骆宾基掷下手中的笔奔下楼去，人们聚集在门前空地上，正惊恐万状地仰望着、议论着……

已经在战争与轰炸中多年东奔西逃的骆宾基知道，又该开始一次新的转移了。此时，他惦记的是病中的萧红。

萧红患的是肺病，一直咳嗽、头痛、失眠，健康状况很坏。1941年夏萧红病情加剧，在史沫特莱的一再敦促并安排下入住香港玛丽医院肺科治疗，住的是"三等病房"。自尊心极强的萧红因受不了护士的白眼冷遇，于11月间又回到九龙的家里养病。这期间，茅盾、柳亚子等都曾前往探视，并电话问候她。骆宾基初次见萧红正是在那个时候。

萧红像大姐姐似的关心着骆宾基，问起他的生活和创作，并告诉他，连载于《时代文学》上的他那长篇《人与土地》的"报头式的标题"就是出于自己的手笔。

"看见了吗，那高粱叶画得又肥又大，就像咱东北老家那地里的高粱……"

骆宾基把自己正在写的短篇《生活的意义》绘声绘色地讲给萧红听，当说到那个从前线撤下来的士兵怎样整天闲坐在祠堂门口，故事讲完了，"走五道"也走腻了，于是就补裤子、打盹、哼小调……萧红笑着补充说，不妨再写他们怎样晒太阳、捉虱子……

后来，骆宾基在《太平洋战争爆发之后》一文里，详细记述了他们在香港时的一些谈话：

"难道一个处于病中的朋友，她的生命就不及你的那些衣物珍贵？"

"当然不是这样的！"C君低声辩解，"朋友的生命我是珍贵的，正像看待自己的生命一样珍贵，但，我在桂林桐油灯底下写的那些稿子，我是比自己的生命还珍贵的！"

"那你尽管去好了！"

"当然我会连夜赶回来，我绝不会把您摆在这里，就此不管了！"

"那就很难说了！"

"怎么很难说呢？"C君断然地说，"绝对不会！"

"你听着！在这里坐下来——我现在是以一个对中国现代文学有过贡献（且不管它是大是小吧）这样一个作家的身份，向你——就不要说是我弟弟秀珂的朋友吧，是另一个东北的流亡作家——谈话。我们都是在艺术上追求真、善、美的，都讲究精神世界的崇高，灵魂如何如何，难道这仅是在文字上的东西吗？难道在现实生活中，就是两码子事，战争一来……"

"不能这样说，当然在现实生活中，我们也应该如艺术上的追求，但不能说，我回九龙去一趟，就是把您掷在这里，从此不管了……"

"你听我说，好吗？你想，你真的能说回来就回来吗？这是战争啊！你听炮声这么激烈，你知道，九龙现在是怎么样了？尤其是你住得离码头又那么远，坐巴士要走二三十分钟，是太子道路底呀！那里是不是已经在巷战了？你怎么能冒这个险呢？"

这里的C君其实就是骆宾基自己。在随时有生命危险的战火下，骆宾基不忍心把萧红自己一个人留在这里，他留下来陪伴病重的萧红，而且这一待就是四十几天！

在萧红生命的最后的日子里，骆宾基成了她的依靠。后来，当骆宾基的女儿也问父亲当时为什么会这么做时，他说："那种情况下，谁都会那么做的。即使是一只生病的小猫小狗吧，你也不会丢下它不管。"

在此期间，萧红向骆宾基讲述了自己详细的经历和遭遇，谈到了与鲁迅先生的相识和心情，也讲述了自己的创作计划，这些就是《萧红小传》和《红玻璃的故事》的来源了。骆宾基也向萧红讲述了自己的经历和创作，讲起了冯雪峰的《卢代之死》，这段经历使骆宾基以后的创作获益匪浅。

可见，骆宾基此时的远离党、远离群众、远离集体基础上的不断变迁的生活境遇，再加上伤感和病重直到逝世的萧红，都为骆宾基创作心态抹上了一道孤独、苦闷的调子，构成他写出《生与死》《寂寞》《生活的意义》和《红玻璃的故事》等一些风格较抑郁的生活系列小说的原因之一。

可我们还应看到，骆宾基的孤独、苦闷和感伤，主要是因与党组织、人民群众失去了联系。由此而导致的有些压抑、迷惘的创作情绪和对未来失去信心，对前途心灰意懒，对革命悲观失望大不相同。

骆宾基失去中共党组织关系的1940年，又是世界法西斯势力极为猖獗、中国抗战进入最困难时期的一年。"叫一个生活在这年代的忠实的灵魂不忧郁，这犹如一个辗转在泥色梦里的农夫不忧郁，是一样的属于天真的一种奢望。"①因此我认为骆宾基的忧郁首先是时代的忧郁、民族的忧郁，这种忧郁和中国近现代进步的知识分子那种强烈的民族忧患意识是一脉相承的。其次，我们还要看到，骆宾基毕竟是在抗日炮火中锻炼出来的革命战士，再加之倔强不屈、傲岸不驯的山东兼晖春人性格，使得他一没被困难吓到，二不过于忧伤；不但积极从事抗日救亡工作，还曾当选为桂林文艺界抗敌协会理事；无论是在远

① 艾青：《诗论》，人民文学出版社，1983。

离内地的香港，还是在隔绝人世的监狱，他对党和革命事业从未有过失望①。也正因为以上主客观原因，骆宾基才在其创作中既没完全被悲观、消沉的思想情绪所困扰，又不回避自己苦闷、伤感的内心孤独。这种既忠实于生活，又不泯灭自我的坚定信念，忧而不伤的创作倾向，在20世纪40年代国统区文艺创作中自有其独特的品格和风采。

（二）中外作家的投影

骆宾基20世纪40年代以后不断变化的生活境遇，只构成他创作重心由战争朝生活转向的一个因素；从客观上看，外国文学尤其是19世纪至20世纪的批判现实主义作家作品和一些中国现代作家、评论家、理论家也直接和间接地影响了骆宾基40年代的创作。

在骆宾基文章中所提到的外国作家有普希金、果戈理、列夫·托尔斯泰、罗曼·罗兰等，他们几乎全属于批判现实主义创作流派。骆宾基正是在这一具有强烈人道主义色彩的作家群中，找到了博采众长的"自我"。②于是《驿站长》所表现出的对"小人物"的深深同情，《死魂灵》对卑琐庸俗、空虚无能的地主老爷的辛辣讽刺，《苦难的历程》对战争岁月中的知识分子心路历程的揭示，"高尔基三部曲"的自叙传艺术构思，《大卫·科波菲尔》里对英国黑暗腐朽司法制度的

---

① 骆宾基：《作者自传》，载《初春集》，江西人民出版社，1982。

② 《驿站长》和骆宾基《一个奉公守法的官吏》，二者描写的都是生活困苦、愁惨以致衰老，性格都懦弱、逆来顺受、安分守己的小官吏。前者保护不了女儿，后者养不住妻子，而且作者都是以含泪的笑寄予深深的同情。《死魂灵》和《老爷们的故事》《周启之老爷》都是以漫画的手法、辛辣讽刺和嘲笑了地主老爷们的丑恶虚伪，绅士们的空虚无聊、庸俗卑琐、吝啬成性等。《战争与和平》和《由于爱》都歌颂了爱国主义者形象，而且都刻画了热爱和平、自由的美丽女性，甚至连娜达莎的天真、热情、活泼而羞怯、忠贞等性格都与郁浩然的妻子等女性十分相似。《樱桃园》与《五月丁香》中都透露出乐观向上、对未来充满希望的色彩，一个是象征着卑怯、陈旧的平凡人生的"樱桃园"被伐走，而在这地上将长出新的东西，一个是女主人公毅然离开家庭、丈夫的束缚，摆脱强加在中国妇女身上几千年的枷锁，冲到生活斗争中开始新生活，等等。

无情暴露，《约翰·克利斯朵夫》所展示的英雄主义悲剧①……所有这些统统凝聚在骆宾基的笔端，经过他独特的理解和创造，以"骆宾基式"的风貌构成了他生活系列创作精神和对俄罗斯女性的讴歌，《罪与罚》对变态人物悲剧性格的精心刻画，《樱桃园》在对新生作中以人道主义为灵魂的开放型现实主义艺术特征。

谈起中国现代作家对骆宾基的直接与间接影响，真可以拉出一长串名单：鲁迅、茅盾、巴金、老舍、冯雪峰、郭沫若、叶绍钧、萧军、萧红、金剑啸、聂绀弩、胡风、周鲸文、端木蕻良、叶以群、邵荃麟、骆何民、邹韬奋、辛劳、沈钧儒、胡愈之、王任叔、丁玲，等等。在这些人里首先要提到的是鲁迅，骆宾基虽然没能见到他他就去世了，但对骆宾基的影响可以说是多方面的。

早在骆宾基创作《边陲线上》时，在完成了前两章之后，他就以"张依吾"的名义，把稿子寄给鲁迅，请鲁迅为他看稿。他实在太希望自己也能像萧军、萧红一样，得到鲁迅的提携。可他根本没有想到，当时的鲁迅已是重病缠身。在1936年7月10日《鲁迅日记》里记载："得张依吾信，并稿，即复还。"（"张依吾"即骆宾基——引者注）。但是，鲁迅的回答却是，长篇小说需看全部，只开头几章很难说，并且自己在病中，还不能看稿，等病好一些届时小说完成后再寄过去看。骆宾基也回信请先生"释念"，并表示决心继续写完这部长篇，再烦劳先生审批。这是《鲁迅日记》中说到的第二封信。

9月，长篇将近脱稿，骆宾基第三次给鲁迅先生写信，询问先生病情，并询问能否看稿。这是《鲁迅日记》9月17日所记："得张依吾信。"并于18日由夫人许广平代笔复信说仍在病中，不能看稿。骆宾基仍抱着一线希望，一面赶小说，一面等先生康复的消息。谁知，10月里，作品即将竣工，却陡然传来了鲁迅长逝的噩耗！

尽管骆宾基这次请鲁迅给自己的小说加以指点和提携的希望，因

---

① 骆宾基在不少文章中谈到他深受这些作家作品的影响。

为先生的病逝而没能得以实现。但鲁迅其人，特别是作品对骆宾基的影响却伴随着骆宾基后来的整个创作和生活。

骆宾基20世纪40年代的创作从主题思想上到人物性格、从风格特色到情节安排都能看出鲁迅的影子；可最重要的则是鲁迅在他一系列作品里所蕴含着的"哀其不幸、怒其不争"的情怀给骆宾基以深深的影响。因而当他由写战争风云里的勇士转到写生活重压下的人们时，才过渡得那么自然；当他从平凡的小镜头里映出大时代才会如此深刻；当他在对"生活的意义"不断探索、思考和追求中才能那样不懈和执着；当他对新的历史条件下"国民劣根性"予以揭露和批判时，才能那般有力和无情。

无论在回忆文章中，还是在接受采访时，只要一提到冯雪峰，骆宾基就会产生一种深深的崇敬之情。

就像冯雪峰对鲁迅的影响一样，骆宾基对冯雪峰的崇敬之情首先是政治方面的。

当年他的短篇报告文学作品《大上海的一日》在茅盾主编的《文学》《中流》《译文》与《文季》等四个杂志社联合出版的《烽火》周刊第12期作为首篇刊载后，发行人巴金到马思南路的难民收容所来看望骆宾基，亲自将稿酬送给他。在那时这位《大上海的一日》的年轻作者就受到了冯雪峰的重视。当时冯雪峰是中共中央派到上海为恢复和重建中共上海地下党做前期准备工作的，是党在上海的领导人。王任叔以上海文艺界抗敌协会秘书长的身份为骆宾基介绍了冯雪峰。茅盾、冯雪峰曾一同去难民收容所看望他。

当时，浙江东部嵊县茶叶改良场场长吴觉农先生正委托茅盾代为物色适当人选去该县开展基层抗日救亡运动，在茅盾的建议下，骆宾基决定前往。在他离开上海去浙东的前一天，冯雪峰带他到鲁迅故居，在鲁迅先生的客室，语重心长地告诉他："民族的希望在西北……毛泽东是东方的巨人，是亚洲各弱小民族的希望。"冯雪峰还把自己的一件黄呢子军服作为壮行品赠给他。

1939年11月，骆宾基应宁绍特委调动，去绍兴主编《战旗》。1940年元旦过后，骆宾基受命去金华组稿，这是他第三次来金华。此时的金华已经成为与武汉相类的左翼文化重镇，而作为那里的左翼文艺堡垒的正是国际新闻社金华分社办事处——柴场巷十五号。在此他又和冯雪峰相逢。在看完《十万大山》和邵荃麟所作《麒麟寨》这两出在东南一带颇有影响的抗战剧目之后，深夜，在柴场巷十五号前庭一侧的客室里，骆宾基与冯雪峰相对而坐。

　　"你怎样看呢？……你喜欢话剧吗？"

　　骆宾基觉得在这样一位富有威望的左翼文艺评论家面前，是很难谈自己的想法的，他感到没有把握，也确实觉得还没有这方面的判断能力。于是，他老实地承认自己看话剧看得很少，算这次一共只四出，接着便又讲起了四年前在哈尔滨怎样被那连一句歌词都听不懂的歌剧《伊万·苏萨宁》带到一个崇高的爱国主义的境界中去，而产生了感情上的共鸣。

　　冯雪峰却指出："那些白俄在哈尔滨演出格林卡这样有名的歌剧，恐怕在那些流亡的白俄贵族中间会唤起一种对沙皇时代的俄罗斯的怀念吧！"

　　骆宾基听了不由地想：自己仅从剧中的人物、主题、结构和导演手法、表演技巧来评论，仅从自我感受出发，而冯雪峰却能居高临下，着眼于时代，而且……能多方面地思考演出本身的寓意和社会效果……这正是文学评论中的高低之分！

　　"那么，《麒麟寨》呢？再谈谈看！"

　　骆宾基已经不那么局促了，于是随口回答："在结构上，就好像一个国王没戴王冠一样！"

　　冯雪峰大笑，骆宾基觉得，只有经历过红军部队生活的人才能有那样爽朗的笑声。

　　冯雪峰接着又说："是呀，老是搂搂抱抱，还没有达到'登泰山而小天下'的高峰，不过，也好，"他脸上闪现出一丝幽默的笑容，"搂搂抱抱也好，总还说明作者是和现实拥抱的嘛！在这个意义上应该说是胜于一般剧目的，它不是传奇，这正是我们话剧创作的方向！"

在骆宾基的回忆文章里，曾经满怀深情地叙述了他三次到义乌县神坛村亲自拜访冯雪峰的情景。

第一次拜访冯雪峰时，骆宾基走在路上，只要一提"神坛村"，人们就知道是谁家的客人，露出亲切的微笑。冯家在此地十分有名，乡居中的冯雪峰身穿中式灰色衣装，脚下一双布底棉鞋，"全然不似一年前在上海初见时，身着西服给我留下的脚步健捷的潇洒姿态以及英气勃勃的神色了"，而"仿佛是胸怀世界般神情旷然，且又如离世寺居的僧人般宁静"。冯雪峰带他来到小小的阁楼，这也是他的清静书斋。骆宾基本是打算只住一夜，第二天去金华的，但冯雪峰极力挽留他，于是就有了三次的彻夜长谈。本来冯雪峰说第二天要请他看看自己的"半部红楼"。但晚饭后，宾主都谈兴极浓，毫无睡意，于是在那初春的夜晚，他们就着烛光，围着炭火，促膝长谈。显然冯雪峰对这位年轻朋友的到来感到兴奋，话题十分广泛。当骆宾基惊异于他崇拜的文艺理论家竟然是个诗人时，冯雪峰把他早年未曾发表过的诗念给这年轻的朋友听：

　　那小鸟儿，
　　口衔着一朵花，
　　从山南坡，飞过来！
　　告诉山背后的人们，
　　山那边已是春天降临的世界。

显然，把他当作了知音。冯雪峰又把他刚写完的以红军长征为题材的长篇《卢代之死》的开头几章拿给客人看，并征询他的意见。这部长篇就是冯蛰居义乌乡间的重要作品，作者本人爱若珍宝，以后又屡遭劫难，至今也是不完整的。由《卢代之死》冯又自然地谈起长征的经历，谈起对毛泽东、鲁迅、瞿秋白的印象，谈起列宁对列夫·托尔斯泰的评价，还朗诵起郭沫若、高地合译的《战争与和平》前半部中的片段……这一切在骆宾基的回忆文章《初访"神坛"（第一夜）》中都详细记述了。

骆宾基回忆当时的情景说："我从铺着椅垫的藤椅上，也走近窗前的书案，先在挂着的小型壁镜前看了看自己兴致淋漓的脸色和勃勃然的朝气，哪里像是处于到处是冷风飕飕的冬季的阁楼来客，倒像是处于春季的田野旅游者的神态一般……"他有一种幸运感，觉得好像是被人领着与列夫·托尔斯泰见面相识一般，被人"带到了一个从来未曾到达过的艺术领域的高峰，一个新的立于巅峰而俯瞰田间、溪流、旷野和丛林的开阔无际的艺术欣赏世界"。

三天后，他怀着感激与景慕的心情辞别了冯雪峰。

同年4、5月骆宾基去皖南之前，第二次来到神坛村，向冯雪峰辞行。冯雪峰知道他的决定后，沉思片刻后告诉他，能去实地观察、体验自然是好的，因为文学只能来源于生活！不过，真要到军队里，也恐怕难以静下心来从事写作，大约还得回来再写。这是冯雪峰在他行前给他的建议。

这一年初冬，从皖南新四军处回来，失掉了组织关系的骆宾基又到义乌乡下神坛村，这是他第三次，也是在浙东时期最后一次登门拜访冯雪峰。

冯雪峰完全理解这年轻战友的苦衷，片刻的沉思之后，他发表了自己的看法。

"失去了组织关系，这当然很不好，但是，要相信这一点：只要不改变自己的人生方向和宗旨，这个问题迟早是可以解决的！这一带既然已经不好待，不如就去桂林，到了那里你可以找到党，找到文艺界的战友们，那时，再努力于创作吧！"在迷茫的时刻，冯雪峰再一次为骆宾基指明了方向。于是，骆宾基带着一口不很大的旧皮箱，里面仅仅放着六年前母亲给他的那条俄国毛毯，还有几本鲁迅的作品集和列夫·托尔斯泰的长篇小说，带着冯雪峰赠给他的八十块大洋，离开浙东，踏上了去西南大后方的旅程。

我们认为冯雪峰对骆宾基的影响还不仅仅是政治方面的，冯雪峰对骆宾基20世纪40年代的创作也起了重要的推动作用。1939年骆宾基到神坛村拜访冯雪峰时，冯雪峰正在读《战争与和平》。在高尔基后期作品和《毁灭》《夏伯阳》等一些无产阶级革命文学风行之际，冯雪峰对《战争与和平》则赞不绝口，这深深感染了骆宾基[1]。作为一位骆宾基所崇拜的党在文艺界的领导者，在抗日救国的伟大运动中，竟对批判现实主义作家作品连连称赞，这不能不使从战场上下来的骆宾基对文学的战斗性和社会作用有了更深刻的、进一步的认识，在冯雪峰身上他领略到俄国19世纪批判现实主义文学在20世纪40年代的黑暗中国所闪烁的伟大光芒。于是他开始将创作中心由战争向生活过渡了。

谈到中国现代作家对骆宾基的影响，不能不提起萧红。骆宾基在香港会见萧红时，她正过着一种与世隔离状态的"蛰居"生活，加上长期病痛、个人生活不幸，形成了她香港创作的苦闷期。按骆宾基的分析，这是由于她"落在了战斗主力的背后，受了重伤"，以至于这位"强者"在"壮大的途中又软弱下来"[2]。而与此种精神状态下的萧红相识的骆宾基，则从她身上获得了一种感受：萧红是以一个弱者的步伐走完了一个强者的人生。这种对强者的萧红和弱者的萧红的辩证理解，就像有的学者所说"作家对时代的呼声""有人用的高音喇叭，而有人用的是芦管"[3]，萧红显然用的是芦管，尽管在音量上抵不过高音喇叭，但她是尽了最大的气力；而且在音色上恐怕并不逊色于

---

① 骆宾基：《初访"神坛"（第一夜）》，《新文学史料》1983年第2期。

② 骆宾基：《〈萧红小传〉序》，载《初春集》，江西人民出版社，1982。

③ 王观泉：《〈萧红短篇小说集〉编后记》，载《萧红短篇小说集》，黑龙江人民出版社，1982。

高音喇叭。

为了能使读者在萧红作品中找到影响骆宾基的因素，在此我将萧红的第一部长篇小说这部被誉为"东北人民向征服者抗议的里程碑的作品"①的《生死场》做一分析：

当年被骆宾基羡慕已极的一件事，就是鲁迅先生为萧红《生死场》写了那篇著名的序言。在这篇序言中鲁迅谈及《生死场》的艺术审美价值时这样表述道："……这自然还不过是略图，叙事和写景，胜于人物的描写，然而北方人民的对于生的坚强，对于死的挣扎，却往往已经力透纸背；女性作者的细致的观察和越轨的笔致，又增加了不少明丽和新鲜。"②

这段论述是对《生死场》思想性和艺术性的高度概括，后来的文学史家、评论者对该作品的剖析还都未超出鲁迅先生这一高度，但是究竟应该如何理解和把握鲁迅对《生死场》的评述，我想谈谈个人的认识。这大概对我们更好地理解骆宾基为什么如此羡慕并欣赏萧红和《生死场》有所启迪。

鲁迅先生在序言中提到的"略图"是指"五年以前，以及更早的哈尔滨"在萧红的笔下尚未详尽、细致地展示出来，这也是可以理解的。因为在一部七万多字的小说里，企图将一个偌大的哈尔滨方方面面地表现出来是绝对不可能的，更何况该书主要描写的只是北方农村。所以我理解这"略图"的含义有些像绘画中的速写，作者只是比较迅速、准确地勾勒出人物的动作神情，甚至只是轮廓，但这绝不是说就不需要讲究结构严谨、疏密适当、突出中心、追求细节。可以说《生死场》是中国现代小说中较为追求结构美的优秀作品之一。主要表现在如下几个方面：

变换视点的叙述与描写。《生死场》中的叙述和描写很少有一成不变的时候，为了情节发展和刻画人物的需要，萧红有时是以第三者

---

① 景宋：《追忆萧红》，上海《文艺复兴》1946年7月1日第1卷第6期。
② 鲁迅：《〈生死场〉序》，载《且介亭杂文二集》，人民文学出版社，1983。

局外人的身份描写人物，有时又以作品人物的视点去揭示性格；有时以甲为叙述的中心，有时又以乙为描写的对象。首先在作品一开篇，便出现一幅类似电影中的全景画面：城外的大道，道旁的榆树，树下的山羊，骄阳下的菜田，嬉戏的孩子……紧接着主人公一个个纷纷登场，故事情节也随之展开。这种开篇方法，在萧红笔下运用得如此纯熟，实在叫人惊叹。然而，作者又不满足于像无所不能的"上帝"一样，总是在局外兜圈子，于是她又常常从作品人物的视角来抒情议论、写景描人。这里我们仅举两例。一是二里半为了寻找那只山羊和邻地一家发生纠纷时，作者这样写道：

> 那个红脸长人，像是魔王一样，二里半被打得眼睛晕花起来，他去抽拔身边的一棵小树；小树无由地被害了，那家的女人出来，一支搅酱缸的耙子，耙子滴着酱。他看见耙子来了，拔着一棵小树跑回家去，草帽是那般孤独地丢在井边，草帽他不知戴过了多少年头。

从"红脸长人"到"滴着酱"的耙子直至"孤独地丢在井边"的草帽，这些形象与其说是作者客观的描摹，倒不如说是二里半的主观感受。萧红紧紧抓住贫苦的农民二里半对一只丢失山羊痛心、焦躁的情绪脉搏，用他的主观视觉形象（而且这种幻象在作品中出现多次）生动地再现了二里半的典型性格及内心世界。

萧红成功地运用作品主人公的独特视角的第二例，便是整个第三章《老马走进屠场》。在这一章里，作者笔下的深秋黄叶、凄沉的阳光、秃树、风声、血痕斑斑的门、钉着毛皮的板墙、如同绳索一般的牲畜肠子、蒸发着的腥气，等等，几乎所有景和物都染上了王婆浓重的感情色彩。这些王婆眼中的景物，又反转过来十分恰当地烘托了王婆此时此地的内心活动。情与景的交融，突出了人物性格的典型性，同时也揭示了在东北农民对能养家糊口的牲口的深深依恋中，所反映出的中国旧式农民吃苦耐劳的优秀品质和忍气吞声的弱点。对具体作品《生死场》来说，不管是使二里半失魂丢魄的山羊，还是让王婆心如刀绞的老马，都依附在生与死这一主题之上，这便是在旧中国的穷乡僻壤，如果农民失去了他们赖以生存的土地、牲口，那么等待他们的也就只有死亡。由此看来，萧红之所以经常变换叙述和描写的视点，也就是向读者揭示农民和他们手中原始的劳动工具之间那种血肉相连、唇亡齿寒的关系，一旦有谁敢夺走他们的"生命线"，那么他们总有一天会行动起来与之做殊死的斗争，《生死场》后半部分恰恰印证了这一点。

交汇分合的情节与结构。对《生死场》的情节结构，许多文学史家和评论者大都抱着一种否定的态度。概括起来不外乎是指作者对情节缺乏组织，结构散漫，中心不突出等。①

笔者认为《生死场》的结构布局是试图遵循一种分而合、合而分的组织原则，即在场面中展开人物发展的某一阶段，将主要人物和事件通过同空间（或时间）有意识地合并一体；然后再分头发展，到一定阶段再重新组合。

首先我们看一下《生死场》第一章《麦场》。仅从人物的登场来看，便显露出作者擅长布局和结构巧妙的艺术才能。先是罗圈腿出场，紧接着便是二里半寻问儿子找没找到羊，然后引出土屋中忙碌的麻面婆，接着还写二里半找羊，途中遇见王婆，又与邻地一家发生争斗。而王婆再次出场后，又将二里半寻羊寻到王婆家中一事自然而然地联系起来，水到渠成地引出赵三，最后描写赵三、王婆和平儿这一家人的打麦场面；全章结尾时，由麦草堆引出福发家的草堆，交代了福发的女人和福发的侄儿。因此，我们认为第一章所写的三个主要事件不但将一些主要人物引出前台，而且顺其自然地揭示了人物之间的关系，一环扣一环地将情节向纵深发展下去。

---

① 王瑶：《中国新文学史稿》（上），上海文艺出版社，1982，第294页。

第三章《老马走进屠场》初看上去似乎与前两章没有什么联系，其实只要我们认真思索一下便会发现：如果说二里半丢失山羊这意外发生的"天灾"，使得他毫无思想和精神上的准备，是个突如其来的打击，金枝失去贞操是她在半推半就中酿成的一场爱恋与欲望交织一体的"人祸"的话；那么老王婆将老马牵进屠场则是她所做出的一种极不情愿又不能不做的艰难的选择。而逼着她做出这种选择的便是吃人的社会制度和残酷的封建地主。"就是一张马皮的价值，地主又要从王婆的手里夺去""地主们就连一块铜板也从不舍弃在贫农们的身上"，这些画龙点睛的议论深刻地揭示了《生死场》反封建的主题，而且这种主题随着情节的展开——人们失去生命，失去土地，失去自由——又增添了强烈的反帝色彩。

第四章《荒山》作者主要写了三件事：一是具有浓郁的东北乡村风情的农妇说家常；二是由李二婶子提及为月英拿黄瓜引出的病魔中的月英不堪忍受折磨而死去；三是赵三等人成立镰刀会及赵三入狱的描写。这一章可以说是整个作品情节结构的第一次融合，其主要方面体现在王婆和李二婶子对各自丈夫神秘举动的猜疑和揣测上。

第六章《刑罚的日子》是《生死场》的情节结构第二次在合并，而且是一次深刻揭示主题的布局，在这一章中先后有五姑姑的姐姐、金枝、李二婶子和王婆临产或即将临产。在作为有过亲身体验的萧红来看，女人生孩子简直就是在遭受刑罚，这一对女性的深切同情和同感在第二章金枝与成业的那段性描写中也有充分的表现，如果仅从生物学的角度来剖析，似乎萧红还只停留在对女性的生理特点的关注上；其实联系一下这一章对狗、猪、鸟雀的生产描写，我们便不难发现：萧红是在用飞禽走兽生产及哺乳时的悠然自得、一帆风顺来与极其落后、愚昧的旧中国农村劳动妇女的生育之艰难、痛苦形成鲜明的对比，进而揭示出她们猪狗不如的悲惨命运和非人的生活。从这一层面上揭示旧社会下层妇女的悲剧命运，不仅反映出萧红强烈的人道主义激情和鲜明的反封建意识，也折射出追求个性解放的女作家对妇女命运与前途所寄予的极大关注。由此可见，葛浩文先生由此章得出"贯穿全书的唯一最有力的主题就是生与死的相离相亲，相生相克的哲学"，甚至还牵强地与佛家思想联系起来①，显然是只看到皮毛而没有挖掘出本质。笔者认为萧红无论写"生"还是写"死"都不是单纯地描绘和展示，而是自始至终围绕着"反帝反封建"的中心主题，只不过有时写得更隐蔽、含蓄罢了。

第七章《罪恶的五月节》正如作者自己所概括的，主要写了两件事：一是王婆服毒，二是小金枝惨死。到此章为止，该作品已先后死了月英、五姑姑姐姐的孩子和小金枝三个人（冯丫头的哥哥不是出场人物，故没包括在内）。这三个人的死可以说一个比一个悲惨。月英瘫在床上，如果她丈夫能始终照料的话，是不会死的。五姑娘的姐姐要临盆了，可是她那个酒鬼丈夫一进屋便是连骂带打，作者写到这里时写了这么一句议论："她几乎一动不敢动，她仿佛是在父权下的孩子一般怕着她的男人。"是的，在封建社会中，特别是在小农意识，宗法观念十分强烈的北方农村，男人在女人面前是绝对至高无上的。萧红在这里又向封建观念发出一颗炮弹，而且这发炮弹和写金枝早产是因为成业不顾妻子有孕强硬求欢一样，是萧红那种女性的人道主义情感和对封建夫权的切齿痛恨融合一起而成的。特别是小金枝，这一无辜的小生命竟然被她生身之父活活摔死，此时萧红的极大愤慨似乎达到了高峰："小金枝来得人间才够一月，就被爹爹摔死了：婴儿为什么来到这样的人间？使她带了怨恨回去！仅仅是这样短促哇！仅仅是几天的小生命！"作者把丑恶的制度、残酷的父权给无辜的生命造成的毁灭，用在仅仅几天、几十天的婴儿身上，可见作者的良苦用心所在。

全书从第十一章《年盘转动了》为标志，反帝（主要是反日）的主题开始成为中心思想的所在。有的论者认为这是"中途转变小说主题"②，其实不然。萧红的《生死场》并不存在"中途转变主题"的问

---

① 葛浩文：《萧红评传》，北方文艺出版社，1985。
② 葛浩文：《萧红评传》，北方文艺出版社，1985。

题，萧红是真实地描绘东北沦陷前后的农村，而日本鬼子占领前后的东北农村本来就具有这种由以反封建为主要矛盾一变为以反帝为主要斗争方向的性质；更何况即使在作品的后半部，作者也没有完全忽略反封建的主题。如果从艺术结构的角度考察，从第十一章开始，无论是情节发展还是人物命运也都随之发生很大的变化，而且作者在描写这种变化时是采用水到渠成的渐变，然后演化成突变的方式，将《生死场》中最激动人心的篇章展现在读者面前。这便是第十三章《你要死灭吗》。

这一章是全书情节结构的第三次大合并，赵三、李青山、五婆、罗圈腿、平儿、二里半、李二婶子等几乎作品中有名有姓的主要人物都在这一章中大亮相，尤其是"哭誓"一段，将作品的主题思想、审美氛围、人物群像的共同特征升华到一个新的境界上。

最后一章萧红以"哭誓"中唯一未曾宣誓过的二里半为人物中心，将老赵三、李青山、李二婶子等再次引入作品的前场上来。特别是那个老山羊在结尾处所起到的深刻的画龙点睛的作用，与作品一开篇二里半的丢羊形成强烈的对比和照应，在全书的情节结构上造成了首尾照应、构思完整的艺术审美效应，同时又起到了言有尽而意无穷的美学功能。

通过前面的粗略分析，我们看到：《生死场》中绝大部分篇章所描写的人物事件（甚至包括动物等）都不是生活素材的罗列和毫无结构性的随意安排。全书十七章，除首尾照应的结构安排外，萧红似乎是在遵循一条"分而合，合而分"的布局原则，每一次情节结构的大合并都是人物命运、典型性格、思想内涵、审美效能的一次大飞跃。笔者认为《生死场》的结构艺术与《呼兰河传》并不相同，如果说《呼兰河传》的情节结构是在追求一种情节的散文化和结构的田园诗化的话，那么《生死场》则主要是将小说和戏剧（甚至电影）艺术结合起来，这也许是萧红本人在哈尔滨"星星剧团"和做电影广告副手时所受到的艺术熏陶以及在都市看电影时所接受到的一种潜移默化的作用所致吧。

鲁迅先生在一封给萧红的信中说："那序言中……的一句'叙事写景胜于描写人物'，也不是好话，也可解作描写人物并不怎么好。因为作序文，也要顾及销路，所以只好说得弯曲一点……"①鲁迅这句信中的话和他为《生死场》作的序，似乎给萧红的人物描写判了"死刑"，其实具体情况应做具体分析。

鲁迅先生在信中说的"并不怎么好"，可能有两层含义：一是与萧红的叙事、写景描写相比较而言不太好；另一意思大概是鲁迅先生在用一种比较严格的尺度，将萧红这位文坛新秀与那些小说家相比而言"不怎么好"，否则就难以解释鲁迅所讲的"力透纸背"和他对王婆形象的肯定②。就具体作品而言，在人物的描写上也并不像有的论者所得出的"写得不够突出""不大普遍，不能够明确地跳跃在读者的面前"③"缺乏完整和鲜明的形象"④等结论。相反，笔者倒认为《生死场》的成功恰恰体现在人物形象的多层次和性格发展的多类型上。《生死场》的人物性格，我们姑且将其概括为以下几种类型。

（1）渐变型：如二里半这一人物在冲破小农思想意识、封建保守的落后观念、懦弱胆小的性格模式方面，是逐步实现其飞跃性的变化的。这一人物既真实地反映了中国封建社会中农民的典型性格，又刻画出了"这一个"二里半形象的多层次、多侧面性，可以说是较为成功的人物形象。

（2）曲线上升型：老赵三便属于这一类性格，曾几何时他也是疾恶如仇的反封建英雄，可"镰刀会"事败之后，他不但丧失了斗争意志，而且和地主讲起了良心，这一人物在此时的消沉不仅真实深刻地

---

① 鲁迅：《鲁迅致萧军、萧红书信》，载《鲁迅书简》（下），人民文学出版社，1983，第828页。

② 萧军：《鲁迅给萧军萧红信简注释录》，人民文学出版社，1985。

③ 林志浩：《中国现代文学史》（下），中国人民大学出版社，1979，第403页。

④ 田仲济等：《中国现代小说史》，山东人民出版社，1979，第309页。

阐述了农民身上的软弱性，又为他在作品后半部的性格升华形成一种强烈反差，同样是个有血有肉、光彩照人的形象。

（3）动中不变型：王婆可以划入这一类形象之中，王婆可以说是萧红着墨最多的一个人物，从她出场后不久我们便感到她的吃苦耐劳、善良温厚、疾恶如仇、坚强不屈的性格。尽管她经常处于一种为作品情节穿针引线的活动之中，甚至还发生了她自杀的事件，但她的性格自始至终没有变，从她一出场对"她的牙齿为着述说常常切得发响，那样她表示她的愤恨和潜怒"的描写，到她告诉金枝"李青山把两个日本鬼子的脑袋割下挂到树上"时的激动，都前后贯之地刻画了这一典型性格。

（4）变中不动型：李青山是作品中一个革命者的形象，但可能是由于作者缺乏对这类人物的感性认识和现实素材，因此在他的身上我们只体会到这是个斗争中成长起来的抗日领导者，却不见具体感人的成长过程和细致入微的行动描写。尽管是这样，萧红也没忘记刻画出此类人物性格的多层次性，李青山在最后一章用一种羞辱人格的"激将法"引导二里半抛弃一切，参加革命军便是生动的例证。

有关《生死场》的主题思想可以说仁者见仁，智者见智。有的认为萧红"只是表达心中的印象和感情，而从不鼓吹什么"[①]；有的认为"虽然有抗日文学的一面，但主要是'怀乡'和'人道主义'"[②]；有的认为是"农民对命运挣扎的乡土文学"[③]；有的则认为萧红此小说主题是"由农民生活一变为抗日"，仅仅笼而统之地认为是"反帝反封建"[④]。笔者不反对该作品的主题是反帝反封建的说法，因为作品确实反映了这一主题，但这远远不够。反帝反封建几乎可以概括中国新文

---

① 陈宝珍：《萧红小说研究》，《东北现代文学史料》第4辑。
② 平石淑子：《论萧红的〈生死场〉》，《北方文学》1981年第1期。
③ 邢富君，陆文采：《农民对命运挣扎的乡土文学——〈生死场〉再评价》，《北方论丛》1982年第1期。
④ 马怀尘：《浅谈〈生死场〉的主题和人物》，《萧红研究》，《北方论丛》丛书第4辑。

学史上所有意义积极的文学作品。因此，仅仅停留在《生死场》的主题是反帝反封建上，实在不能令人满意。

笔者认为《生死场》在思想内容方面一个鲜明的特征是：思想蕴藏量大，内容较为丰富，大主题套小主题的现象时有发生，在该作品中我们既能看到地主老爷的盘剥压榨，又能看到帝国主义的军事、文化、经济侵略；既能看到都市的腐败，又能看到农村的衰亡；既能看到老一辈的挫折，又能看到新一代的成长；既能看到妇女的艰辛、老人的凄惨，又能看到男人的兽性、孩童的天真……可以说一部《生死场》让读者领受到了20世纪30年代的中国北方农村和都市，尽管有些是"略图"，但仍给那些没到过关外的读者以许多"明丽和新鲜"的印象。

《生死场》的多元化思想内涵是随着情节结构的多次分合而逐一地揭示出来的。有的主题反复出现在不同的结构中，给人留下了深刻的印象；有的主题仅仅是一两个片段，但也同样让读者感受颇深。比如第一章，萧红在写二里半找羊时就包含了多层的思想内涵：一方面写出了这种简单的生产工具与贫苦农民那样生死攸关的联系，一方面又揭示了在这种特殊的社会环境、生产关系中农民阶级的先天不足；一方面反映了北方农民的感情质朴、追求执着，一方面又暗示了中国农民的出路所在。

特别在"哭誓"片段之前，人们本来是想杀掉二里半的老山羊来盟誓；可二里半心情悲哀、沮丧不悦，最后还是找到一只谁也没有找到的鸡，把他的宝贝山羊换了下来。这里再次揭示了作品的主题。到了结尾处，二里半虽然思想有了很大的进步，但他仍旧没敢亲自砍死山羊，而是让老赵三替他养活着，而且是那么恋恋不舍地与山羊告别。由此看到，二里半的老山羊在作品中这三次重要的亮相，都给人留下深刻的印象，对主题思想的深化起到了重要的作用。

大多数论者在谈到《生死场》中"越轨的笔致"时，都大同小异地指出作品中悲壮的氛围、粗犷的语言和"非女性的雄迈境"等，这当然是萧红"越轨的笔致"中的一些方面，一些很重要的方面，但笔者认为，还应包括后来再版时被删掉的一段性描写。这段描写，不仅仅是在东北作家群中，就是在整个中国现代文学史上的女作家作品中也是极为罕见的，然而萧红却大胆地展示在读者面前[1]，而且全无色情的挑逗，字里行间深深渗透着萧红对女性的极大同情和作者本人强烈的情感体验。特别是当我们将此段描写与作品中其他地方女性被压榨、欺凌以及痛苦的生与死的描写联系起来时，不能不在读者心灵上产生强烈的震撼力量：在半殖民地半封建社会的旧中国，生活在最底层的劳动女性是多么悲惨和艰难哪！作为一名年轻的女作家，能从此种角度提示旧中国劳动妇女的悲剧命运，其"笔致"不能不说是一种"越轨"，也正因为这种"越轨"揭示了作品的主题，服从了情节的需要，丰满了人物的形象，因而鲁迅先生才接着说它"又增加了不少明丽和新鲜"。"《生死场》……给我们以坚强和挣扎的力气。"而胡风则更是高度评价《生死场》"是用钢戟向晴空一挥似的笔触，发着颤响，飘着光带，在女性作家里面不能不说是创见了"[2]。

我们之所以用较多的篇幅来写对骆宾基有着很多影响的萧红这样一个作家，除了她和她的作品受到过鲁迅先生高度评价之外，大概还有这么几个原因：

一是在抗日题材的文学作品中，萧红的作品，特别是这部《生死场》，是一部思想性和艺术性都比较高的作品，和那些单纯喊口号的抗日作品相比较而言在文学性方面具有相当的高度。

----

① 以下是《生死场》初版时的那段文字：

……静静的河湾有水湿的气味，男人等在那里。

五分钟过后，姑娘仍和小鸡一般，被野兽压在那里。男人着了疯了！他的大手敌意一般地捉紧另一块肉体，想要吞食那块肉体，想要破坏那块热的肉。尽量地充涨了血管，仿佛他是在一条白的死尸上面跳动。女人赤白的圆形的腿子，不能盘结住他。于是一切音响从两个贪婪的怪物身上创造出来。

迷迷荡荡的一些花穗颤在那里，背后的长茎草倒折了！……

② 胡风：《〈生死场〉后记》，载萧红《生死场》，上海容光书店，1935。

二是在当时反日作家中，萧红的出现有着特殊的意义。这就是作为一名羸弱的女性，虽然不能像骆宾基这样的男性作家那样冲在抗日的最前线，从这个意义上讲，萧红还不算是一个纯粹意义上的战士；但她用她的笔作为抗日武器写出振奋人心的作品，仅此一点又不能不说萧红正是一名冲锋陷阵的文艺战士。

　　三是像萧红这样一位曾经受过金剑啸、罗烽、舒群、茅盾、聂绀弩、叶紫、胡风、萧军等共产党员和进步人士的影响，但却没有成为革命作家的人（当然，萧红的过早病逝，使我们无法也不想对她假如一直活着会怎样怎样做天马行空的想象和猜测）。他们最终没有走上革命道路，当然有各方面的复杂原因，但是这对我们却是一个很好的启迪：作为共产党人或者党的领导如何团结和引导更多的知识分子，使他们不但与党同心同德，而且还能成为革命队伍里的中坚力量，这是个过去、现在和将来我们党都要面对的一大课题。

　　四是如果像有的论者所说，骆宾基后来创作的《幼年》受萧红的《呼兰河传》影响较深的话，那么《生死场》的主题、形式、语言、表达方式等则对骆宾基的《边陲线上》尤其是后来的战地报告文学都有着程度不同的影响。

　　同时我们也要看到，"萧红一生的最后却是孤单、寂寞、怀着炎凉世态带给她心灵的创伤而死去的"[①]。如果说骆宾基是从强者的萧红那里学到了对真善美百折不挠的追求精神，那么病痛折磨下的萧红羸弱、孤寂和忧伤也多多少少给骆宾基以后的创作投下一抹被苦闷困扰的影子，产生了一些感伤、抑郁的作品。

　　至于像聂绀弩泼辣讽刺的文体，胡风"主观战斗精神"的文学观，丁玲对妇女命运的深切关注，端木蕻良20世纪40年代创作风格的"软化"等等，都不同程度地影响了骆宾基40年代的创作。

---

　　① 王观泉：《探论文学史编写的一个问题——萧红研究得失谈》，《萧红研究》，《北方论丛》丛书第4辑。

（三）对艺术风格的探索追求

一位优秀的作家在其创作生涯中，艺术风格和审美倾向从来都不是一成不变的。他对"旧我"的不断突破体现在创作上常常是对新的艺术形式的大胆探索和对新的美学风格的自觉追求。骆宾基就是这样。他20世纪30年代的创作绝大多数还仅限于报告文学，即便是小说《边陲线上》也往往出现一些类似战地报告文学的艺术结构和语言风格。如仅满足于此，也就不会有40年代的骆宾基了。可是骆宾基毕竟是深受鲁迅、茅盾、冯雪峰、聂绀弩、萧红、托尔斯泰、果戈理和契诃夫等这些不断探索、勇于创新的作家影响，毕竟是"一个认真向上追求"的人。在骆宾基看来，"唯有在人生上是一个可敬的斗士，那么在艺术表现上才有成功的希望"[①]。

于是骆宾基便以一名"斗士"的姿态出现在20世纪40年代文坛上。表现在具体创作中，首先是他对30年代创作视角的突破。

《救护车里的血》等一组战地报告文学是建立在他亲临前线，将整个身心投入抗战的基础之上。因此他能敏感地体察战争生活，生动逼真地描写身边的人和事，以至于无论是用第一人称，还是第三人称都能使读者感到作家本人已深深融化在他所描写的战争场景里。

下面我们在《左臂受伤的伤兵》（又名《我有右胳膊就行》）中的场景描写中，来感受他20世纪30年代创作的特有风格：

> 当当……警钟迫切地鸣叫，冲破了深夜的沉寂。从梦中翻过了身子，健民催促爬起来，连眼睛没来得及揉，挂上了急救袋。
>
> 跑到院心，眼前一片黑，从二卯星的高度推测，是下半夜了。人影在苍茫夜色中，哑静地排起了队伍。健民晃了晃军用水壶，又迅速地结起钢盔帽带来。

---

① 骆宾基：《三月书简》，载《初春集》，江西人民出版社，1982。

随着同志们敏捷而静悄的动作，跳上了救护车。队长瑾吹过一声哨子，车就驶出防护团大门，沿伸长的土道奔驰起来。除了车轮激起的风响，一切都是肃静的。

"队长！我们是到……"健民向司机间闪着香烟红光处低声问着。

"罗店前线……刚才得到的电报，伤兵很多。"

其实车上没有奸细，然而严肃的低声，还是由障蔽嘴唇的手指空隙间透出来。接着像受了秋风吹动的树叶，队员们互相沙哑地窃议起来。兴奋贯穿了每人的心腔，呼吸都感到了急迫。

车到三角地，会同约好的××大队运输车，又转向×桥急驶着。车灯熄灭了，在漆黑夜色中，眼瞳失去了本能，就是健民手里握的电筒，也不敢让它轻易亮那么一瞬间。

"口令！"北新泾的夜哨兵，像霹雷样一声喊，震动了每人的神经。接着从沙袋防护垒旁，闪了一下手电筒的光芒。

队长瑾以同样声调答了句，汽车一前一后，像追逐着，闪电般驶过去了。

沿路的稀树，呼哨出风响，健民感到了一种寒栗。而默望了望包扎组的微吟，小声说："越过防线，就快到×××了。"她微微点了点头，手正按住在剧烈跳动的胸口。

轰轰……呜……轰，重炮发出的巨响，越来越听得清晰了。静穆中配合着车轮旋起的风响，使健民焦灼而又兴奋。

车停到了××师伤兵登记处草棚前，队长瑾和事务员打着招呼下了车。

队员们各自摸索着担架，纷纷跑向草棚间，在纵横侧卧的伤兵中，匆忙地工作起来。微吟在替一个为机关枪扫射而伤了左臂的中年汉子，捆扎起绷带来。

"我伤了……"不知为了什么，他神志不清地喃喃起来，"我伤了……什么地方?"

"左胳膊。"健民向他嘴里送了片止痛锭，安慰地说，"不要紧，你别看——到后方医院马上会治好的，不要紧。"

"胳膊!"他突然现出惊讶而激愤的微笑，"胳膊，"他又重复了一句接下去说，"左胳膊! 我不是怕……只要留着右胳膊就行，我还是会到前线去使枪打敌人的。"

"你……"健民心胸燃烧起火焰，血管扩展起来，敬慕地望向他的眼，一面传递着微吟在缠的绷带。在交错着红纸蒙罩的电筒光中，他们是如何紧张地工作呀!

"我的枪呢?"这家伙猛地坐起来，"哎，我的枪呢?"

"你安静些吧! 枪……你知道，你是受伤了。"健民制伏下绝大的冲动，两手扶持着他那为枪弹擦伤的胸部。

"他的头脑准模糊了……"微吟还没说完。——轰轰……近处剧烈的一阵重炮响，震得草棚抖起来。墙上的暖水壶被震落在伤兵卧的乱草旁，跌得粉碎，红纸遮掩的电筒光都一齐熄灭，一切动作停止下来，在静穆中蕴着大的恐怖，同时缩小了每个人的呼吸。

可是到了生活系列作品中，骆宾基突破了这一创作视角，将同距离的融入式体察变为远距离的超脱式的俯瞰。比如《生与死》以后的绝大多数作品，作者常常从物我同一的审美框架中超脱出来，达到一种"无我之境"的艺术境界。他似乎深藏在作品背后，全方位俯视他所展示的人生图画，这样一来他的创作事业也随之扩展开来。此时的骆宾基能细腻地刻画为生活所迫的抢劫犯的内心活动，也能生动地揭示饱食终日的老爷们的虚伪心地;既能真实地再现恋爱者上天入地的狂热和幻想，又能传神地描写飞禽走兽的人化情感。特别是在那具有浓郁积极浪漫主义因素的中篇神话《蓝色的图们江》中，作者几乎成为万能的上帝，他不但能跨越时间，娓娓动听地讲述着有关人生的历史传说，而且还能穿越时空，将读者带到神秘的天界。在他眼中，青山低诉，江水欢歌，百鸟情深，万木意长……

下面，我们从该作品中随手拈来一些生动的描写：

无尽止的草原仿佛绿色的海呀！望不清那是雾气，还是烟尘。朦胧的、幽眇的依稀可见的是山形起伏的影子。……空气里有种什么使你迷荡、使你沉醉，不是色彩，而是在气息里，娇媚性地诱惑你呀……

当你的眼界一接触到这，那么你将毫不迟疑献出你的爱情。你要是刚刚失恋的人，那么你当时脑子里不会出现使你痛心的人；而是种欲望，想在大草原上躺一躺，想望一望纯蓝的高阔的天空，在宇宙的胸脯上求得沉醉……

图们江冰冷雪滑。绿色占据着整个土地。一片光润可亲的绿色、优美的绿色、寂静的绿色，当江北这片绿色一高一低地浪形波动的时候，那是柔风从大草原南端一小块镜面上波纹飘展开来，轻柔地逐步挪移直到山峡的这一端……

每一株草都接受着微风的亲吻和抚摸，只有少女在初恋当儿温顺地接受矮人抚摸时才会感觉到这种信服和屏息着的快感。微风一过，她们显得更加优美了……

要是有一两朵浮云飘过这里，那么你就会瞅见那无边无际的绿扬洒在大草原上，飘动着一两块黑色的阴影。那黑影无声无息地移动过来，渐渐贴接江边了没在图们江的中心了。移近移近，逐渐移过草原，那么悠闲地出现在山坳的绿林上，不由得向山峰顶而消失，数不尽的各种风情……

图们江永远无止息地奏着悦耳的声曲，乐曲永远是那样单纯、幽远。几千年了，她每逢绿色占遍了这个山谷，就开始她的歌唱……图们江的流水音韵永远那样单纯，使你感到双倍的寂静，如单纯的音韵中奏出的不同音符。那里不是野鸭子在那儿沐浴，就是高腿鹭鸶投落在那儿捕鱼，他们短促地叫一下，那短促而粗犷的声音，更使你感到大草原的寂静。黄鹂在草丛中猛力摇撼一下，一批黄鹂出现，他们斜着身子，腹部的容貌闪着白的颈窝，只在这闪动的绒毛上你才知道晚上有风。只在这时在图们江便才能闻着两声娇滴滴的啾鸣；而且待继续下去时却突然中断，原来已飞立在河的两滨了。也许在草丛间偶尔会蹿出山鹿，那两角仿佛两棵橘树，直直地停立在那儿，高出草丛一倍，看不见他的身子，两脚浅立在草里，眼内现着胆怯又俏皮的光……

骆宾基所构建的这个万物有灵的泛神世界，从抽象的角度来讲是激励人们"苛苦以求最美好的、最令人向往的人生幸福"；从具象的层次上看是"在强调这个当时已沦陷于敌手的国土一角的山水之秀、林木之美，加深国人对于失去故乡的怀念，以激励人们抗战到底、收复全部国土的斗志"[1]。骆宾基站在全方位视点上，将高度概括的人生哲理和鲜明具体的时代精神有机地统一在民间神话的审美框架中，充分体现了他艺术表现上的追求和创新精神。

其次在故事的叙述方式和节奏上，作者也有可喜的突破。在创作战地报告文学时，由于作者站在融入式视角上，因此作者、战争和作品之间形成三点相重的叠化关系。于是战争的快速节奏、战场的紧张气氛在骆宾基"慌张不安"[2]的创作心境下，与作品跳跃的结构、短促的语句、印象式描写和不拘一格的修辞形成一种默契。《我有右胳膊就行》《救护车里的血》体现得尤为突出。可到了生活系列作品中，此时的作者犹如一个讲故事的老人，不慌不忙慢条斯理地叙述；他不但不厌其烦地讲着幼年、少年时代那平凡的近于琐碎的日常生活，还津津有味地谈着昏聩卑琐的老爷、庸俗灰色的小市民，甚至就连对一

---

① 骆宾基：《自序》，载《蓝色的图们江》，上海新丰出版公司，1947。
② 《我有右胳膊就行》尾注，《烽火》1937年9月19日第3期。

个女子的肖像描写也要从头到脚，细到脚指甲上的蔻丹。请看作者在《当那幅油画诞生的时候》里对女主人公那种细腻传神、充满激情的描写（这在骆宾基作品中是极为少见的）：

　　她（指×将军夫人①——引者注）穿的是灰呢大衣，下部露出紫色的旗袍底襟，从这颜色上，使人感到美、雅致。既可以看出她是一个有着怎样高的艺术修养，善于调理色彩。又可以看出她内心生活的境界是怎样的幽静。不只是由于她走路的那种优美的为贵妇所有的风度，而且她是那样孤傲哇！

　　她（同上注）具备一幅很完美的油画的形象，我现在只有初步的理解，初步的感受，只做素描。她是简朴的，正因为简朴就特别复杂。她微笑时，嘴唇只轻轻地半启，一朵将开的花似的，一种特别的美出现了，而她又是那么珍贵着她的微笑，只一闪就收藏了。

　　她（指娜露——引者注）那松散的头发，披在两肩之后，嘴型秀美，可以清清楚楚看出嘴唇的诱惑人的弧线。一切都是日常的美，不同的是我第一眼所看出来的——她那前额上端的黑发上，结着荷红色的一条丝带子。

　　她（引同上注）今天是格外的漂亮。透明的眼睛是那么爽朗。生长在香港的女孩子，为什么体格都是那么健美呀！而且衣服又是那样合身，把她整个英挺的体质的轮廓都明显地表现出来了。

---

　　① 笔者联系骆宾基《一九四〇年初春的回忆》一文，认为该文中的那个将军夫人很可能就是这位将军夫人。骆宾基本人对将军夫人的情感和他"刚刚深处探索什么的感情触须突然受到挫伤"的失恋心态与《当那幅油画诞生的时候》中的"我"犹如一人。关于这点我曾冒失地请教过骆老，骆老回忆说："其夫人的情况不管怎样她当早已成人，指实了不合适，讳之为宜。"（见骆宾基1986年7月3日 致常勤毅信）

她（引同上注）今天穿的是白上衣白裙子，脚指甲染着蔻丹……

战争和生活两大系列的比照结果，是存在明显差异的，可仔细品来，二者在忠实于生活的现实主义创作精神上是一脉相承的。后者的漫不经心与前者的全神贯注一样，同时来源于作者的生活经历和艺术感受；只不过后者在内容与形式的统一中，显得作者的艺术水平更臻于成熟，呈现出他20世纪40年代创作中追求艺术美和意境深远的审美特征。

第二节　现实主义从印象到思考

在创作方法的运用上，骆宾基是以战地报告文学开始他现实主义创作的。这种纪实性极强的文体和变幻莫测的战时生活，使得骆宾基不能忽视文体迅速及时反映现实的特点（这题材从一开始就为骆宾基的创作心态抹上一层不同于其他东北作家的底色——注重文学与政治的同步性和作为一种斗争工具的直接性）而过于深入细致地进行艺术构思；战争环境又不允许他坐下来，静待感性认识充分过滤后再进行理性思考，因为骆宾基此时的现实主义还仅只限制在用直观记录战争的感觉、印象阶段。这种印象式的现实主义构成了骆宾基20世纪30年代抗战初期创作的美学特征。

作为"终日奔波乃至夜间也要出发几次，嗅的是血腥和火药气，看的是断肢破腹的尸体，只要有几分钟的时间，抓到了任何纸笔，他就写"[1]的骆宾基，能选中报告文学这一艺术样式，除了时代要求、战争形势、文体特点等因素外，一种初临战场的人常会产生的"慌忙不

---

[1] 茅盾：《大上海的一日》，转引自赵遐秋、曾庆瑞编《中国现代小说史》下册，中国人民大学出版社，1985。

安"情绪和瞬息万变的印象,更促成了他对报告文学的倾向性。

骆宾基第一篇报告文学《救护车里的血》,一开篇便生动逼真地记录下作者当时的印象:救护车飞奔,"插在车厢前的红十字旗,也激愤般抖摆不止,惊讶的眼光、窥探的眼光,一排一排,闪过去了,随着喇叭连续不断地鸣,像海船样,车子劈开人群的波浪,而在车过后,人们重又拥到了一起,三五成堆"。短促的语句、匆忙的修辞、跳跃的句法,既真实传达出作者当时骚乱不安、兴奋紧张的心理活动,又传神入画地描绘出一幅幅近于电影蒙太奇的画面,再现了战场上下扣人心弦的紧张气氛。《我有右胳膊就行》《在夜的交通线上》和《拿枪去》也是如此,特别是《一星期零一天》几乎到处都是作者带有浓重主观情绪的直觉描写和瞬间感觉、急促印象的真实记录,这些看上去有些粗糙,甚至语法不顺的语句,是作者对战争场景进行大刀阔斧式的横向描绘的结果,也是骆宾基无暇坐下来精雕细刻并做高质量艺术加工而导致的巧夺天工之妙!

正如茅盾所夸赞的那样,"写成后是个什么东西,他是无暇计及的,可是他写得真不坏"[1]。这种"无心插柳柳成荫"的艺术描写"是作者实践了和这些屠手在黄浦江见面的血的记录"[2],是骆宾基刚刚踏上现实主义创作道路上的一大幸事,也是他离开战场以后仍恋恋不舍这种印象式直觉描写的因素之一。

前面谈过,骆宾基创作中心由战争转入生活不是突然完成的,它经过一段过渡期。《大上海的一日》便是第一篇过渡性作品。尽管作者后来又写了《一星期零一天》和《东战场别动队》两篇战地报告文学,而且《大上海的一日》在意象的多重交织、结构的大幅度跳跃、语句的短小急促等方面倒有几分印象派或新感觉派的味道;但是作者

---

① 茅盾:《大上海的一日》,转引自赵遐秋、曾庆瑞编《中国现代小说史》下册,中国人民大学出版社,1985。
② 茅盾:《大上海的一日》,转引自赵遐秋、曾庆瑞编《中国现代小说史》下册,中国人民大学出版社,1985。

的审美意向已经挪移：由战争前线转向战时都市，由讴歌抗日英雄转向展现芸芸众生，甚至揭露伴随着光明而难免的阴暗面上来了。

列入文化生活出版社《烽火》小丛书第五种出版的《大上海的一日》，是骆宾基第一部作品集。它共收骆宾基报告文学、速写七篇。其中五篇是正面写战斗和前线伤兵的；《阿毛》是写敌机轰炸下的逃难人们，火药味也很浓；唯独《大上海的一日》是描写战时都市生活场景的。作品把抗战炮火推至幕后，展示给读者一组组孤岛上海的镜头。在骆宾基眼里的大上海，是都市的快节奏和战争的急迫感统一下的产物：她既是醉生梦死的幻灭感和恐惧感交织而成的活的都市，又是不屈的庄严感和崇高的爱国心熔铸而成的英雄城。在这里，有为抗战而奔忙的训导员，有牵着洋狗悠闲散步的仆人，有中国报童，有外国传教士，有黄包车夫，有艳妆娟女，有逃难的百姓，有傲慢的绅士，有乞讨的妇人，有跳舞的情侣，有蛮横的英国水兵，有啼哭的饥饿婴儿……在这不到两千字的篇幅中，作者将二十四小时印象中的上海，高度浓缩在他主观色彩凝重的笔端，用描写战场氛围的艺术手法来展示一组组都市生活的瞬间画质，高容量、多角度地刻画了抗战时期大上海崇高与卑微、伟大与渺小、善良与凶恶、美好与丑陋的众生相。

我们说《大上海的一日》是骆宾基第一篇过渡性作品，还不单指作者由写战场变成写都市（作者20世纪40年代创作中直接描写都市生活场面的并不多），更重要的是此时骆宾基艺术感受的视野已开始拓宽了。他不但看到疾驶在上海街头的军用车、救护车，而且还看到了踌躇满怀的绅士和目光惆怅的难民；平日里作者感受不深的贫富不均的社会现实，在中华民族生死存亡关头，像一把刀子深深扎进他的心脏。这种拓宽了的艺术感受与写战地报告文学的创作视角相比，显然其思想内涵丰富了，人物性格多样了，艺术结构复杂了，审美意蕴深化了；同时它也为骆宾基以后从战场上下来，冷静地沉想、深刻地反思埋下了一个不可缺少的契机，还为他在《夏忙》集中加快由战争向生活系列过渡创造了必要的前提。

《夏忙》集中除《失去了巢的人们》外，大多数是作者离开"孤岛"去浙东期间创作的报告文学和速写。从它与《大上海的一日》集相比较中，我们便可以清晰地看到，《夏忙》集既不像《我有右胳膊就行》等那样着眼于紧张刺激、变化多端的战争气氛，也不像《大上海的一日》那样浮光掠影地罗列出他眼中的全部人生，而是将笔触伸向节奏缓慢的乡镇生活，创作倾向也开始朝缓缓叙述式的深沉、忧郁的现实主义思考靠拢过去。

《夏忙》集首篇《失去了巢的人们》以蔡大有———一个抗日前线退下来的步兵为形象中心，描写了江轮离开上海市的情景。这篇作品虽不乏印象化的瞬间感觉的描写，人物形象也较复杂，但却不像《大上海的一日》全篇只是各种人物等量的白描。此作品所揭示的主题也由《大上海的一日》的浅层次发展到深层结构上的暴露日寇铁蹄下国内矛盾的激化和阶级矛盾的加深，进而抨击那些发国难财、做国难官的民族败类，鞭挞其丑恶的灵魂。

在《大上海的一日》里，我们已初步感受到作者对国难下的人们所寄予的"哀其不幸，怒其不争"的情感，到了《夏忙》集中，骆宾基这种感性层面上的思想情绪渐渐上升到理性思考的高度上。在《失去了巢的人们》《落伍兵的话》中作者就已注意到对那些落后、愚昧的人不理解甚至敌视前线战士的描写。在《在庙宇里》《戏台下的风波》《意外的事情》中则一方面更进一步解开王秀才、四老板和王保长这些地方恶霸大发国难财和阻挠抗战的卑鄙、自私、丑恶的心地；另一方面也有意渲染了沿袭了几千年的中国农村封建文化氛围，特别是刻画了国难当头却沉溺在祭祀占卜、拜庙烧香、饮酒作乐、赌博看戏、打情骂俏之中的麻木、愚昧的群众形象。在《戏台下的风波》中因主人公福新站在台上宣传抗日救国道理而中断了演戏，不但四老板之流大发雷霆，就连普通群众也连连吼着"打打"。在《意外的事情》中，农民们竟然对于自己有利的减租运动也不能齐心协力，以至于使保长倒打一耙，将救亡宣传队队长黄大牙抓了壮丁。

这一幕幕不该发生的悲剧出现在骆宾基的作品中，诚然是作者来自嵊县茶场宣传抗日救亡一事的真情实感，但更是骆宾基继承了鲁迅等老一辈作家"揭出病苦，引起疗救的注意"①的现实主义批判精神，揭示出新的历史条件下的老主题：革命应首先发动群众，让人民觉醒，否则先驱者的血只能做"人血馒头"的材料。这一具有相当批判力度的忧患色彩的内在意蕴，是骆宾基由充满反帝激情、记录战斗场面、讴歌抗日英雄的印象式现实主义转变为追求生活意义、暴露国民劣根、抨击黑暗现实、鞭挞灰色人生的思考性现实主义明显标志。从而骆宾基便进入了他小说创作的黄金时期——20世纪40年代。

如果说20世纪30年代是"黑暗的中国代替了光明的中国"②的内忧外患的时代了，那么到了40年代，则是光明在与黑暗的殊死搏斗中，几经挫折终于走向胜利的历史阶段。日本帝国主义为了把中国变为它在太平洋战争中的后方基地，梦想速灭中国，对我革命根据地发动疯狂进攻；而国民党也认为反共时机已到，掀起第二次反共高潮，制造了震惊中外的皖南事变。因此40年代初期成为抗战最困难的时期。

作为20世纪40年代一直生活在国统区的骆宾基，感受更多的自然是国民党专制统治下的反动腐败和人民民主运动的艰苦卓绝。正如茅盾所论述的那样：国统区是"贪污满街，谬论盈庭，民众运动，倍受摧残，思想统治，言论检查，无微不至，法令繁多，小民动辄得咎，而神奸巨猾则借为护符，一切罪恶都成合法。——在这一情形之下，抗战情绪，一般低落，自属不免"③。当时与党组织失去联系的骆宾基，"由于身受严重的政治和经济压迫，而表现出了消沉的情绪"；然而他毕竟是"继承了'五四'以来的优秀传统，在十年内战时期饱

---

① 鲁迅：《我怎么做起小说来》，载《南腔北调集》，人民文学出版社，2005。
② 毛泽东：《论联合政府》，载《毛泽东选集》（第3卷），人民出版社，1953。
③ 茅盾：《八年来文艺工作的成果及其倾向》，《文联》第1卷1期。

受锻炼的中国作家"，是"懂得怎样做斗争的"①。在重重困境下，骆宾基一方面带着苦闷、孤独的痛苦进入了漫长的找党时期；另一方面又以批判现实主义的创作精神，进入了他小说创作的繁荣和成熟阶段。

骆宾基在中华人民共和国成立前共创作小说二十四篇（部），其中除长篇《边陲线上》、中篇《罪证》、短篇《千人塔下的声音》外，其余二十一篇都创作于20世纪40年代。包括长篇三部（《幼年》《人与土地》和《少年》部分章节）、中篇两部（《吴非有》《仇恨》）、短篇十六篇。在这些小说中，作者始终围绕一个大主题——对生活意义的思考和追求，而且通过不同形态的人生侧面、深邃沉郁的思想内涵、个性鲜明的人物性格、悲喜交加的审美特性，一并折射出骆宾基从《生与死》后的对自我、社会、历史和人生自觉而强烈的反思意识。

（一）批判与忧患交织的负重意识

中国近现代文学从诞生那天起，就与当时内忧外患的社会人生形成一种同构性的关系，这就是中国作家强烈的民族负重感。当这种情感具体表现在他们的文论和作品中时，从梁启超的"小说救国"到鲁迅的"改良人生"；从暴露丑恶、腐朽、没落之"怪现状"的"官场"到改造"沉沦"血与泪人生中的"国民灵魂"……又都深刻反映了中国近现代文学中那种批判社会、忧患人生的爱憎分明的负重意识。

史书《三国志·吴志·陆逊传》中有这样一段论述："国家所以屈诸君使相承望者，以仆有尺寸可称，能忍辱负重故也。"同书《蜀志·庞统传》中也有这样一句话："……顾子可谓驽牛能负重致远也。"这里都涉及"负重"。前者指能忍受屈辱承担重任，重在忍辱上；后者比喻能够担负重任，而且有百折不挠的毅力。两相比较，体

---

① 茅盾：《在反动派压迫下斗争和发展的革命文艺——十年来国统区革命文艺运动报告提纲》，载《中华全国文学艺术工作者代表大会纪念文集》，新华书店发行。

现在中国现代作家（包括骆宾基）创作中的民族负重意识更类似于后者。因为他们是负重但不堪凌辱。

郁达夫的《沉沦》、郭沫若的《女神》、鲁迅的《狂人日记》、巴金的《家》、曹禺的《日出》、茅盾的《农村三部曲》等都是如此。这是现代中国作家不同于卧薪尝胆的古人之所在，他们的国难、民忧、乡恨、家仇已到了忍无可忍的地步。不管争取解放、赶走外族的路途多么艰难而漫长，他们都自觉而勇敢地挑起了民族解放的责任，将矛头指向黑暗社会的同时，对中华民族的命运寄予了深切的关怀，具有一种强烈的忧患意识。作为第二代作家的骆宾基也恰恰承继了前辈负重而不忍辱的民族精神，在批判社会、忧患人生的爱憎分明的情感中形成了他"骆宾基式"风格的负重意识。

骆宾基从少年起，就由于珲春特殊的历史地位而在他性格中染上了一层民族自尊色彩；进入青年期，他又在下乡劳动中与贫困农民结下深厚的感情。因而当他流亡到上海很快就迎来抗日救亡、全民抗战的新时代时，他才能奋不顾身冲向前线，写出颇有影响的抗日作品。然而骆宾基20世纪30年代的创作其负重意识还主要侧重于对日本侵略者的深仇大恨。即使是他能意识到批判现实、忧患人生的意义，也还停留在印象化的情感阶段，没有超出自发与朴素的层面。

可是到了20世纪40年代，随着抗战的深入发展、骆宾基创作视野的拓宽，特别是国统区黑暗现实的触发，使得他在创作重心转移过程中，开始回顾历史、审视社会、瞩目人生和内省自己了。他在与友人通信中写道："有时我自问，这是脚踏实地的作战吗？我自己作答：是的，就是那个坚强的鲁迅，还需要走到森林去'舐伤口'呢！"①这个曾在冲锋陷阵的战斗中写出不少宣传抗日作品的骆宾基，此时此刻能从韧战角度理解文学的战斗作用，不能不说是在新的历史环境下对文学教育功能的新认识。这一艺术观的确立使他冲破了

---

① 骆宾基：《三月书简》，载《初春集》，江西人民出版社，1982。

20世纪30年代单一的艺术格局，表明了他面对着"中国独特的苦难、中国独特的'褴褛''阴湿'和'骄傲'"①开始形成一种批判与忧患交织的现实主义意识。

骆宾基的批判社会其矛头指向，不是巴金笔下的封建家族，也不是茅盾笔下的十里洋场，更不是曹禺笔下的人间罪恶；而是类似于叶绍钧、老舍、张天翼不同程度所嘲笑和抨击的那种由庸俗的小知识分子、猥琐的小市民、昏聩的小官僚构成的灰色人生。但骆宾基又有其独特的艺术追求，他对灰色的嘲讽和讥刺是建立在具有抽象思辨色彩的人生哲学——"生活的意义"这一主题上，他常用作品人物发出"为什么我这样寂寞呢?"(《生与死》)"日子过得又有什么味道呢?"(《生活的意义》)"真腻味死了""这是什么样的日子呀?"(《贺大杰的家宅》)"我的生活都没有意义了吗?"(《北望园的春天》)"人生还不是空虚的?"(《由于爱》)等议论，这类扪心自问、人生慨叹与20世纪40年代国统区的灰色现实水乳般融为一体，从具象和抽象两个方面构成了"骆宾基式"独特的思辨性时代主题。

如果说骆宾基批判社会，其发扬和创新的因素多于继承的话，那么他的忧患人生则主要是出于中国现代作家共有一种对"不幸""不争"人物的悲愤而产生的民族负重意识。所不同的是，骆宾基有自己的思考和追求：他常常把"不幸""不争"的对象扩展到所创造的灰色人生的形象系列中，在对虚度光阴、游戏人生、醉生梦死者无情的嘲弄之中，有着他为缺乏美好人生而忧心如焚的"忠实的灵魂"；有着他对造就出这样一批既可气又可怜的灰色人物的社会现实的有力批判；有着他对"国民劣根性"的无情抨击；也有着他对"血与泪的人生"的极大同情。于是骆宾基的批判精神与忧虑情感，再次找到了最为恰当的交会点，形成了中国现代作家的共性和骆宾基的个性相统一的民族负重意识。

---

① 骆宾基：《新诗和诗人》，载《初春集》，江西人民出版社，1982。

（二）感伤与乐观交融的生命意识

有关探讨生命价值和生存意义的哲学思潮，在东西方哲学的诸多流派中都有不同程度的反映。虽然各有差异，但强调生命是运动、变化，强调生命的活力，主张研究精神的内在生命，主张内省自我等等却是大同小异的。

我们不妨回视一下中国的哲学，张岱年先生曾指出："中国的人生思想，因过于重'理'，遂至于忽'生'，无见于生之特质，不重视生命力或活力之充实与发挥。生命是一种力量，而此生命力必须培养扩展，然后始有良好生活可言。如活力衰薄，则一切德行都是空虚……西洋人有所谓力的崇拜，中国哲学中则鲜其痕迹。"（见张岱年《中国哲学大纲》）受张老先生论述的启迪，我们将中西哲学比较的结果进行一番考察不难看出：中国封建社会中压抑人性、摧残生命的现实，不可能产生真正意义上的生命哲学，即使有人注意到这个问题，也形成不了一种哲学流派。资产阶级上升时期对人性的重视、对人的礼赞必然要产生生命哲学，不过这种哲学也常常充斥了唯心主义、神秘主义、反理性主义和直觉主义的货色。

也许正因为中国哲学"轻生"而西方哲学"重人"，使得早期的中国现代作家、五四文学的闯将高呼"人的文学""救救孩子"，同封建社会压制人性、扼杀生命的黑暗势力进行了口诛笔伐的斗争。冰心小说中对妇女命运的深切担忧，鲁迅对国民灵魂的殷切关注，巴金笔下扼杀生命的罪恶家庭，沈从文笔下具有纯朴人性的边民，叶绍钧对苟且偷生者的讽刺，等等，都不外乎是一种现代意义上生命哲学的文学化。

作为第二代作家的骆宾基之所以也能产生一种生命意识，除了对中国社会有与老作家相同的思想认识之外，还体现出他自己的特征：就是对生命的价值和意义的不断探索、追求，在内省自我中展示蓬勃向上、吐故纳新的生命活力。

进入20世纪40年代的骆宾基，从年龄上看虽已度过青年时代，即将步入中年，但青年常有的浪漫幻想仍时时触动着他。初恋的痛苦也在这时给他"在刚刚伸出探索什么的感情触须"以"挫伤"[①]；再加之与党失去联系而造成的苦闷和孤独感，萧红后期生活和创作中抑郁、低沉的调子，19世纪俄国批判现实主义人道主义的伤感色彩等，都一道向骆宾基压来。曾扛枪打过日本侵略者的骆宾基，面对这样一副重担，虽没有成为孱弱的逃兵，但也不总是生命的强者。于是他要在自己作品中生命强者的人物形象身上汲取力量。体现在作品中，则是一种在对生活意义追求中的乐观信念和理想难以实现后的消沉感伤高度统一的生命意识。而最能体现这种生命意识的则是《乡亲——康天刚》《由于爱》《当那幅油画诞生的时候》。

康天刚和郜浩然（《由于爱》）可以算作骆宾基20世纪40年代创作中的强者形象了（如果我们不仅仅限于小说，那么剧本《五月丁香》中的曲秀芳也该算作强者，这一人物是骆宾基在中华人民共和国成立前的创作里以柔弱为特征的女性形象系列中的一个例外），但他们又不是30年代强者性格的简单重复。战地报告文学中的抗日英雄，只是从横断面上展示出其静态性格；而康天刚、郜浩然却是作者从历史的纵向角度所塑造的有发展、有变化的动态性格。

下面我们重点分析一下康天刚和郜浩然这两个人物形象。

其实在骆宾基《老女仆》里的曹妈儿形象上，我们已经感觉到一种喜剧中弱的色彩的分离、悲剧中壮的因素在渗入。到了《乡亲——康天刚》和《由于爱》因主人公性格基调质的变化，喜中见奇、悲中有壮的审美特性在作品中得以充分展示。

首先，作者将审美基调分化成对未来的乐观和被现实的戏弄这矛盾对立的两方。对喜剧的这一分离使骆宾基小说中的旧喜剧注入了新内容，即一种乐观向上、使人积极进取的笑声，反映了作者在喜剧表现领域中思想上质的飞跃。

---

① 骆宾基：《一九四〇年初春的回忆》，《作家》1984年第9期。

康天刚是个"乐天任性"的人，在财主家做长工时和财主的闺女发生了爱情，这一行动和情节的设置便是作者对自己笔下那些弱小者形象系列的大胆突破。接着又描写他为了娶她，答应了地主的"三年以内要能置买二十亩小麦地和牲口农车"的条件，然后乐观自信地踏上了一条艰难的闯关东之路。

起初他还想着搭木帮，入山破木头，但"有月亮不摘星星"的雄心催他继续前进，搭访山帮采山参。然而，冷酷的现实偏偏捉弄这个执着的追求者。三年之后，他连一棵参苗也没见着。现实嘲弄了他。可是这个对爱情无比忠贞、对幸福充满希望的理想主义者，仍没有失去信心，他没听人家"按部就班地干""不向高里望""人不能不知足"等劝告，而是抱定这样一个生活信念："为什么不爱这最美的呢？"

爱生活中最美的，这是生活的强者才有的美学理想。康天刚认为："人哪！只活一辈子，有的百八十岁，有的四五十岁，都有那么入土的一天，没有第二辈子的。有些人哪，在这辈子里整天有口粗饭吃就知足了，有些人呢，就不了。不是到头都一死吗？那么我要活得幸福，有意义。"

是的，骆宾基从写《生活的意义》那天开始，就一直在思索、追求着它。而他所处的国统区却偏偏充满了无聊、空虚、灰暗的生活。这样，为缺乏美好的生活而忧心忡忡的他，只好采用他很少用过的浪漫主义创作手法，虚构了这样一个远离现实却紧贴作者情感的采山参的故事。而康天刚这一形象也正是骆宾基从满目的灰色中而努力寻得的一抹亮色。这种自觉地从黑暗中展示现实和未来光明的做法，使骆宾基超越了俄国批判现实主义作家，发扬了鲁迅革命现实主义精神。

《由于爱》中的郜浩然，出身行伍，有自己的理想和抱负。当他接到紧急出发的号令后，毅然离别母妻奔赴抗日前线。当有孕的妻子追到战场时，他恼怒了："你怎么能和我在一起，真是丢人，你一点脸也不给我留，你怎么这样不明白事理，这是战争啊！这是流血呀！这不是小孩子闹着玩。国家民族的命运就在我们这些人手里！"这话语是这样富于悲壮色彩。在骆宾基的悲喜剧人物的系列中，类似这样的虽然只有一两个，却足以照见那些醉生梦死的苟活者、酒囊饭袋的卑琐者、随遇而安的庸俗者和逆来顺受的麻木者的卑微灵魂。

十七年过去了，康天刚换了十六个访山帮，不但没有摘到月亮，就连星星也错过了。他风湿缠腿，头发花白，脸色憔悴，精神也有些颓唐，显然他的悲剧结局已不可避免了。但作者给这一富于传奇色彩的理想化形象涂上一层悲而不伤的壮烈色彩：这个要做"命运的主儿"的康天刚，在最后奄奄一息之际，嘴角依然露出幸福的微笑，他十九年来所追求的那只具有强烈象征意义的千把年的老山参，终于因他的发现而得到了。此时他觉得自己步子走对了，是应该有月亮不摘星星的。作者写道："虽然他自己是得不到什么了，然而他把这幸福带给了他周围的乡亲们。他用眼睛表示他内心的欣喜，满足和骄傲，用眼睛表示他对哭泣的伙伴恼烦，他觉得大家全该快乐的。"

在骆宾基其他小说中常见的那令人窒息、沉闷、哀伤、凄惨的悲剧气氛，在此升华成一种英雄主义的悲壮战歌、理想主义的嘹亮凯歌。康天刚这一勇敢进取的胜利者之死，是耐人寻味的。

再将康天刚与郜浩然相比较，一个是抱定"爱生活中最美的""有月亮不摘星星"的生活信念，为了娶财主的女儿而闯关东、采山参；一个是"充满了对于祖国未来的光辉希望"抛开娇妻，几度负伤仍转战抗日沙场。作者写康天刚"只要一见他就像从他身上得到生命力似的，就受到他的感染而顿觉生命的幸福似的"；而郜浩然则是"生命染上了光辉""精神是这样的饱满、愉快"。

然而作者似乎有意要考验一番他们生命的韧性程度如何，将二人投入了命运极端凄惨的悲剧之中。尽管他们也都各自表现出颓唐、伤感的思想情绪，但作者没有让他们像《红玻璃的故事》中的王大妈那样在孤独忧郁中死掉，也没有像司机老董（《生与死》）那样自投山涧，把强者的一时感伤处理成悲凉而惨淡的结局；而是安排了康天刚找到山参后才微笑着死去的情节，一个"到底没有俯首认命"的强者，在追求生活意义的途中，安静而愉快地迎接死神的来临，进而完成了他的生命超越。邰浩然境遇的悲惨和康天刚比起来也是有过之而无不及。可就在他挨了一顿军棍之后，反倒清醒了。他发誓要用血向这个黑暗腐败、摧残生命的世界报复，因而，如果说《乡亲——康天刚》是用胜利者的死，实现了骆宾基"人就是命运的主儿"的生命意识，那么《由于爱》则是以落难者的生，谱写了一曲对顽强生命力的热情歌颂。联系当时的抗战形势，这两篇作品对于渡过抗战难关、鼓舞全国人民彻底打败日本侵略者、号召国统区人民坚韧不拔地开展人民民主运动是起到一定的促进作用的。

从以上分析不难看出，《乡亲——康天刚》和《由于爱》所体现出来的生命意识，是乐观多于感伤，甚至可以说是一幕揭示了强者的生命价值的喜剧。可是夹在这两篇作品发表年代之间的《当那幅油画诞生的时候》，其感伤的成分则明显增多了。

《当那幅油画诞生的时候》①定稿于1943年，是骆宾基在中华人民共和国成立前创作中唯一的一篇爱情小说，也是他所有小说中仅有的日记体文本。作者用九篇日记刻画了正与娜露恋爱中的油画家"我"，在一个多月里对×将军夫人的美好印象、炽热而深沉的情感，以及最后×夫人不告而别给"我"带来的心灵创伤。这篇小说可以说是作者印象主义手法和伤感主义情调的完美融合。

从作者审美情感上看，这篇作品与其说是对女性形象的极力唱赞歌，倒不如说是作者寄托在圣洁、典雅、纯美、脱俗的女性身上的一种对生活的意义、生命的价值、美好的理想大胆忘我的追求。"我"正是出于这样的一种追求，才在×夫人眼里那股"生命的光泽"中，认识到"我以前过的生活是一点意义也没有""这些日子才是真正地

---

① 1982年湖南人民出版社出版《骆宾基小说选》时，由作者在此题上加了个正标题——《一个唯美派画家的日记》。

生活着，我的生命发光了"；因而"我"便找到了对社会、人生、艺术、爱情的"初步理解、初步的感受"。但同时也付出了相当的代价，这正如人物所说的，"我追求的是人生的美，然而那只是幻想里的东西"，这也恰恰是"我"的悲剧根源所在。可是通过这表层意义上的单相思者失恋的悲剧外壳，我们所感悟到的是骆宾基在对生活意义追求中的喜怒哀乐，是他借助于"我"蕴含了强烈的自我反省和自身批判色彩，使作者本人既在美好人生的追求中找到了不完善的自我，又在自我价值的寻找中看到了不合理的人生。

因此我认为："我"这一形象的积极意义，自然不能与康天刚、邰浩然相比，但也绝非懦弱的吴占奎（《罪证》）、庸俗的吴非有（《吴非有》）、堕落的季伟刚（《边陲线上》）所能比拟的。今天看来，《当那幅油画诞生的时候》的审美情感是健康的，思想基调是向上的。作者是借一个浪漫的爱情故事的外壳、感伤的审美氛围、印象化的移情描写，另辟蹊径地揭示了他20世纪40年代一再重复的老主题：对生活意义的思考、探索和追求，并将这现实主义的思想光芒折射在创作主体的、具有强烈自我批判色彩的生命意识之上。

从《乡亲——康天刚》到《当那幅油画诞生的时候》，最后至《由于爱》，骆宾基以主人公生命的价值为审美注意的中心，以生活的意义为现实主义思考的主线，完成了一个螺旋式的上升轨迹。具体演化过程是：由远离现实但不乏斗争精神的一个闯关东汉子采山参的故事；到没有时代精神、远离现实斗争中心，但却蕴含着一定人生哲理的浪漫爱情悲剧；最后至紧密反映现实、充满战斗气息的抗日反蒋的英雄传奇。这一深刻的进程，固然有骆宾基本人现实主义内省与思考深化的因素，但冯雪峰、邵荃麟对作者《当那幅油画诞生的时候》一文创作倾向的及时纠正[①]，也是骆宾基能冲出爱情文学的"个人"的

---

① 冯、邵二人曾针对刚发表不久的《当那幅油画诞生的时候》，向作者提过口头批评，指出作者脱离抗战现实，表现出"脱离了政治倾向的爱情及虚无主义式的茫然情绪"。（见《〈骆宾基小说选〉后记》，湖南人民出版社，1982。）

世界，追求能够"展示出人类社会天高和地阔"，写出"将人的灵魂提升到极度的文学"①的重要原因。郇浩然毅然告别爱妻，奔赴战场，将家庭之爱升华到对士兵、对百姓、对祖国、对民族的热爱就是最好一例（《五月丁香》中的曲秀芳坚决与丈夫分道扬镳，冒危险保护学生也正是爱的升华表现）。《由于爱》将人生哲理和时代精神的有机统一，是骆宾基现实主义思考深化的有力体现。

遗憾的是正当骆宾基要在这条独特的"骆宾基式"创作道路上大踏步走下去时，他因被国民党当局第二次逮捕而中断了创作。

（三）乡愁与童趣交汇的归真意识

人类社会发展到高度工业化或物质文明极大提高之阶段，人们往往愿意回忆逝去的人类岁月，追求朴素、原始的自然之美。表现在发达的资本主义社会，则是由于人的异化、物化，人们常常思恋自由发展、不受束缚的时代，更愿意返回大自然的怀抱、追寻一种人类童年时代纯朴、自然的美，这种返璞思潮体现在文学艺术中，有的表现为"寻根"，有的表现为"生命力的原始冲动"，有的表现为对童年的回忆，有的则表现为对家乡的愁思。

但是，骆宾基的归真意识和上述的返璞思潮不尽相同。骆宾基生活的国统区社会在骆宾基眼中，并不都像在沈从文的心目中那样。因为沈从文是以一种"乡下人"的眼光看这个世界，所以导致他厌恶都市文明，从而使他在创作中追寻一种人性的自然和生活的原始状态美。然而，骆宾基所看到的则是黑暗专制的国统区，是到处充满虚伪、欺诈、权势、金钱的社会，这对逃出沦陷区、流亡到内地的骆宾基来说，简直是逃出虎穴，又入狼口。因而他一方面要抨击揭露国统区的黑暗现实，一方面又力图在对童年、家乡的回忆中，追寻那沦陷前的岁月。这样一来骆宾基的乡愁只能是越思愁越多、越愁心越碎，这与追寻田园风光、原始牧歌情调的"寻根"或消极浪漫主义有本质的区别。

---

① 冯雪峰：《可悲的结交种种："灵魂"的一例》，载《冯雪峰文集》，人民文学出版社，1958。

20 世纪 30 年代，尤其是抗战初期的骆宾基，由于流亡生活、抗战活动等因素，长期奔波忙碌，无暇坐下来安静地思考、回忆往事。进入 40 年代，骆宾基离开了紧张的前线，能相对稳定地静下心来，于是也就为他回首往事、追忆童年、怀恋故乡的返璞归真意识的产生创造了必要的客观条件。

作为一名流亡在异地的东北作家，强烈的思乡情感冲击着他的创作意识，贯穿于他的作品之中。但骆宾基又不同于大多数东北作家，他的作品直接展示日寇铁蹄下的东北的并不多。他是通过对幼年、少年时代家乡的连续不断的描写，蕴含了一种乡愁与童趣交相辉映的返璞归真意识，体现了流亡在他乡、生活在国统区的骆宾基创作上的反思色彩。

在骆宾基所有作品中，诗歌这种文学体裁极少，所发表的几首也极为一般，可以说他从来就不是一位诗人。然而他却没有因为诗才的贫乏而冷淡诗神，骆宾基是站在更高的美学角度，得出"人类的历史性社会生活的发展，就是诗的发展；人类的社会生活的追求，就是诗的追求"[1]这一将艺术和哲学、审美与人生高度统一的论断。正是这样一种艺术化的人生观，审美化的哲学思考，骆宾基才针对当时黑暗腐朽的社会现实，用诗一样的童心、散文似的笔法、水墨画般的意境，"记载了作者的幼年和少年两个时期的天真而纯洁的心灵"和作者家乡的古朴和华美、粗犷与细腻共存的"习俗、人情"[2]。

从 1941 年起，骆宾基便开始创作并发表了他的长篇小说《姜步畏家史》第一部《幼年》、第二部《少年》，到 1947 年止共发表其中的十四个篇章。1944 年由桂林三户书店出版了《幼年》一书。同年《新华日报》载文评价《幼年》[3]。这篇文章论述得较透，评价也中肯，但由

---

① 骆宾基：《新诗和诗人》，载《初春集》，江西人民出版社，1982。
② 骆宾基：《〈幼年〉自序》，载《幼年》，文化艺术出版社，1982。
③ 华君：《骆宾基的长篇小说〈姜步畏家史〉第一部读后》，《新华日报》1944 年 9 月 25 日。

于篇幅所限，尚未完全谈出深刻的思想底蕴。我认为，作者之所以在光明与黑暗厮杀格斗的20世纪40年代，追述这么一个不能体现时代风云的边远县城中的儿童故事，诚然与"作者生活范围狭窄，站得不高"①和"低沉的思想情绪"②有关，可这些还不是主要原因所在。骆宾基写《姜步畏家史》绝不是给刚走过二十几个春秋的青年写生活的履历，也不单是排遣自己的感伤情绪；而是和写《蓝色的图们江》一样，"主要的是在强调这个当时已沦陷于敌手的国土一角的山水之秀、林木之美"以及风气之纯、人心之真，"加深国人对于失去故乡的怀恋，以激励人们抗战到底、收复全部国土的斗志"。当然也不必讳言，这一潜在的思想内涵没有当年他写《边陲线上》、写战地报告文学时那么充满了战斗气息；也不像同时代某些作家写得那么锋芒毕露、振奋人心。如果我们用较高尺度的革命现实主义创作原则来衡量，又会觉得作为一名积极进取的党员作家，不去针砭时弊或歌颂光明，直接号召人民起来斗争，这不能不受到党的领导的严肃批评。可同时我们也应看到，生活在20世纪40年代国统区中的骆宾基，毕竟是在主客观多重矛盾交织下的心境中创作的，我们不能用要求刘白羽、周立波等"延安作家"的政治标准来苛求他。另外，我们还要考虑到骆宾基创作的艺术风格，绝不能像读田间的战斗诗歌那样，欣赏骆宾基以含蓄、隽永、清淡见长的小说。骆宾基就是骆宾基，我们怀着一种善良的愿望要求他怎么样，他就怎么样，那么他的作品也不可能是"骆宾基式"的了。

由骆宾基返璞归真的意识中心，辐射出两层审美情感：一层是"剪不断，理还乱"的缕缕怀乡之愁思，一层是"月朦胧，鸟朦胧"的淡淡童年之稚趣。前者又不仅限于对家乡珲春的描写，而是在普泛的怀乡情感中做了必要的延伸，即作者常常给作品罩上一层对山东胶东半岛——作者原籍的强烈寻根色彩，于是作者的乡愁又含有双重内

---

① 唐弢：《中国现代文学史》(3)，人民文学出版社，1999，第131页。

② 王瑶：《中国新文学史稿》(下)，上海文艺出版社，1983，第480页。

容。这就是作者一方面悲愤交加地眺望破碎的山河,一方面忧心忡忡地俯瞰灾难下的土地。有时这一双重内涵合二为一。如《幼年》里既有作者本人对家乡珲春的美好追忆,又有"我"的父亲对山东海南的苦苦相思;有时又分离出来,闯关东的总是惦记海南的亲人(《乡亲——康天刚》),在关内的最终还得返回珲春(《罪证》)。这一双向交流的离恨别愁,诉诸作品的艺术形象,至少告诉了我们这样两个问题:一是几千年来封建地主统治下的关内农村和日本帝国主义占领下的东北乡下一样,都不是中国劳动人民的避难所,若想寻到"天堂圣地",只有推翻半殖民地半封建的旧中国。另一个则是无论发生什么样的饥荒和战乱,作为中华儿女都不可能将热爱家乡、热爱土地、热爱祖国、热爱民族文化之根的赤子之心磨灭掉。也正因为如此,骆宾基才将作品染上一层思乡的愁绪之时,总是和优美的自然风光、古朴的乡土风情、动人的家乡传说融会贯通的。

第二层情感是作者对天真、纯洁的童年时代的美好回忆。一个人当他长到成年以后,往往会回想起自己的童年时代、少年时光;特别是当他目睹世态炎凉、体会人生丑恶之后,那种对失落了的童心的追寻情感会愈来愈强烈。骆宾基就是如此。如在《庄户人家的孩子》《幼年》和《少年》部分篇章里,作者细腻生动地刻画了儿童纯洁、朴实的心灵和他们之间在朦胧的好感基础上的友情。他在写给玉琛先生的信中,有这样一段话:"你知道,我们幼年是过着天真无邪的生活呀!我们没有身份,根本就不知道什么叫身份,眼睫毛还挂着泪点儿,我们就又嘻嘻地笑了,打碎一个茶杯,我们就会咬着自己手指发呆了。接触的外人,都已经先后为那社会上人和人之间的既存关系所熏染,所融化,都已经先后披上伪装,一以防护,一以掩饰,目标是一种:财产、权威,也就是金钱和地位。……这些,我们都曾亲身感到或将要感到的,只要我们离开那纯真无瑕的童年之后。"

有这样一种对社会人生的深刻认识,骆宾基的现实主义思考表现在创作中，才不只是对童年生活的一般追忆，而是立足于抨击黑暗现实、鞭挞丑恶人生、向往崭新生活基础上的现实主义反思，是与田园牧歌式的消极浪漫主义、怀故思旧的蒙昧主义有着本质区别的返璞归真意识。

第三节　人物形象从英雄悲剧到弱小者和丑恶者的悲喜剧

随着骆宾基创作重心由战争向生活系列的转移、现实主义由印象式到思考型的变迁，其人物的美学特征也开始从英雄悲剧向弱小者和丑恶者的悲喜剧方向发展了。

骆宾基20世纪30年代的主要创作有《边陲线上》《东战场别动队》《罪证》《千人塔下的声音》和《大上海的一日》《夏忙》两个报告文学集。虽然这些作品绝大多数是歌颂抗日英雄、塑造钢铁战士形象的，但从《罪证》《诗人的忧郁》《千人塔下的声音》中又可感到作者逐渐削减了英雄悲壮美色彩，其笔锋悄悄转向对命运悲惨的弱者和昏庸虚伪、卑琐自负的丑恶者的刻画上。

中篇小说《罪证》和报告文学《东战场别动队》都是写于1938年，可二者艺术风格却迥然不同。可以这样讲，如果说《东战场别动队》这篇战争系列的压轴作主要刻画了一群战斗在沙场的抗日英雄，而且成功地塑造了一个由弱到强的知识分子英雄形象吕典一的话；那么《罪证》里的吴占奎便是他笔下第一个十足的弱者性格。

关于《罪证》的生活素材来源，骆宾基在《〈罪证〉后记》中讲道："《罪证》是1938年冬天在金华完成的，那时候金华是东南的一个抗敌文化的堡垒，然而就在这个作为文化堡垒的地方，知识青年有的还会遭遇到吴占奎的命运，一个宁中的教员发疯了，据说到后来用绳子捆到家去的。一个青年歌手发疯了，竟然在半夜登上城墙，在狂风暴雨中大声高唱……①面对如此黑暗，严酷的国统区社会现实，作为一名无所畏惧的现实主义作家，完全有可能也一定能诉诸他的笔端的；然而此时的骆宾基对国统区社会现实的深刻认识毕竟没达到他20世纪40年代写《可疑的人》时的思想高度，他对时局的认识跟不上日本侵略者1938年在江浙疯狂推进的速度和汪伪政府开张时的复杂的政治形势，于是他将批判锋芒由国统区回移到日寇占领下的伪满洲国，活生生地揭示了一个无辜被害致疯狂的青年学生惶恐、多疑、迷狂和错乱了的精神世界。

《罪证》与《可疑的人》两篇作品皆是有感于国统区黑暗专制、残害无辜、是非颠倒的社会现实，但前者却将批判锋芒指向伪满洲国，而后者极深刻、辛辣地讽刺了国统区的政权。可见，岁月使骆宾基的创作内容与批判对象之间产生了挪移现象。

吴占奎和毛建民都是小知识分子，而且都很本分，但二人却都糊里糊涂被抓进了监狱。甚至吴占奎比毛建民还冤屈，因为吴从不过问国事，除读书外，唯一的娱乐便是看看京戏；尽管如此，在回家的路上，他仍被日本人抓了去，而且一关就是五年，以致变成了疯人。如果这一题材是骆宾基构思于20世纪40年代而不是创作于1938年的话，很可能作者会将批判矛头指向国统区的黑暗现实。但是1938年的骆宾基，无论就其个人的思想认识，还是就对形势的客观观察，都使得他不可能做出别的选择：因为日军从1938年6月开始进攻中原，仅用了一年零三个月就从华北侵入华东、华东、华南，一直打到四川。作为一个早就从抗日战场上下来的骆宾基，当然不会预测到日寇推进得这样快。因而在抗敌文化堡垒的金华，骆宾基所完成的小说《罪证》也无法反映日寇在江浙一带的猖狂进攻所犯下的滔天罪行，因而他也只能将笔锋回移到他记忆中的伪满洲国。

其次，日本政府于1938年11月3日发表声明诱降国民党，汪精

---

① 骆宾基：《骆宾基小说选》，湖南人民出版社，1982，第334页。

卫集团立刻响应，12月离重庆，经昆明到越南。12月29日汪精卫发表"艳电"公开投敌，随后便和南北大小汉奸策划组织伪政府，汪伪政府于1940年3月30日成立。这段历史在骆宾基写《罪证》的1938年尚未发生，当然也出乎他的意料，因而他在当时也就不可能写出超越历史的作品。于是，骆宾基对日本侵略者的仇恨随日寇的猖狂进犯而常常勾起他对家乡伪满洲国的往事之回忆，因而他跳出关内，继续以《边陲线上》的创作视点，描写了一个家乡青年的悲剧故事。

《可疑的人》情形就不同了，1946年时的国内形势一方面是日本侵略者被打败，一方面是国民党的丑恶嘴脸彻底暴露，于是作者的批判锋芒自然要指向国统区。九年之差，骆宾基对国统区丑恶现实的认识已上升到相当高度，深刻地揭示了国民党内的反动派与日本侵略者是一丘之貉的历史本质。

从作者在《罪证》后记所引用的冯雪峰的论述来看，骆宾基所期望着的是"强者以上的强者""最强者的反抗"[①]，可《罪证》中吴占奎却是个实实在在的弱者。昔日作者"用血用怒火写成的"[②]那些充满英雄气概的知识分子（如《边陲线上》中的刘强、《一星期零一天》里的小杜）为何在此竟会变得这样懦弱消沉呢？《夏忙》集中《诗人的忧郁》大概可以帮助我们寻求到这一答案。

《夏忙》集是1939年9月出版，其中作品几乎都是作者在1938年创作的，唯独《诗人的忧郁》是个例外。《边陲线上》在知识分子形象塑造上，主要表现的是刘强这样的在战斗中成长起来的革命者和季伟刚这样的自私自利、投机革命的堕落者；而对于像琬玲那样胸无大志、贪图安逸、自命清高的中间人物的描写只是一笔带过。到了《诗人的忧郁》中，作者基于对琬玲这类知识青年的进一步认识，又

---

① 冯雪峰《有进无退》，转引自《骆宾基小说选·〈罪证〉后记》。
② 茅盾：《大上海的一日》，转引自赵遐秋、曾庆瑞编《中国现代小说史》下册，中国人民大学出版社，1985。

突出塑造了叶绿菊这个脱离现实、故作风雅、无病呻吟的革命集体中的孤独者形象。可是这一体现了骆宾基真知灼见的知识分子形象，还未来得及形成铅字就爆发了七七事变。全民抗战的呼声终于压过了骆宾基笔下这个诗人满口的"春花秋月"，取而代之的是剩下独臂还要坚持战斗的抗日英雄的怒吼，叶绿菊这一人物从此也埋进了作者的心底。

随着抗战的深入，特别是骆宾基由前线向后方的转移，他耳闻目睹的也并不总是在战火中成长起来的刘强、小杜和吕典一这样的知识青年。于是往日积淀在骆宾基艺术感受之中的叶绿菊之流，唤起了他对抗战中某些知识青年的新的认识，这样便产生了那个不闻国事、埋头读书却没逃脱命运捉弄的悲剧人物——吴占奎。这一典型性格继承了鲁迅等现实主义艺术大师笔下连一个"坐稳了"的"奴隶"①资格都争不到的人物形象，展示了琬玲、叶绿菊这类知识分子性格更懦弱、消极的变化过程。

可见，琬玲—叶绿菊—吴占奎这类知识青年形象变化的轨迹，深刻地预见了骆宾基早期创作势必要朝深沉的反思型现实主义阶段发展，同时也为他塑造人物形象系列由20世纪30年代的英雄悲剧向40年代弱小者和丑恶者的悲喜剧过渡打下了坚实的基础。等到了创作《夏忙》报告文学集时，作者向我们发出了即将把矛头从伪满洲国再转回国统区黑暗现实的一个信号。从此以后，骆宾基以他那冷峻的目光、讥讽的笔调、深沉的忧郁、幽默的语言导演了一幕幕40年代中国社会众多弱小者和丑恶者的悲喜剧。

我们曾经谈过，骆宾基20世纪40年代的小说创作深受鲁迅等中国现代作家和19世纪俄国批判现实主义文学的影响，这一中外作家的投影又往往折射在他悲喜剧形象的塑造上。

---

① 鲁迅：《坟·灯下漫笔》，载《鲁迅全集》第1卷，人民文学出版社，1981，第212页。

（一）继承并发展了鲁迅式现实主义精神，创造了中国20世纪40年代的"阿Q""祥林嫂"式的人物

鲁迅成功塑造了一系列充满喜剧色彩的悲剧形象。他在以喜剧形式展示出人物的精神麻木、愚昧无知、封建迷信，因而自戕自害的悲剧命运中，揭示了必须"改造社会、改造世界"①使"他们应该有新的生活"②这一主题。从这一点上看，鲁迅与那位高呼"新生活万岁"的契诃夫相似。作为同样深受契诃夫影响的骆宾基自然会在悲喜剧性格上寻找更适合中国国情的东西，但给骆宾基以强大榜样力量的却是中国现实主义大师——鲁迅，因为在骆宾基塑造的袁大德（《一九四四年的事件》）、孙寡妇（《生活的意义》）等形象中，出现更多的则是阿Q、祥林嫂的投影。

骆宾基在《一九四四年的事件》这篇小说中娓娓动听地讲述了这样一个故事：一个名叫袁大德的读书人，他"生性正直，是一个又心软又气粗的好人"，书记工作的紧张、体质的衰弱、老婆孩子的负担使他"才三十多岁就衰老、憔悴了"，他的脾气也越来越坏，打骂孩子和怀孕的妻子。终于有一天为了生计他拦路抢劫一个猪贩子，可当猪贩子苦苦哀求时，他对这个自称抚养老母和三个死了娘的孩子的小生意人产生了同情，从抢的钱中拿出四百元还给他。但猪贩子得寸进尺，在二人纠缠之际，一个庄稼人路过，将袁大德捆住，送往县政府。袁大德老婆来探监时，他却轻松地说"不要紧""怕什么？我是片好心，还退给他四百块……我不会有死罪的，几天就出去了"，可后来他被"杀一儆百"地处决了。

显而易见，这篇小说从主题思想到人物形象，从悲喜剧特征到审美功能，都是在喜剧性色彩渲染之后所强调的悲剧的美感。

鲁迅在他小说中成功地塑造了一系列具有喜剧色彩的悲剧形象，他以喜剧形式展示出人物的精神麻木、愚昧无知、封建迷信，因而自

---

① 鲁迅：《故乡》，《新青年》1921年5月第9卷第1号。
② 鲁迅：《故乡》，《新青年》1921年5月第9卷第1号。

戕自害的悲剧命运。可以说鲁迅笔下的这些人物完全可以与俄国批判现实主义大师塑造的形象相媲美，尤其是对骆宾基这样的青年作家来说，他更具有强大的榜样力量和启发功能，因此，在骆宾基的袁大德形象系列中，自然要出现阿Q、祥林嫂的投影。

鲁迅以含怒的辛辣讽刺嘲笑了那些"不争"的人物，骆宾基则在麻木者的喜剧形象上透露出作者喜中有怒的思想感情。阿Q被糊里糊涂地抓进衙门，主审官问起他打劫犯在何处，他竟然还在为打劫赵家那伙人没叫他同去而愤愤不平；被判了死刑，人家让他用画圈代替画花押，他不但没想到会被杀头，反而还为圆圈没有画圆而懊恼。袁大德抢了人家的钱以后，还在路人面前抢白说："我已经给他四百元。""我若是一钱不给他，不是一样吗？"当他被抓进县政府，丝毫没想到会有死罪。

一个是不懂圆圈与杀头的联系，"生怕被人笑话，立志要画得圆"；一个是强盗行为中却有菩萨心肠，以为别人也会像他那样以善待人、谅解人。阿Q无知到愚蠢的地步，袁大德天真到白痴的程度。

论到这里，有必要对《罪证》里的吴玉芳这一人物做些分析。吴玉芳是仅次于小说主要人物吴占奎的人物形象。作为吴占奎的妹妹，她是小说中最先出场的人物。

这个操一口流利日语的年轻女性知识分子，在小说里却是一个受日式奴化教育很深自己却丝毫没有感觉的悲剧形象。她说一口流利的日语，穿一身日式打扮，灌一脑子亲日思想。吴占奎出狱之后，是由吴玉芳接他回家的。按照道理应该由父亲吴大鹏去接，而不应该由一个年轻的姑娘去接。但是吴玉芳有着她父亲所不能比的优势，那就是会说日语。这一点无论是吴大鹏还是吴玉芳本人都为此感到骄傲。吴大鹏要利用女儿的这种优势为自己的投机生意提供信息，而吴玉芳则更享受这优势带给她的优越感。小说中她说的第一句话就是日语，但不是对日本人说话，而是对火车站的搬运夫说的。对生活地位最低的下层人说日语，显然是在炫耀自己。此后，当遇到日本人巡查的时候，她的日语果然派上了用场，也帮了她的忙，使吴占奎免受过多的盘查。然而，此时的玉芳小姐完全忘了自己尽管日语讲得好，但她毕竟不是日本人。当他们挤在杂乱的车厢里时，玉芳小姐感到"刺心的焦躁"，对吴占奎带给她的麻烦，她的想法是："若是身边没有这个累赘，玉芳凭着一口日语，前边那几挂军用车厢，还不任着自己的性子挑选着坐吗？"

骆宾基在此又一次熟练地运用了鲁迅常用的"哀其不幸、怒气不争"的人物刻画方法，将这个"不知亡国恨"的"商女"淋漓尽致地展现在读者面前。但是骆宾基的笔并没有停下，因为在由于国恨而背井离乡、投入创作、参加革命的骆宾基看来，一个没有"国恨"的人必须要给予最无情的打击。于是他又在玉芳的面具上深深地戳了一个大窟窿。他写道，吴玉芳连骂人都要用日语了。

骆宾基之所以写了这么一个有些极端的知识女性，其用意十分明显，他是在给那些甘于或无意，甚至被迫走上"准汉奸"道路的人一记重拳，同时也是给麻木、畏缩、自私、怕死的甘于做亡国奴的某些中国人敲响了警钟：如果不赶快觉醒，吴玉芳后来其父死去、自己也"一天到晚寂静地坐在家里，不爱说话了……只是一个人的时候，会不知不觉地叹气"的结局就会落在自己的头上。

无知者愚昧、愚昧者麻木、麻木者沉沦，这条半殖民地半封建社会里弱小者悲剧者命运的发展线索，贯穿在鲁迅以含怒的讥讽刻画出的"不争"的人物体系中，同时也是在骆宾基笔下不幸的悲喜剧形象里所经常出现的。两相比较，一方面说明青年作家深受大师鲁迅的影响；一方面也表明了他们同样经历着苦难的现实，因而他们笔下所摹写的也正是他们"眼中所经过的中国的人生"①。正是基于对人生的相同感受，骆宾基才继承和发扬了鲁迅开创的现实主义精神，将中国新文学中反对封建愚昧、揭开现实疮疤、批判国民劣根性、寄希望于未

---

① 鲁迅：《集外集·俄文译本〈阿Q正传〉序》，转引自陈漱渝主编《说不尽的阿Q——无处不在的魂灵》，中国文联出版公司，1997。

来的历史重担承接过来，并以他自己不懈的努力和追求，丰富了20世纪40年代现实主义文学中的悲喜剧形象。

从宏观上审视中国现代文学画廊中的女仆形象，可将她们分成三类。

1. 女佣（包括婢女、丫鬟）：这类女仆主要是廉价出卖劳动力，干各种家务活。她们在中国现代文学中俯拾即是。

2. 奶妈：从事哺育富人家婴儿的工作。如艾青的《大堰河——我的保姆》、魏金枝的《奶妈》等。

3. 童养媳：指从小变相卖给人家当劳力，等人家儿子长大后再与之结婚。如叶圣陶的《阿凤》、冰心的《最后的安息》中的翠儿，孔厥的《一个女人翻身的故事》里的折聚英等。

中国几千年来封建枷锁下的妇女一直是受政权、神权、族权沉重压迫的，而作为以上三种类型的女仆，一般来说常常受害更深。而且有的往往意识不到自己被奴役的地位，竟然还"津津乐道地赞赏美妙的奴隶生活并对和善的好心的主人感激不尽"①。可以想象，如从这一层面上揭示中国社会最下层劳动妇女性格与命运的悲剧，其社会作用、思想意义都是较为深刻的。

骆宾基深深理解了鲁迅所刻画出的那个被封建礼教、迷信愚昧的软刀子杀戮，但却"割头不觉死"②的祥林嫂其深刻的悲剧意义，于是他没有展示女仆的血泪生涯，也不过于拔高她们的反抗性格，而是从喜剧外壳下的悲剧内涵中，塑造了一个自以为是"半个主子"的女仆——曹妈儿（《老女仆》），形象地展示了中国社会众多女仆对自己被奴役地位的没有认识、糊涂认识、朦胧认识、反抗意识的全部发展演变过程。

---

① 列宁：《纪念葛伊甸伯爵》，载《列宁全集》第13卷，人民出版社，1976，第36页。

② 鲁迅：《坟·灯下漫笔》，载《鲁迅全集》第1卷，人民文学出版社，1981，第212页。

曹妈儿不像有些当奶妈的那么辛酸，也不似童养媳那样命苦；就是和同是用人的祥林嫂相比，她也远不像祥林嫂只靠手脚勤快、善良安分来挣钱吃饭，并在繁重劳动中获得满足。曹妈儿之所以成为"主人最亲信的用人，差不多是半个主子"，是依仗着眼观六路的聪慧和八面玲珑的虚伪。在这点上曹妈儿一丝一毫都不同于祥林嫂，倒有几分《雷雨》里鲁贵的气味。骆宾基也正是从此种意义上采用一种揶揄的口气、讽刺的笔调、挖苦的语言嘲笑了这个"作为社会典型的""虚伪的奴才"①。

　　然而骆宾基对待曹妈儿又完全不像曹禺对鲁贵那样，以一种深恶痛绝的态度刻画出一副从物质到精神都完全依附于主子的寄生虫似的十足奴才相；而是抱着"怒其不争"的情怀，不得已地含泪抽了曹妈儿几记鞭子。这从作者对曹妈儿身世的交代里便可窥见一斑。在曹妈儿父亲临别叮嘱中，他以那套酷似鲁贵的人生哲学开导女儿："咱们的什么不是老太爷给的……"作为俞府的第三代仆人曹妈儿，显然是在不自觉中接受了父亲的教诲。她不但同意老太爷包办的婚事，而且从那以后便开始遵照父亲的遗愿，由一个"不意识到自己的奴隶地位而过着默默无言，浑浑噩噩的奴隶生活"的"十足的奴隶"②朝"奴才"的方向靠拢过去。

　　但是，曹妈儿所生活的时代不同以前了，这一代女仆虽承袭了前辈逆来顺受、封建愚昧的弱点，可若要完全按父辈的意愿去发展，其时代不允许，社会也不允许。于是作者将太平洋战争的炮声引入作品并炸碎了曹妈儿的美梦。像狗一样被抛弃在家中的她，顿时生气愤怒："我为什么留下呢？我的命就不值钱吗？"此时的曹妈儿非但没在通往"奴才"的路上一直走下去，反而认识到以前"半个主子"的盲目乐观，觉悟出无论怎样得宠也不过是主子的女仆这一铁的事实，于

————————
　　① 列宁：《列宁全集》第29卷，人民出版社，1963，第395页。
　　② 列宁：《纪念葛伊甸伯爵》，载《列宁全集》第13卷，人民出版社，1976，第36页。

是她起来反抗了。

　　显而易见，骆宾基的曹妈儿的悲剧的深刻意义超过了表象式展示女仆的悲苦生涯和单纯的反抗斗争，这一形象揭示了新一代女仆在觉醒过程中的艰巨性和曲折性。这既照应了作者在《夏忙》集中所反映的革命必须首先发动群众的思想内容，也提出了历史遗留在下层劳动者身上的"国民劣根性"问题。同时《老女仆》又实在具有相当成分的喜剧因素，这不仅揶揄讽刺了曹妈儿的虚伪和聪明，揭露了社会恶习对劳动人民的心灵污染；而且"高明的喜剧在否定并揭露这种现象的同时，也肯定某种新的先进的现象，肯定人类的、政治的和道德的一定理想"①。于是，作者又预示了曹妈儿这一代人绝不会重走前辈的老路，在不远的将来也许会出现"意识到自己奴隶地位而与之做斗争"的"革命家"②的光辉前景———种从悲剧中透视出的"转为戏剧的""正＞负"的"必然的前景"③。因此我认为，曹妈儿在中国现代文学众多的女仆形象中，尤其是在悲喜剧性格塑造上，是个不可多得的典型形象。

　　纵观中国现代文学作品中主子和奴仆的人物形象画廊，确实存在不少成功的性格塑造。但能把主子和奴仆这一对立而统一的矛盾体，放在战乱这一背景下，将他们的灵魂暴露得淋漓尽致，而且又是在充满喜剧效果的悲剧命运里，反反复复拷问着人性的美与丑，就不得不说骆宾基的《老女仆》，但遗憾的是，这一短篇小说，几乎被所有中国现代文学史的专家忽略掉了。笔者认为《老女仆》（以下简称《老》）堪称中国现代文学史上短篇小说的杰作，至少在某些方面能与一些优秀作品相媲美。

---

　　① 库卡尔金：《查利与卓别林》，《电影艺术译丛》1979年第3期。

　　② 列宁：《纪念葛伊甸伯爵》，《列宁全集》第13卷，人民出版社，1976，第36页。

　　③ 郭沫若：《就目前创作问题答〈人民文学〉编者问》，《人民文学》1959年1月号。

下面就以叶绍钧"为人熟知的优秀"名作——《潘先生在难中》（以下简称《潘》）为比照可做很好的说明。

《潘》是叶绍钧短篇小说的代表作，写于1924年11月。它以军阀混战为背景，主要刻画了一个苟且偷生的知识分子的形象；而《老》则是骆宾基写于1942年冬的短篇小说，它是以太平洋战争爆发前后的香港为历史背景，主要塑造了一个由麻木、懦弱到觉醒、反抗的下层劳动妇女的典型。乍看上去，这两篇小说的时间相差近二十年，历史背景不同，主人公形象迥异，很难说有什么相似之处，但只要我们认真地对照剖析，就不难发现，这两篇作品在作为一种审美信息的储藏、加工和形象化过程中所建造的相似性同构关系。

1. 审美创造主体信息储存的同构关系

叶绍钧是文学研究会的主要成员，在以《潘》为代表的一系列短篇作品里，我们可以充分感受到他那以客观的写实手法，反映小市民、小知识分子灰色生活的现实主义创作精神。这种精神不断地驱使他深入观察社会、搜索自己所熟悉的素材，大量储藏以"小人物"为形象系列主体的信息，进而构成自己所独具的以教育界平凡生活为主骨的信息储存系统。钱杏邨曾做过这样的统计：在叶绍钧到1927年为止的六十八篇小说中，就有二十篇是写教育界的。[①]而其中绝大多数是以作者具有亲身经历体验的教员生活为反映对象的。

骆宾基虽然是以《东战场别动队》而扬名的，但真正能算作短篇小说的那些作品，其中大多数也是偏重于选取自己非常熟悉并且感受最深的生活题材，将那些女仆、长工、农妇、小画家、公务员、教书匠、伤病员等下层小人物的日常生活中的举止言行、所见所闻积贮在他的记忆档案中，并且以他们灰色的生活为形象主调，形成了骆宾基20世纪40年代短篇小说创作的审美构架。而《老》中的老爷、太太、用人等所有人物（甚至包括那条卷毛狗）身上，都不同程度地折

---

① 裴汉康，郑明标：《论叶圣陶小说中知识分子形象的塑造》，《中山大学学报》，1980年第4期。

射出了作者执着追求的现实主义光彩。

2. 审美创造主体信息加工和形象化的同构关系

叶绍钧和骆宾基尽管都受到文学研究会"为人生"创作主张的影响，都属于现实主义创作流派，但仅仅这些还不能构成他们在具体的审美创造实践中的对应关系。也就是说，在审美创造主体对所储存的信息进行加工处理时，其展开的方式往往大不相同。然而叶绍钧的《潘》和骆宾基的《老》却极为明显地表现出二者的同构关系。

（1）反映战乱给奴、主带来的相同影响

首先我们看《潘》。军阀之间的混战使潘先生的家乡成为兵祸凶险的地方，这势必就要给潘先生一家带来灭顶之灾。于是潘先生带着老婆、孩子狼狈不堪地逃到潘先生称之为"绝无其事的境界"。可就在潘先生"乐哉乐哉，陶陶酌一杯"的同时，作者巧妙地通过潘师母的内心活动，提到了只身一人守在家里的王妈。

这里叶绍钧只是轻轻一笔带过，然而字里行间我们也会感受到伴随着枪炮声，躲在屋子角落处的奴仆——王妈的内心世界。而且后来作者对王妈等潘先生叩了十几下门才敢开的细节描写，也证实了战乱对这样一个普通的女仆也并不是无所谓的，这是一种人类对生的渴望和对死的畏惧的天性。

现在再看看骆宾基的《老》。太平洋战争的炮火给俞一飞老爷的别墅客厅带来一片混乱。生来就是主子出身的贵人们脸上都失去了平日里那种养尊处优的绅士笑容。俞一飞本人开始优柔寡断，太太身上也失去了往日的娇柔和温柔。炮声之下，作者写道："他们都是躲避在客厅一角的米袋脚下，脸色全那么苍白，眼睛全那么缓慢而有力地移动着，仿佛在测量声音的距离似的。"随着炮声的逼近，俞一飞老爷终于要带全家出逃了。作为奴仆的曹妈儿也只配像那条"巴鲁"狗一样地守在家中。

就在俞一飞老爷一家在隐藏处的寓室（尽管楼层老旧、充满恶臭）里舒适地度过一个星期的同时，处在炮火危险中的曹妈儿，怀着一种"被遗弃的恐怖",孤单单地看守着主子的家。往日似乎很得宠的"半个主子"这时才清醒地认识到"我们是奴才"的地位。

（2）塑造性格相似的奴、主形象

歌德曾经说过："从顽石到人，都有些普遍性。"以"人"为主要审美内容的文艺作品之间，存在着某一构造上的对应关系，是不足为奇的。但能像《老》和《潘》这两篇小说在人物身份、性格、气质、言行和关系等诸多方面形成同构并不多见。

潘先生是城市小资产阶级知识分子灰色形象的典型。不管他怎样"挣扎于生活底层"，如何具有"朝不保夕的生活遭际"，但他毕竟不同于处在水深火热之中的最下层劳苦大众。尤为重要的是，在对立而又统一的奴、主矛盾关系中，潘先生当之无愧地属于占统治地位、起决定性作用的一方，他终究还是奴仆——王妈的主子。从此意义上讲，他与《老》中的俞一飞老爷没有多少本质的区别。

潘先生虚伪、自私、苟且偷生的性格在叶绍钧的笔下可以说再现得淋漓尽致。在他逃难的途中确实表现出了一点"匹夫之勇"，但这不过是为了自己、妻子、孩子的性命和一个皮包。这种由于一心悬系身家安危而产生的膂力，其实质是他"临虚惊而失色"的懦弱、慌乱之心理的变相反映。对妻子、孩子，潘先生似乎尽到了一个丈夫和父亲的责任和义务；对家里的东西潘先生当然也不会置之不理。他返回家的第一件事便是闯进房中"上下左右打量着"，直到他认为"一点没有变更，什么都同昨天一样""他吊起一半的心"才"放了下来"。对自己的性命潘先生更是忧心忡忡。当他听说正安失守的消息时，竟然发狂地喊出来，立刻慌慌张张从家逃出，甚至不顾车夫要价的偏高，一头扎入逃难的红房子中。

潘先生当然还不只是"临虚惊而失色""暂苟安而又喜"，作者更是活生生地勾勒出他苟且偷生的性格属性。最突出的一笔是对潘先生带领一家人出逃上海刚到旅馆的情景描写："潘先生一家随着茶房走进去时，立刻闻到刺鼻的油腥味，中间又混着阵阵的尿臭，潘先生不快地自语道：'讨厌的气味！'……再一思想，气味虽讨厌，终究比吃枪子睡露天好多了；也就觉得没什么，舒舒泰泰在一把椅子上坐下。"潘师母则在上海的旅馆里忐忑不安，思前想后：家中留下的东西不少，不知王妈到底可不可靠；她会不会忘记关门窗；甚至她还想起了三只母鸡、阿二的裤子、一碗白鸭……真是细致入微！然而对王妈这个大活人会不会被炸死，会不会被抓走，她却一丝一毫都不曾想过！

《潘》的主人公当然是潘先生。因此作者对潘家的女仆——王妈只是略写。从全文看，能谈得上具体描写的仅有一处，总共还不到三百五十个字，而真正与人物性格有密切联系的也就是几句内心独白。可是就这寥寥几笔，便构成了这篇小说中于主人同处一个矛盾统一体中的奴仆形象。而且这一人物性格深深烙上了中国封建社会劳动妇女逆来顺受、麻木不仁的时代印记。

当主子们离家逃难以后，王妈这样想道："他们为什么不让我跟了去？这自然嫌人多了不好。……其实就是老实告诉我，要我跟了去，我也不高兴呢。我在这里一点也不怕，如果打仗打到这里来，横竖我的老衣早做好了。"当她想起好看的绣花鞋时，竟连原来人之共同有的对死的恐惧、生的渴望也全烟消云散了，甚至还感到一种死后被阎王另眼相看的"舒快"。王妈这一形象仿佛使读者看到了阿Q、孔乙己，她和他们一样，非但没有正视自己被压迫、奴役、凌辱的悲惨地位，反而自以为是、沾沾自喜，从而揭示出下层劳动者悲剧命运深刻的社会意义。

《老》是以日本侵略者进犯香港为历史背景的。贫富不等的社会现实反映在家庭中，便形成了奴仆和主子之间一种复杂而尖锐的矛盾关系。

《老》中的俞一飞"是个出身高贵的老爷""日常嘴里含着雪茄烟，胸脯又饱满，西装又华贵、整洁""依然还保留着昔年的风度"。可是太平洋战争的炮声将他的"风度"震得无影无踪了：他那曾有着

"闪着阳光"的窗玻璃的"别墅客厅里第一次有灰尘出现了"，堆着面粉的米袋子的客厅、移动了位置的沙发、改为临时客厅的餐厅、改变了的用餐习惯等等都从侧面表现了俞府的主人惶惶不可终日的恐惧心理。尤其是当战火逼近香港，这位老爷再也坐不住了，他慌张地对仆人吩咐几句后，便立刻催促太太孩子"收拾收拾""越快越好"地出逃。当俞一飞见太太磨磨蹭蹭"就尽自匆匆地走去，等不及似的先走了"。

这样一幕仓皇出逃的情景和潘先生逃难途中的丑态简直如出一辙！甚至就连第二次见到曹妈儿时的"咱们的家私是都给日本人用卡车运光了？"的第一句问话也与潘先生返家时的表现颇为相似。更令人惊异的是，作者也为俞一飞老爷绘制了一幅肖像画：俞一飞隐藏处的寓室"是在市中心区一所老旧的二楼，临窗街道，充满恶臭，由于街市长久的死寂，堆满失去运输工具的垃圾、粪便、钢盔、警哨……但俞一飞老爷的面容是舒适的，敞着领口，灰格纹布的背心，口里含着纸烟，一见曹妈儿就笑着说……"。这段描写与笔者前面所引的《潘先生在难中》一段不正形成了二者贪生怕死、苟且偷生性格的对应性同构关系吗？

《老》中那位往日美丽、娇弱和温柔的俞太太，虽然没有像潘师母那样细致入微地牵挂家中财物，可在她慌张出走之际，仍然没有忘了向曹妈儿交代一句："曹妈儿好好看家呀！"笼统的一个"家"字，当然包括了这个家庭中所有的东西，可就是不包括曹妈儿本人。"好好"这一个表示程度的重叠副词，也仅仅是用在让曹妈儿看家这件事上。

作为占统治地位，起决定性作用的矛盾一方——主子和主妇，在两篇作品中体现了形象构造的相关性原则，作为矛盾对立的另一方——奴仆，也同样显示出某些相似的共性。

骆宾基对曹妈儿的刻画和描写如同叶绍钧笔下的潘先生一般，是浓墨重笔、精心构制的。从篇幅上看，这一人物比重大大超过了王妈。但作为处于半殖民地半封建社会里最下层的女仆,在典型性格上必然存在相互联系性。作者这样写道:"曹妈儿是这所别墅主人最亲信的用人,差不多是半个主子。"她自以为她是俞府的亲信老仆,所以敢憎恶女主人和她的爱犬,敢于在香槟是否掺了白酒的问题上与老爷争辩一番。这里我们不能理解为是奴仆对主子的一种反抗。因为在此时的曹妈儿看来,能得到主人的欢心和重用是一种荣耀,而这种荣耀使曹妈儿暂时忘记了"我们是奴才"的身份,于是便下意识地向那"半个主子"的地位靠了过去。

我们从曹妈儿的形象中,似乎发现了中国社会女仆阶层的某种共性。

祥林嫂可以被称作中国现代文学史中第一代女仆的形象。在她身上荟萃了中国劳动妇女勤劳、善良、质朴的美德,同时又集中反映了在"四权"压榨下麻木、懦弱的性格特征。在她与封建地主阶级的代表——鲁四老爷所构成的矛盾关系中,她始终没争到一个"做稳了"的"奴隶"的资格。叶绍钧笔下的王妈则是五四运动以后20世纪20年代女仆形象。尽管随着时代的发展、社会的变化,这一代女仆已不像祥林嫂她们那样过于愚昧、迷信和恐惧死亡了,可是她们仍旧没有意识到奴、主之间那种不平等的社会现实。而且她们头脑里那些落后的封建意识又决定了她们没有也不可能从沉睡和麻木中猛醒,起来反抗主子的奴役。

《老》中的曹妈儿已是生活在20世纪三四十年代的女仆了。她不仅是俞府中的第三代女仆,而且也是半殖民地半封建社会的中国第三代女仆。这一代女仆,特别是像曹妈儿这样已经被"害了上半生"的老女仆,她们继承了前代人吃苦耐劳、善良朴实的传统美德,也继承了长辈们逆来顺受、甘为奴仆的弱点。因此曹妈儿这一典型形象也不同程度地呈现出与前几代女仆相似的悲剧性格。但是,这一历史阶段的女仆毕竟不同于以前了。长期以来被奴役、凌辱的历史要在这代人身上寻找觉醒和反抗的突破口了。具有承前启后性质的曹妈儿终于站了出来。她目睹了父辈所蒙受的苦难，自己又被害了大半生。而这一切在主子逃难，自己却像狗一样被抛弃的残酷现实面前置换成一股冲天的怒火："我为什么留下呢？我的命就不值钱吗？光是你们的命才值钱哪！"曹妈儿终于认识到了她前辈整整经历两代而没能认识到的奴、主不平等问题，并且准备付诸行动加以反抗。但是曹妈儿终究是曹妈儿，她所采取的反抗行动也只能是个老女仆所能做到的——变成"一块寒冷的冰"沉默下来了。

通过以上的分析不难看出，在曹妈儿这一形象塑造上，骆宾基坚持了现实主义的创作原则，追求一种冷峻、深沉、含蓄而幽默的艺术美感效果。更主要的是作者将曹妈儿这一人物性格放在特定的历史大环境和具体的小环境之中，也就是说曹妈儿的性格是有发展变化的。她由一开始对自己的奴才地位的糊涂认识——盲目乐观，自以为是"半个主子"到一种朦胧的意识——"我的命就不值钱吗？"又表现出一种软弱的反抗——顶撞主子和主妇，最后又可怕地沉默下来，这一系列的性格发展变化过程十分形象地印证了列宁的一段论述："意识到自己的奴隶地位而与之斗争的奴隶，是革命家。不意识到自己的奴隶地位而过着默默无言、浑浑噩噩的奴隶生活的奴隶，是十足的奴隶。津津乐道地赞美美妙的奴隶生活并对和善的好心的主人感激不尽的奴隶是奴才，是无耻之徒。"[1]如果我们再从祥林嫂、王妈、曹妈儿这样一女仆形象的纵向系列中去剖析，便更能从中挖掘到半殖民地半封建社会中国劳动妇女的悲剧线索和性格演变的轨迹，尽管这一线索和轨迹有时并非呈直线上升的趋势，但从中总能窥见中国劳动妇女是在朝着觉醒、进步的方向前进，他们总有一天会成为"革命家"的。

（3）体现同源相近的喜剧风格

读完《潘》或《老》，我们会很自然地联想起俄国批判现实主义

---

① 列宁：《纪念葛伊甸伯爵》，载《列宁全集》第13卷，人民出版社，1976，第36页。

的喜剧作家，特别是契诃夫创作的幽默短篇作品。

叶绍钧在他的长篇论文《文艺谈》中不止一次地赞赏过俄国的近代文学。他说："近代的文艺里，俄国的最显出他们的民众的特性。他们困苦于暴虐的政治艰难的生活、阴寒的天气……却转为艰苦卓绝希求光明，对于他人的同情更深，对于自己的苛厉更严，这就是以'爱'为精魂的人道主义。"而骆宾基当时公开发表的唯一一篇评论外国作家的论文，便是《略谈契诃夫》。这篇论文在日本引起了一些骆宾基研究者的高度重视，他们由此推断出骆宾基受到了19世纪俄国文学的影响，尤其热衷于契诃夫的短篇小说。①笔者认为，这种推断不无道理。骆宾基本人生前与笔者交谈时所表述的其创作受契诃夫等作家的影响暂且不提，就是从骆宾基许多作品中也能证实他的幽默笔法与契诃夫的渊源关系。同样，受俄国批判现实主义文学影响的叶绍钧，其作品中的讽刺喜剧特征也流露出契诃夫（或与契诃夫相近风格的俄国作家）的影子。

《潘》文一开始，潘先生精心策划并指挥的首尾一气的长蛇阵就一下子将读者带入充满讽刺意味的喜剧氛围中来。然后作者不无夸张地刻画了潘先生"冲锋在前""统率全军"的"大智大勇"；但这种将军风度在一妻一子走散的瞬间，便立刻换成"渗出两滴眼泪"的可怜相。家破人亡之感刚刚消失，他又破涕为笑，那入调地唤黄包车的声音和"似乎增加好几分威严"的动作，入木三分地刻画出一个装模作样的小人之丑态。在车夫面前，潘先生俨然是个老爷，可在顶头上司面前却毕恭毕敬。特别是结尾处当他违心地为封建军阀歌功颂德、书写牌坊时，那一副卑下、怯懦的奴才相更是暴露无遗了。如此可怜的一位潘先生不是很容易使人想起契诃夫《变色龙》中的奥楚蔑洛夫吗？

在人物细节描写上，体现喜剧的讽刺特征，隐含幽默的审美情

---

① 韩文敏：《漫评日本的骆宾基研究》，《抗战文艺研究》1984年第2期。

趣，也恰恰是《老》的一种艺术风格。战争爆发了，来往于俞一飞家的贵宾的"尊贵的鞋上"都带着泥土，而且"临门也不在擦鞋毡子上擦擦他们的鞋底，同时每个人的脸上都失去了平日那种养尊处优的绅士笑容，同时说话的声音也高了，也激动了"……别墅的主人也变得优柔寡断。"说话时也露出那雪白的牙齿来了。"作者就是这样信手拈来一些微乎其微却出神入化的生活细节将这些平日里高贵、文雅、优美的面孔统统撕碎，平平淡淡中便暴露出他们卑琐、庸俗、胆怯、自私的丑恶本质，确实起到了喜剧的讽刺、鞭挞丑恶的认识教育作用。

骆宾基对俞一飞之类的人物，采取的是外表不动声色、实质冷酷无情的讽刺和揭露；而对老女仆则运用了表面上十分刻薄、挖苦的语言。什么"差不多是半个主子""从她那微笑的姿态上你就可以感觉到她是怎样得宠的用人""明知道自己做主，可是照例要讨太太的口风，而且还认为这是遵从太太自己意旨做的""这是她独特的讨主人欢心的手艺，一向不外传的""在仆人面前她是那么憎恶巴鲁（女主人的爱犬），在主人面前她对巴鲁又是那样关贴、这样亲切"……作者骆宾基之所以对一个老女仆采用这样的描写手段，我认为那是因为作者深刻认识到作为社会典型的奴才必然是虚伪的。

鲁迅在译介契诃夫的《坏孩子和别的奇闻》时曾谈道：这些小说"不是简单的只招人笑，一读自然往往会笑，不过笑后总还剩下些什么，——就是问题"[1]。骆宾基同样有这种体味。事隔十九年后，他回忆写这本书时的审美体验时说："当时忍不住笑，只好走到肃静的阅览室外笑去。""但几年以后在重读'坏孩子'的时候，感到笑的成分减少了，而在笑的背后一定是隐藏着一些可怜和可痛的东西。"[2]而这种"先乐后悲，以增加悲感"（郭沫若语）的艺术追求是契诃夫的，

---

① 鲁迅：《〈坏孩子和别的奇闻〉前记》，载《译文序跋集》，人民文学出版社，2006。

② 骆宾基：《略谈契诃夫》，《人民文学》1954年第7期。

是鲁迅的，也是叶绍钧的，同样更是骆宾基孜孜以求的。

悲喜剧的艺术特征决定了作者采用了不同于纯喜剧艺术的处理手法，里面隐含着女仆们屈辱痛苦的泪水。就如同骆宾基对契诃夫作品所产生的"在笑的背后隐藏着真正可怜可悲的东西"的感觉一样，作者对曹妈儿的刻薄挖苦之中，正体现了他希冀像曹妈儿这样的下层劳动者快从麻木中猛醒过来的人道主义精神，从此种意义上看，叶绍钧对王妈自以为是、盲目乐观的讽喻与骆宾基的讽中见情有异曲同工之妙！

通过以上对《潘先生在难中》和《老女仆》的比照剖析，我们发现了两位作家在审美信息储存，特别是信息加工和形象化过程中的相互对应的同构关系，发现这相似性的同构，不是用来佐证骆宾基是否借鉴于叶绍钧，而是试图呼吁现代文学研究者们不仅要重视叶绍钧这类大作家，也不要忽略对骆宾基这样充满自己艺术风格、有特色的作家的研究，应该努力挖掘《老女仆》等一系列作品（主要指被现代文学史家忽略了的现代文学作品）本身所具有的美学价值。

（二）借鉴于俄国批判现实主义"多余人"形象的"中国式奥勃洛摩夫"

在俄国批判现实主义文学"多余人"的形象系列中，有这么一位人物：他极端懒惰，对一切事情都麻木不仁，终日贪睡不起，这就是冈察洛夫笔下的奥勃洛摩夫。由于这个人物暴露了他所处的俄国社会农奴制的黑暗、腐朽和濒于崩溃，再加之这一形象本身所体现出的"动物性的、丑恶的、漫画式的生活的全部庸俗和卑污"①，因此，便形成了文学史上著名的"奥勃洛摩夫"典型性格。

中国社会尽管没有出现俄国那样的农奴制，但半殖民地半封建社会的上空同样出现过专制强权的乌云，也同样响彻过反封建、要民主的口号声；特别是在这块文化土壤上也同样产生了一大批暴露黑暗、

---

① 别林斯基：《别林斯基全集》（俄文版）第2卷，第220页。

揭发社会病根的批判现实主义作家。

骆宾基，从青少年起就喜欢上了被鲁迅誉为"导师和朋友"的俄国批判现实主义文学，尤其是深深地被其中的悲喜剧性格所感染。当这种潜移默化的因素适逢"一切罪恶都是合法"的20世纪40年代国统区的社会现实时，骆宾基将它置换成鞭挞丑恶、暴露庸俗、嘲讽卑琐的创作激情，并成功地运用了悲、喜剧交融的艺术手法，塑造出一组组深深根植于40年代中国社会现实土壤上的"奥勃洛摩夫"。

骆宾基笔下的这些人物，无论是被革职的军官，还是体质健壮的同僚，或是"国内有名的政论家"和被称作"老爷们"的主任、文官，虽不像奥勃洛摩夫那样拥有大批农奴和田庄，但有一点是相似的，都是同样怠惰、无聊和昏聩。

从生活习惯上来看，贺大杰贪睡，孙学孟（《贺大杰的家宅》）懒散，杨村农（《北望园的春天》）好吃，卢儿古（《老爷们的故事》）嗜酒。在《贺大杰的家宅》中，作者写道：

> 贺大杰含着烟斗，竟自到孙学孟房间里去睡觉去了；孙学孟还是呆呆地坐在餐室，整个下午，这家宅是一点声音也没有的，只听见院子背后一只母猪逍遥自在的呻吟声音，仿佛它是沿顺着篱笆散步，仿佛那呻吟声音在说："吃的总算饱了，可是做点什么消遣呢？"

以猪喻人这在文学作品中并不罕见，但作者在这里却是以猪的逍遥自在来反衬人不如猪，这确实是令人震惊的。

再请看：贺大杰含着烟斗，一手叉腰，站在门口向外望一望，或者披上漂亮的外衣来回走几趟，并让裤袋上悬着的表链摇来摆去，便觉得"轻捷而健美了"。杨村农在"胃囊加重三十斤"以后，便"大声打着饱嗝"，用牙签剔牙齿哧哧作响，满面红光，"对身外任何什么也没有感受到兴趣了"。卢儿古老爷好像还能在吃喝睡之外多一样，这就是和他的同学、朋友古儿鲁的友好往来，可是也不过只限于吃杯茶，一句话也不许谈，卢儿古夫妻也便觉得满足了。作者在20世纪40年代的国统区，选取这些人的"平常事、平常话"，写出这些人的"无聊生活"[①]，的确说明了作者艺术透视力和表现力的不同凡响。这些看来琐碎、平常的生活细节，表现了作者对国民党统治下的大后方的社会现实的深刻理解，对那丑恶、虚伪、自私、平庸生活的彻底批判和对那些无视国难、更无民忧、也无家愁的苟且偷生者的深恶痛绝。

骆宾基辛辣地嘲笑了"中国的奥勃洛摩夫"，刺痛了历史烙在他们身上而他们却引以为荣、沾沾自喜的癞疮疤。可是"崇高的喜剧不只是依靠嘲笑，而是依靠性格的发展，并且这种喜剧往往接近于悲剧"[②]。贺大杰的颓唐懈怠、杨村农的傲慢庸碌、古儿鲁的阴险自私、卢儿古的虚伪无能、周启之（《周启之老爷》）等的装腔作势被否定的同时，喜剧性的讽刺笔法又与作者为现实而忧心如焚的悲剧思考融会贯通，形成这些人物性格"开始可笑、后来悲伤"的审美特征。作者写贺大杰被革职后只能从以前的举止和穿戴上唤起将军的感觉，却抵挡不住小鸡的进攻；卢儿古夫妻睡在简直不能称之为床的床上却很少抱怨，但最终随着床的消失，和睦的家庭气氛也变得紧张了；精心打扮后的周启之老爷要与情人幽会，可不但情人悲愤离去，自己也狼狈不堪。一个过去是那么威风，一个家庭曾是那么和睦，一个表面上那么文雅，但到头来都没逃出"无可奈何花落去"的可悲境地。区区的小鸡、破烂的竹床、普通的眼镜便导致了他们的悲剧命运。可见这些人已软弱无能到何等地步！他们就像促使他们行将就木的社会现实一样，终究要成为旧中国的殉葬品。

---

① 鲁迅：《几乎无事的悲剧》，载《且介亭杂文二集》，人民文学出版社，1973。

② 普希金：《普希金文集》（俄文版）第7卷，国家文艺出版社，1962，第213页。

骆宾基仅有的两篇纪念外国作家的文章，都是关于苏俄文学的。其中《略谈契诃夫》一文的结尾处，引用了高尔基对契诃夫的一段评语："他有一种随地发现和暴露庸俗的技巧——这技巧是只有对人生有高度要求的人才能够拥有的，而且只能由那种看见人成为单纯、美丽、和谐的热烈的愿望产生。"[1] 基于对生活意义的不倦追求和对未来新生活的美好憧憬，而无情嘲弄、有力抨击小知识分子的空虚无为和小市民庸俗丑恶，是在众多的俄国批判现实主义作家群中，契诃夫、果戈理二人得到骆宾基格外关注和借鉴的主要因素。

　　契诃夫笔下屠尔基一家是全城"顶有修养顶有才气的"，实际上从主人到来客都是故作风雅、内心空虚、脑满肠肥、俗不可耐（《姚尼奇》）；而"北望园"的主人虽有名望有礼貌，但也是那般百无聊赖、无所用心、平庸乏味、自我陶醉。果戈理《涅瓦大街》里的庇斯卡辽夫是个"安静、胆怯、谦恭、孩子般天真的人"，可一遇到漂亮女人，就会被弄得神魂颠倒，以至于盲目跟踪，竟是空虚、卑贱的堕落者。吴非有（《吴非有》）表面上则是个令人崇敬的"有教养的"知识分子，可暗娼的丽容很快就撕掉了他伪君子的面纱，使他大动激情；但命运不济，眼前这块到口的肥肉竟然染上了梅毒……我们不妨将作品中这段精彩的描写拿出来与大家共同欣赏：

　　　　（吴非有）掀开自己房间的白布门帷，完全意外的，一个柳影窈窕的妙女出现了。

　　　　"没有错，你老是在这房间。"媚荡的眼风一瞟，笑了。

　　　　像平常人遇到这意外事情一样，吴非有没能立刻做出一个适应的表情，像没有听到她的话，也可说用根本没有感觉她的存在似的姿态从她眼前走过去。他觉得背后两只有力的眼睛射着脊梁。他惶惶然，完全不由自主地走到桌边喝了杯

---

① 骆宾基：《略谈契诃夫》，《人民文学》1954年第7期。

茶；以及发觉这茶是冷的，伤身子的；水已经流入了他的肚子里了。这更激怒了，在他刚想启口喊茶房的时候，他发觉她早已投入自己的怀里，并且她那两条藕白的胳膊已经围着他的脖子，他自己不明白，怎么会坐在那床上了。

"老相好的，你的脸多胖，多漂亮。"

由于"老相好的"，这不文雅的称呼，他像中了一支冷箭。突然跳了起来，皱着眉，嘴唇颤抖着："去，你给我去！"他指着门口。妙女眼睛闪着恐怖，脸色一阵苍白。

"哎哟，岁数不小，火气还这么大。"瞬间她又恢复了原有的媚态，那胸部更有力地贴近他，"不怕吓坏了人家。"

——她还撒娇呢！真不害臊。吴非有开始推开她，又像要从她手里解开自己之后，就拔脚逃跑似的："去！你给我出去。"在紧张的摆脱时他又说。正当这时，正当他将自己的头从她环抱中低缩回来时，吴非有突然发觉门帷边缘有四个手指伸进来。一个极迅速的动作，他颓然倒在床上，装作已经躺了两三个钟头似的平静地躺着。女的坐在他的腿上，咪咪笑。

"长官，不买什么东西吗？"

没有声响。

"长官，要买什么东西早说声，这就要关门了。"

"他睡着了，你去买包烟吧！大前门的。"女的说。

吴非有无声叹叫着：——完了，完了，什么都安排定了……

整个旅馆像潮水低落似的，逐渐平静下来。窗口能够全部看清的那幅旅馆本身的巨影，有几只方方眼睛闭了，有几只还在楼上楼下放着光。

吴非有木然地面对着那女的，尽力躲开相触的视线。偷眼望望，鸽蛋眼，尖下巴，秀唇菲薄……女人所特有的诱惑

114

力，在这鳏夫的身上，开始发酵了，而这酵母，只是坐在他身前的窈窕形体。

"老相好的，快睡吧！你老是看我做啥……怪叫人家不好意思的。"后一句是埋眼摇肩说的。

因为那不文雅的称呼，又皱皱眉，吴非有的眼睛一立："你说的都是什么！再别那样叫了。"

吴非有觉得这话在女人身上，发生了重大的影响，她的鸽蛋眼闪出像幸运突然飞到头上一样的光润。突然不轻不重地在他腿上拧了一把："该死的。"

"你叫什么名字？"吴非有现在才显出浴前随时要笑的面容了。

"老七。"

吴非有又憎恶地皱皱眉：这土娼多俗气。

老七也在想：——这家伙，神经病似的，脾气多怪。

"你先睡吧？"

"不，人家要吃碗面！"摇摆着身子。

吴非有叹口悦服的气，付给茶房买欢钱之后，躺在床上了，低声唱着："杨延辉，坐宫院……自思——自……"

十二点敲过，吴非有静静望着老七收拾被褥。

"别扭灯。"

"人家不嘛！怪难为情的。"突地张开双臂扑到他头上，之后，放纵无羁地把吴非有当毛巾洗似的一阵剧烈地揉摸。吴非有尽情低叫："我的小牙刷，我的小牙刷。"甚至随着狂然的情欲，他顺口叫起"我的小钢笔尖"来了。

"扭灭灯吧！"女的抖搂羽毛的水鸟般，站开抖搂着衣服。

"别扭。"

"人家不嘛！"

"别假惺惺了，快脱衣服吧！"

"不嘛！"

这次是吴非有凑过来，用慈善父亲给最爱的小女孩子脱衣服的姿态，替她解扣。她辞拒着，他不停嘴地说："嗳！听话，别闹，我给你脱。"当老七赤裸裸的胸部、乳峰……全部坦露出来的瞬间，她立刻窥出吴非有脸上的突然变化，那完全是陌生的。

"你有梅毒！"

"哎哟！你老是一惊一慌地吓人家！"老七从木然中清醒，"我当是天塌呢！"

"我晓得这些红点……"

"你快住嘴吧，这是人家热的痱子。"

"痱子？"

"痱子。"

"呸！我知道，你当我是傻瓜！去！"

"这不是痱子是什么，你看看。"老七的感情立刻被吴的冰冷脸所传染，她沉静地望着他。

"凭良心说，你这是痱子？"

"可不是痱子是什么！"

"去！"

但老七却自自然然，像在这房子已经度过若干岁月似的，投身在被子里了，沉默着不说一句话。

吴非有很明白，摆脱她是困难的，若她吵起来，住在这里的全体旅客，会披着睡衣挤进来，吸取这在无聊旅途上的珍贵的解闷材料……想想，吴非有终于心灰意冷！——这简直是旧式结婚，硬逼着我和她一起睡，娘的，倒霉——这是什么旅馆，简直是一群土匪。

把被子全部拉过来，将自己身子包围得严严实实，丝风不透，闭眼睡觉了。

以上这一大段令人捧腹大笑、拍案叫绝的描写，确实是中国现代文学喜剧作品中的精妙之笔！作者活生生地将一个心地丑恶、外表虚伪的伪君子展示在读者面前；而且骆宾基是将这一人物放在最能考验、判别一个人灵魂的特定场合里（这一场合是骆宾基作品中独一无二的环境描写），这便是通过"嫖妓"来揭示吴非有的丑恶灵魂，这种果戈理式的喜剧风格在骆宾基笔下得以淋漓尽致地发挥，并且深深地烙上了骆宾基的特色。

鲁迅曾这样论及过萧伯纳的讽刺艺术：他使他的人物"登场，撕掉了假面具、阔衣服，终于拉住耳朵，指给大家道：'看哪，这是蛆虫！'"①骆宾基则不是这样，他不是让他的人物去"登场"做戏，而是把他们投入极平凡的日常生活中，他不但不撕掉他们的面具、衣裳，而且还使他们极力把自己打扮得文雅一点；他从不凶狠地拉他们的耳朵，也不一针见血地痛骂他们，甚至有时还可能让他们伤感地滴下点眼泪。在这里骆宾基又与那位对灰色生活深恶痛绝、对未来社会充满希望的契诃夫浑然一体了。

显而易见，这篇小说从主题思想到人物形象，从悲喜剧特征到审美功能都与前一类作品有许多本质的不同。如果说像《一九四四年的事件》这类小说是在喜剧性色彩渲染之后，所强调的是悲剧的美感，那么这一类作品在喜剧性主题与悲剧性意义的平行发展中突出的是喜剧的魅力，而且在人物性格上所体现的是喜中有泪、悲中见讽的审美属性。

从骆宾基的《北望园的春天》和《吴非有》与契诃夫、果戈理的比照中，无疑会使我们感到他们共同的本质特征：都"不只是一种鲜明地展示庸俗生活的才能，而且更进一步——是一种充分展示生活现

---

① 鲁迅：《"论语一年"》，载《南腔北调集》，人民文学出版社，1980。

实性和真实性的才能"①。如联系骆宾基以前塑造的知识分子形象，又不难看出他笔下的知识青年在琬玲、叶绿菊、吴占奎、吴非有这一性格变化发展的轨道上，已逐渐由悲剧的弱小者变为喜剧的丑恶者。这类形象系列的质的转变，深刻地揭示了中国的小资产阶级知识分子如不能像刘强、小杜、吕典一那样以中华民族生死存亡为己任，不断改造自己，努力做时代的弄潮儿，便会如吴非有一般，在革命运动中愈来愈暴露出他们的软弱性和动摇性，由贪生怕死的弱小者堕落为醉生梦死的丑恶者，甚至还会成为季伟刚式的叛变革命者，最终被历史洪流所吞没。对知识分子身上这种危险劣根性的深刻反思和敏锐察觉，充分说明了骆宾基在揭示"生活现象的现实性和真实性"方面的才能；同时也表明了他"通过关于卑微和庸俗的生活的描写而在读者"（特别是在知识分子读者）"心中唤起对崇高和美好事物的沉思和对理想的渴望"②。因而契诃夫式的深沉忧郁和果戈理式的辛辣嘲讽，一同融化在20世纪40年代的"骆宾基式"悲喜剧形象上，有力鞭笞了"中国式奥勃洛摩夫"虽生犹死的丑恶灵魂。因而我们说骆宾基40年代的小说创作对抗战的最后胜利和国统区人民民主运动深入发展，对激励和鼓舞广大知识分子积极投入这场运动都起到了较重要的作用。

　　骆宾基，这位20世纪30年代东北作家群的后起之秀、40年代优秀的小说家，以独具风采的"骆宾基式"格局构成了他1949年前的文学生涯。从艺术风格上看，"骆宾基式"格局有30年代报告文学和40年代小说创作之分：前者在他"慌忙不安"的创作心境下，通过同距离的融入式体察，形成作品跳跃的结构、短促的语句、不拘一格的修辞；在对战争场景进行大刀阔斧的印象式描写里，给读者造成深入战

---

　　① 别林斯基语，转引自［苏］布尔索夫《俄国革命民主主义者美学中的现实主义问题》，中国社会科学出版社，1980。
　　② 别林斯基语，转引自［苏］布尔索夫《俄国革命民主主义者美学中的现实主义问题》，中国社会科学出版社，1980。

场的现实亲历感；并在抒写英雄悲剧中产生了激昂悲壮、热烈亢奋、具有强烈感召力的阳刚之美。后者在骆宾基冷静、深沉的创作心境下，通过远距离的超脱式俯瞰，形成作品舒展的结构、缓缓的语句、精美的修辞，在对日常生活进行细针密线的深入刻画里，产生一种远距离战场的历史纵深感；并在对弱小者、丑恶者的悲喜剧展示中，形成了沉郁含蓄、淡雅隽永、具有深刻哲理性的阴柔之美。

从作者心态上看，骆宾基是有一定典范性的作家；也就是说，他是以骆宾基才有的独特方式横跨在多类作家之间，走过了中国现代作家（至少是第二代作家）共同走过的人生。这从作者笔下知识分子形象的总体特征上便可看出：

20世纪30年代的刘强、小杜、吕典一是驰骋抗日沙场的"在炮火里长大坚强起来的战士的典型"[1]。他们"用血用怒火"谱写出那个时代的悲壮乐章。到了40年代，作者非但没有把知识分子写得更崇高伟大、无私坚强，反而极力挖掘他们的渺小卑微、庸俗懦弱，这种蕴含着作者强烈的自我反省和自身批判色彩的知识分子形象体系，深刻说明了骆宾基既在直面惨淡的人生中找到了不完善的自我，又在自我价值的追求里看到了不合理的人生。这一主客体双向交流的结果使得骆宾基既没有停留在对客体的单纯否定上，也没有忽视社会现实，片面追求抽象的自我价值和人生哲理；他是在否定客体的同时，从心灵深处自觉生发出一种"有能力驾驭自己的命运的主体"的"体验"[2]——一种强烈的民族负重感和鲜明的人生忧患意识。于是骆宾基30年代形成的民族自尊意识、英雄主义精神和爱国主义情感与40年代的自我反省意识、社会批判精神和民族忧患情感成为不可分割的一个整体。这一切趋使他离开破碎的山河，在抗战的硝烟中站起，从个人的苦闷孤独中跳出，由对自我的重新估价里走来，经过对客观现实

---

① 茅盾：《八月的感想——抗战文艺一年的回顾》，《文艺阵地》1938年第9期。

② 高尔泰：《论美》，甘肃人民出版社，1980，第253页。

的冷静观察剖析和无情批判，最后怀着对光明未来的憧憬，朝着更有意义、更有价值的人生之路走去。这就是骆宾基在中国现代文学史上留给我们的一道深深的足迹，当我们审视他——他们留下的足迹之后，不能不再一次向他——他们致以深深的敬意！

第三章 探寻与政治的"横跨"距离

——从苦闷徘徊中的作家到伏案疾书的学者

　　1949年，中国共产党刚刚迎来她二十八岁生日的第二天，也就是1949年的7月2日，在共和国即将呱呱坠地前夕，中国历史上发生了一件将中国共产党和中国现当代文学紧密联系在一起的大事，这就是被誉为是"全国文艺工作者大会师、大团结的大会"的第一次中华全国文学艺术工作者代表大会的隆重召开。

第一节 "越宽越好"的"统一战线"

　　在第一次中华全国文学艺术工作者代表大会上，各路文学艺术界的英豪和主管文艺的领导，包括中国共产党的第一领袖毛泽东齐聚一堂，可以说这是中国共产党第一次与全中国的著名作家艺术家在共和国首都的一次大团聚、一次大狂欢、一次大检阅。

　　这次标志着中国现代文学阶段的终结，也是中国当代文学的开端的具有里程碑意义的中国文学艺术界的盛会，无论是在中共党史，还是中国现当代文学史上都是一个值得纪念和认真研究的重要会议。

　　参加全国第一次文代会会议代表的标准有两条：第一是当然代表，即五大解放区的文艺家代表（主要是文协的理事）。第二是聘请代表，必须符合以下三个条件之一：解放区行署以上、部队兵团级以上单位的文艺干部；从事文艺工作十年以上，且对革命有劳绩；思想进步的其他文艺名家（包括民间艺人）。按照这些标准，初步确定了七百五十三人，最后增加到八百二十四人，分为十个代表团（实际到会六百五十人，登记资料为六百四十四人）。各代表团的团长是平津一团团长李伯钊（中共华北局文委委员，杨尚昆夫人），平津二团团长曹靖华（苏联文学翻译家，清华大学教授），南方一团团长欧阳予倩（左翼戏剧艺术家），南方二团团长冯雪峰（著名左翼文学活动家），部队代表团团长张致祥（中共华北军区政治部宣传部部长），华北代表团团长萧三（革命家，毛泽东在湖南第一师范的同学），西北代表团团长柯仲平（中央文委戏剧委员会副主任），东北代表团团长刘芝明（中共东北局宣传部副部长），华东代表团团长阿英（中共华东局文委书记），华中代表团团长黑丁（中共中南局宣传部文艺处处长）。

我们从这些基本上是由身兼文艺家和革命家双重身份的人组成的团长名单中便可以看出：这次大会绝不是一个纯文学艺术的会，它表明了中国共产党在长期的领导革命斗争，包括领导文艺运动的实践中，已经自觉不自觉地将文学艺术与政治紧密地结合在一起；至少它向所有到会和未到会的作家艺术家传递了一个明确的信号——中国共产党已经和文学艺术结下了不解之缘。这次会议的规格之高、受到党和国家领导人关注和重视的程度、参加的人数等都是前所未有的。

其实，从当时会议代表，尤其是来自国统区的作家艺术家代表的发言和文章来看：来自解放区特别是延安的作家艺术家不自觉中流露出来的与生俱来的优越感，和国统区作家艺术家形成了比较鲜明的对照，这种差异是客观存在的事实，并不是大会有意划出的"三六九等"，更不是由历史积怨而形成的派系差别那么简单。这一点在当时的报道"文代大会侧记"中便可窥见一斑。在周扬的报告中，大会主席就曾宣布："平津第二代表团，南方第一、二代表团提议：'十几年来解放区的文艺工作者，从艰苦战斗创造了新的人民文艺的模范，对于我们刚刚从国统区解放出来的文艺工作者起了带路作用，在这一个伟大会合的学习过程中，我们向他们致无限的热烈的敬意！'"在有关7月23日"中国文学工作者协会成立大会揭幕"会上的"自由发言"的报道中，吴组缃说："在国统区的时候，我们觉得自己很进步，解放后才觉得自己不知道落后到哪里去了……希望老解放区的朋友们，带着我们，鞭策我们前进。"杨振声发表感想说："自己没有资格参加大会，更没有资格讲话，我是来学习的……解放后，才看见了解放区的作品，觉得中国重生了，自己也重生了……"靳以说："我是先沉默，再学习。"

而最有代表性的则是巴金在"第一次文代会"所作的《我是来学习的》的发言：

> 参加这个大会，我不是来发言的，我是来学习的。而且我参加像这样一个大规模的集会，这还是第一次。在这个大会中我的确得到了不少的东西。
>
> 第一，我看见人怎样把艺术和生活糅在一块儿，把文字和血汗调和在一块儿创造出来一些美丽、健康而且有力量的作品，新中国的灵魂就从它们中间放射出光芒来。
>
> 第二，好些年来我一直是用笔写文章，我常常叹息我的作品软弱无力，我不断地诉苦说，我要放下我的笔。现在我发现确实有不少的人，他们不仅用笔，并且还用行动，用血，用生命完成他们的作品。那些作品鼓舞过无数的人，唤起他们去参加革命的事业，它们教育着而且还要不断地教育更多的年轻的灵魂。
>
> 第三，我感到友爱的温暖。我每次走进会场总有一种回到老家的感觉。在七百多个面孔中至少有一半我没有见过，可是它们对我并不是陌生的。我看到的全是诚恳的、亲切的脸。我仿佛活在自己的弟兄们中间一样：谈话，讨论，听报告，交换经验，我不感到一点拘束。自由，坦白，没有丝毫

的隔阂，好像七百多个人都有着同样的一颗心似的。①

对于巴金这篇发言，论者也存在着不同的解读。上海巴金文学研究会副秘书长周立民就做过这样的分析，他认为巴金在新政权中第一次公开发出声音，是把自己界定为一个局外者的。他所指的就是巴金在第一次文代会上的《我是来学习的》的发言。也有人就此批评"局外者"论者是"用今天的眼光看六十年前的事，有点想当然"。"回望新中国诞生之时，'学习'运动曾经是开国第一热潮，人人'学习'，只有先后之别没有学与不学；'学习'是最'时髦'的词汇，几乎人人挂在嘴上。……像巴金这样的代表来到北平，虽然憧憬一个新中国，可对许多新事物近乎无知，不说来学习还能说什么？'来学习'恐怕是最好的态度。何况'第一次文代会'对巴金给予了特别的尊重，别的不说，在《第一次文代会文集》的'纪念文录'中共刊出三十八篇个人文章，他的《我是来学习的》列在郭沫若、叶圣陶、郑振铎、欧阳予倩和梅兰芳之后为第六篇；共刊出二十五幅照片，个人署名的只有十一人，他名列郭沫若、茅盾、周扬、丁玲、柯仲平、郑振铎、梅兰芳、曹禺、赵树理之中"②。我们联系当时从国统区来的作家的普遍心态和巴金的性格，重新解读巴金的这篇发言文章，会得到很多启迪。

首先，巴金说自己参加这个会不是来发言的，我们认为这里有相当程度的"客套"话或礼仪用语，就如同我们在大会上发言常常讲的"开场白"一样，如果巴金真的不想发言，按他的性格是可以一句话都不讲的。关键是下一句："我参加像这样一个大规模的集会，这还是第一次。"这是巴金想要表达的主要意思。大家知道，巴金早年是受俄国无政府主义思想影响较大的。而无政府主义，则是绝对反权

---

① 巴金：《我是来学习的》，《人民日报》1949年7月20日。

② 何季民：《"第一次文代会"的几个人和事》，光明网-博览群书2009年7月3日，http://www.gmw.cn/content/2009-07/03/content_924538.htm。

威，反压迫，追求绝对自由。一个信奉"无政府"追求绝对自由的作家，能来参加这么一个有着强烈政治色彩的大型聚会，对巴金来说恐怕不仅仅是"第一次"的问题，而是他在思想与精神方面都没有任何准备的情况下，受像周恩来这样的中国共产党领导人的热情召唤而赶来北京的。周恩来在1949年5月13日晚，和茅盾、周扬、夏衍等人的座谈中特意强调了，"在上海有许多专家学者和全国闻名的艺术家，你们到上海一定要一一登门拜访，尊重他们，听取他们的意见"，巴金当然是这些"全国闻名的艺术家"的重要代表。一名作家就是凭自己的优秀作品，又是在远离延安的国统区，能得到这样的礼遇，就是再不想发言的人也一定要讲几句的。

其次，巴金的整个发言虽然只有四百多字，但却表达了他的真实感受。

感受之一："新中国的灵魂"是在"美丽、健康而且有力量的作品"中"放射出光芒来"的。巴金以前的作品都是在为真善美的灵魂而高唱，他的作品确实如他所说是"美丽、健康而且有力量的"；关键是此时的巴金已经认识到，一部作品不管多么"把艺术和生活糅在一块儿，把文字和血汗调和在一块儿"，都必须和这个"新中国"紧密相连，才能"放射出光芒来"。巴金的这种认识并不像有的作家仅仅是热情加虔诚的空喊，而是他在自己长期的创作实践中水到渠成的真情实感。

感受之二：如果说前面是巴金的文学、美学观念的真实流露，那么在"第二"中，我们看到的是一个由无政府主义者变成民主主义者，如今又正在成为一名为了新中国的革命事业"不仅用笔，并且还用行动，用血，用生命完成"作品的革命文艺战士。这对一个以前只是"用笔写文章"，而且还谦虚地自认为"软弱无力"的作家来说，这种认识上的转变，绝对不是被迫或言不由衷的；而是从巴金的内心深处发出来的一种对"用血，用生命完成他们的作品"的，特别是眼前那些解放区的作家的敬佩之情。

感受之三："回到老家的感觉。"这是巴金对这次会议最高也是最真诚的褒奖。在"有一半我没有见过"，可"对我并不是陌生的"的参会者中间，巴金产生了仿佛是在"自己的弟兄们中间"的感觉，"自由，坦白，没有丝毫的隔阂"。这也不是违心的话。因为有些个人间的恩恩怨怨是巴金所不了解的"内幕"，再有一贯低调的巴金也没有和谁有多么大的隔阂，因而他也无法理解像胡风这样的作家在这次会上的感受。

第二节　争相讴歌领袖的"夜莺"与"百灵"

据有的论者研究，这次文代会上有一个比较郁闷的作家，他就是来自国统区的进步作家胡风。1927年加入共青团、1929年在日本留学期间参加日本共产党的国统区进步作家胡风，曾经担任中国左翼作家联盟东京分盟负责人，1933年因在留日学生中组织抗日文化团体被驱逐出境。回到上海，任中国左翼作家联盟宣传部部长、行政书记。1935年编辑秘密丛刊《木屑文丛》。翌年与人合编《海燕》文学杂志，写了《人民大众向文学要求什么》，提出了"民族革命战争的大众文学"的口号，革命文艺队伍内部由此开始了一场关于"两个口号"的论争。这一时期他发表大量文艺理论批评文章，结集出版了《文艺笔谈》和《密云期风习小记》，还出版了诗集《野花与箭》与一些译作。

抗日战争爆发后，胡风主编《七月》杂志，编辑出版了《七月诗丛》和《七月文丛》，并悉心扶植文学新人，对现代文学史上重要创作流派"七月派"的形成和发展起了重要作用。曾任中华全国文艺界抗敌协会常委、研究部主任，辗转于汉口、重庆、香港、桂林等地从事抗战文艺活动。

1945年年初主编文学杂志《希望》，以配合延安的整风运动。胡风期望通过该杂志，展开真正的争论，批评党的官员中的教条主义，但是，他也因此遭到批判，杂志也被取消。这一时期著有诗集《为祖国而歌》，杂文集《棘原草》，文艺批评论文集《剑·文艺·人民》《论民族形式问题》《在混乱里面》《逆流的日子》《为了明天》《论现实主义的路》，散文集《人环二记》，译文集《人与文学》等。

这位在1949年前对进步文化事业做出过贡献的作家，在第一次文代会上的表现，成为不少研究者关注的焦点。比如有的论者写道："如果'第一次文代会'真有'不合作者'，恐怕只有一个胡风。"然后这位论者就像《水浒传》里给一百单八将排座次一样，排出来个名单：

南方代表第一团：团长欧阳予倩、副团长田汉、冯乃超，团委无胡风，代表有胡风。"大会主席团"有胡风，"大会常务主席团"无胡风。在"大会各处各委员会工作人员名单"中，"文艺报编辑委员会编辑委员：茅盾、胡风、厂民"；"章程及重要文件起草委员会"主任沙可夫，委员有胡风；"小说组委员兼召集人叶圣陶"，委员有胡风；"诗歌组委员兼召集人胡风"……在新成立的"中国文联全国委员会"里，主席郭沫若，副主席茅盾、周扬，常务委员会无胡风，各部负责人无胡风，胡风列名委员……在新成立的"中华全国文学工作者协会"里：主席茅盾，副主席丁玲、柯仲平，常务委员会有胡风，各部负责人无胡风。

接着这位研究者又根据《第一次文代会文集》中茅盾的报告最后增加了一个"附言"，其中有"胡风先生坚辞"的字样，就推断出胡风的"不合作"。①

在第一次文代会的人事安排上，我们并不否认有"排座次"的因

---

① 何季民：《"第一次文代会"的几个人和事》，光明网－博览群书 2009 年 7 月 3 日，http://www.gmw.cn/content/2009-07/03/content_924538.htm。

素，但是否仅凭这一个因素，就推断胡风在闹情绪，我看问题既不像有的人说的那么简单，也不像有的人想的那么复杂。有关这一点在2006年第11期的《文史精华》的一篇文章中讲得很明白，许水涛在采访胡风的儿子张晓山时，就曾提出胡风"1949年前后工作安排上的矮化"问题，当即就遭到了张晓山的否定。张晓山说道："1949年前后工作安排上的矮化，我觉得这个提法不妥。第一次文代会之前，准备给他安排《文艺报》主编，这个职位不算小，可是他觉得很难做，有顾虑。"在张晓山已经明确否认了"被矮化"的说法后，许水涛还是按照他的推断"穷打猛追"。他又一次带有诱导性地对张晓山说："以您父亲在革命文艺阵营的影响和地位，还是矮化的。"

逼得张晓山不得不说出："他在1949年前没做什么官，也不愿意做官，最高的就是文协的研究部主任。1949年后，李何林希望他到南开大学教书，他也不愿意。他的心思在创作上，认为搞创作更自由。"在胡风的问题上，我们不否认有张晓山说的被"具体的文艺领导""排斥""冷落"的因素，但主要症结所在还是胡风的性格使然。

我一直认为，把人和人之间经常发生的误解、摩擦、争执、矛盾甚至冲突上升到政治的层面，而且站在这样的视角来研究历史，当然也包括中共党史、中国革命史、中国文学史，总归不是一种严谨的学风和严肃的态度。特别是在研究中国现当代文学中的这些作家和艺术家时，我们一定要充分理解他们的真诚、直率、浪漫、富于激情、自负、固执、偏激等天性，可以说没有这些性格，他们也就不是作家、艺术家了。可恰恰是这种优点和缺点共存的性格特征，会与城府深、够理性、多智谋、有手段、常反省、会屈伸的政治家之间形成一种脾气秉性方面的天然隔阂，而一旦这种隔阂得不到有效的解除，作家艺术家的"被政治化"的现象就会发生。而这种"被政治化"又不外乎表现为以下四种情形：

一是从思想深处意识到这种"被政治化"是一种历史的必然，自己能做到的就是要尽快顺应历史的潮流。就像巴金那样在感到自己的作品"软弱无力"的同时，还善于发现"确实有不少的人，他们不仅用笔，并且还用行动，用血，用生命完成他们的作品。那些作品鼓舞过无数的人，唤起他们去参加革命的事业，它们教育着而且还要不断地教育更多的年轻的灵魂"，所以他要向这些"政治化"的作家学习。

二是至少从作家本人的主观角度，极力保持"为艺术而艺术"的中立立场，对"被政治化"采取一种无视和逃避的对策，比如像张爱玲。

第三种人就是胡风这样的作家。在鲁迅的眼中他"耿直，易于招怨，是可接近的""神经质，烦琐，以及在理论上的有些拘泥的倾向，文字的不肯大众化，但他明明是有为的青年"①。也许正是这些性格，使得他有时很热衷于政治，有时又太不懂政治；有时会做出令政治家惊艳的举动，有时又会办些让艺术家费解的事情。

第四种人则是能巧妙地寻到一个感情上的宣泄口和政治上的安全阀，即不为（至少在内心深处）历次运动做毫无时间差的同步性政治图解，又不去暴露生活中应该暴露的阴暗面，同时他又紧紧踏着时代的节拍，唱出一些发自肺腑的赞歌，这类作家的典型代表就是骆宾基。

第三节　共和国黎明前的钢铁战士

1949年对于骆宾基来说是难忘的一年，这个曾经被关在南京军法局监狱中的"政治犯"，终于因英勇的人民解放军的节节胜利而挣脱了镣铐，冲出了囚牢。因此，中华人民共和国的成立对于骆宾基则具有双重的解放意义，这从他1949年前夕发表的《我欢呼，我怀念，我

---

① 鲁迅：《且介亭杂文末编·答徐懋庸并关于抗日统一战线问题》，载《鲁迅全集》第6卷，人民文学出版社，2005。

又担心呀!》①的诗中便可看出：那一口气十一个"向"字酣畅淋漓地抒发了一个革命战士兼作家对我们的党、祖国、人民和军队的无比热爱，表达了一个中华儿女对伟大祖国屹立在世界东方的无限骄傲和自豪。

其实，骆宾基对国民党监狱里的铁窗生活，已经是再熟悉不过的了，这次出狱应该是他的第二次出狱。

骆宾基第一次入狱，还是他在丰都期间。当时中共地下党安排他到适存女子中学工作。介绍他到适存女子中学来的是中共丰都地下县委书记，公开的身份是一位小学校长，这位校长把他们推荐给适存女中董事长、丰都县著名的绅士王诤友，再由王诤友推荐给适存女中校长。

他到了适存女中后，和也是从重庆来该校任教的李钊鹏、刘子扬、杜巴等很快接近起来，形成一股进步力量。来到这个闭塞的小县城，骆宾基立刻感到这里死气沉沉，女子学校的校规很严：不准学生们任意和男老师接触、谈话、问功课，更不准到男老师房里去，课堂里也是没有一丝活气。骆宾基和丰村担任高年级文史课，尽可能经常向学生讲一些课本之外的知识，使她们能从这沉闷的氛围中呼吸一些新鲜的空气。骆宾基有意识地选取一些进步的文章作为教材给学生上课。

他不但大胆选用《新华日报》社论《论联合政府》为补充教材，还在另一学生的作文本里又写下了批驳《大公报》一篇社论的话，那篇社论认为国民党军队西南大溃退的原因是民心涣散，骆宾基批语指出此乃替国民党政府狡辩的唯心主义谰言。

当时，国民党政府正号召学生参军，骆宾基认为这里有国民党政府对学生的欺骗，就在一位想参加"青年军"的学生的作文本里写了这样的批语："让这颗种子埋在雪里吧！待春暖鸟鸣时再开花结

---

① 骆宾基：《我欢呼，我怀念，我又担心呀!》，香港《大公报》1949年4月27日。

果……"渐渐地，一些同学最先觉醒了，并且带动了一大批人。这当然引起学校当局的惊慌，校长王志五和有"笑面虎"之称的教务处主任惊惶失措，企图用高压手段恢复原来的秩序，三青团也秘密开会，用各种手段威胁、控制学生，但结果却更激发了她们的反抗情绪，学校里失去了往日的"宁静"。骆宾基与丰村等因此遭到怀疑和监视，但仍坦然自若，因为他们知道正义和真理是锁不住也压不垮的，而身为教师和作家，引导青年走向光明是时代和历史赋予的义不容辞的使命。

　　1944年9月，日军打到独山，重庆危急，国民党收缩兵力，传闻要将"陪都"迁往西康或昆明。骆宾基返回重庆了解情况，在"文化工作委员会"所在地天官府，他见到郭沫若、冯乃超，并聆听了周恩来的形势报告，报告的基本精神是：适应局势的发展，抗日的文化人能隐蔽的隐蔽，愿意上山打游击的打游击。骆宾基由重庆回丰都，途经涪陵，特地下车探望在那里一所中学任教的文艺理论批评与翻译工作者吕荧，并向吕荧传达了周恩来形势报告的主要内容。

　　回到适存女中后，骆宾基也向丰村等一一传达。就在骆宾基离开适存女中回重庆的当口，有消息传来说校内的国民党特务已经向"军统稽查所"密报骆宾基破坏参军，污蔑政府。与此同时，丰村又听说校内反动分子散布谣言说骆宾基已潜逃，不敢再回来了，等等。于是丰村赶紧写信给骆宾基，催他返校以共商对策。

　　年末，骆宾基回到适存女中，丰村主张由骆宾基出面当众揭穿特务的面目，把事闹大，以防特务机关暗下毒手。于是，一天，在大饭堂里，当着全校师生的面，骆宾基走到告密者严某面前，狠狠打了他两记耳光，并斥责他的告密的卑鄙行径。慑于骆宾基的威势，告密者没敢还手。学校当局严令学生不得张扬，而事实上却一夜之间满城风雨，特务果然迟迟未敢有所行动。寒假在即，骆宾基与丰村等已商定在学生离校前公开返回重庆，防止特务偷偷绑架，并事前把重庆有关朋友的地址留给了可靠的学生，嘱其一旦发生意外立即通知营救。

　　骆宾基与丰村等决定在1945年1月10日离开丰都回重庆。10日一早，天还没亮，骆宾基一行人就来到丰都码头，此时，特务们终于出现了。两名武装军警将骆宾基等五名教员连同丰村的小孩一起送往稽查室。

骆宾基、丰村被逮捕的消息立刻在社会上引起轩然大波，中华文艺界抗敌协会立刻发动起来组织进行多方面的营救，在社会舆论上也大造声势，使敌人不敢立刻加害被捕作家。当时很多报纸都报道了骆宾基被捕的消息，有的还连续报道，表示对此事的关注。

如：1945年1月16日，重庆《国民公报》第三版上的一则消息：

> 本报讯：据中华全国文艺界抗敌协会消息，该会会员骆君（笔名骆宾基）、冯维典（笔名丰村）在丰都县适存女中任教多时，在本月10日动身来渝时，忽被该县稽查处人员所逮捕，同行杜君及送行者二人亦同时被捕，骆宾基及丰村在任教职期中，颇得校方及同学之敬重，丰都县士绅素来敬重外省教员，对此深表遗憾。文协总会闻讯后，除即电该县张县长查明真相外，并正积极设法营救之。

接着，《新华日报》和各地大报也都转发了这一则消息。1945年1月21日，《国民公报》星期日增刊又一次做了如下报道：

> 自骆宾基、丰村在丰都被扣消息传到渝后，此间文艺界人士均异常激愤，在高唱人身自由的时候，竟有如此事件发生，实使各界人士对中国民主政治大表遗憾。

1945年1月24日，《新华日报》第三版，又以《文协设法营救》为题发表一则新闻：

> 本报讯：作家骆宾基、丰村两人在丰都被捕，陪都人士

得到这消息后，非常关怀。全国文协理事会特集议营救方法，决定推孙伏园等人，向参政会、卫戍总部机关交涉，根据保障人身条例，使早日恢复自由。"

此后，2月4日及11日，《国民公报》又两次报道骆宾基遭受刑讯及重庆文协下属分会对此表示关切的消息；12日，《新华日报》第三版又以《音乐教员杜巴也无辜被捕，音乐界人士进行营救》为题发表一则新闻。

社会舆论使特务不敢轻举妄动。同时中共地下党组织、文协也在积极努力进行多方面营救。除了由孙伏园等人代表全国文协向国民党参政会、卫戍总部机关正面提出交涉意见外，还有三条暗线在同时积极行动。其一是郭沫若、冯雪峰通过邵力子先生电报嘱托邵的学生——丰都县县长张一之进行营救；其二是老舍先生作为文协主席，亲自去恳托冯玉祥将军，经冯玉祥会晤蒋介石，陈述利害，给有关当局拍案要人，使案件得以移交地方处理；其三是画家丰子恺委托当地的一位开明绅士林梅荪先生出面保释。这时正值美国司法考察团来华考察国民党政府的司法，在强大的社会舆论压力下，重庆警备司令部警备司令刘崎训斥手下人给他捅了娄子，因而丰都县的特务们迫于压力，只得放人。放人之前，他们还是不死心，想最后得到点什么把柄或口实，来给自己找个台阶下。

1945年2月10日，骆宾基等人被带到了丰都县特务机关里，特务告诉他们可以释放，但必须"办个手续"，即在他们写好的"悔过书"上签字，这一无理要求被骆宾基当即拒绝。特务又要他们写一份"简单的声明"就可以释放了，这一伎俩又被骆宾基等识破了，再次遭到拒绝的特务十分无奈，最后只得说，无论什么，写几句话就可以，于是骆宾基拿起笔，在白纸上写下一行大字："抗战到底！抗战到底！"写完掷笔而出。丰村也在白纸上写下了"坚持抗战，坚持团结，坚持抗战到底"，也带着孩子走了出去。

释放当天，丰都县县长张一之留下骆宾基和丰村两个人，请他们"喝杯压惊酒"，席间张一之说明了自己是邵力子的学生，这次是邵公电报嘱托营救的事，因此骆宾基一直认为是由于冯雪峰通过邵力子的关系救了自己，还有丰子恺、林梅荪的一条线，对老舍先生的帮助一无所知，老舍先生也从未当骆宾基的面提及，直到1979年以后，从于志恭的文章《忆老舍与文协》骆宾基才知道真相。

关于骆宾基在被捕后受刑讯的情况，在韩文敏的《骆宾基初次被捕》一文里有如下记载：

> 第二天晚上开始用刑。骆宾基的衣服被剥下来，几个人将他挟持到长凳上，用绳子将膝盖上部捆紧，然后一边审问一边往他脚下填砖，还用火熏烤他身体的裸露部分。他浑身流汗，两眼直冒金花，双腿像被折断了似的剧痛难忍，一直折腾到下半夜，恼羞成怒的特务们又用利器将他的胸部戳破……接连刑讯之后，骆宾基被单独地监禁起来。[1]

骆宾基第二次被捕则是1947年3月，当时骆宾基以个人名义随同陈健中去哈尔滨解放区。他们一行五人行至长春市郊，就被国民党军杜聿明部特刑队以"勾结共匪武装叛乱"的罪名逮捕，当夜即专车解往沈阳"东北行辕"军法处，秘密羁押在一个临街的空楼内。押至沈阳当夜，骆宾基就被提审了，主理这个案件的是国民党军统特务少将衔处长文强。初审时骆宾基就声明自己是无党派人士，在政治观点上反对国共两党在自己的家乡打内战。

在最初的几次审讯中，骆宾基一直坚持这种说法，并称自己不过是为了取得民盟方面周鲸文的接济而同意以其私人代表身份去中立区看一看的。审讯者当然是不满意这样的"供词"的，直接问不出，就

---

① 闻敏：《骆宾基的初次被捕》，《百年潮》2000年第2期。

设下圈套让骆宾基自己来钻。

在骆宾基写于1979年的自传里这样记载：

> 不想一周之后，以"副官"面目出现的"监守"人员，传来延安撤退的消息，当时狱内羁押之囚一时轰动，纷纷论争，有名为邸国志者竟大声喧叫："这回连八路军的老窝都端了，咱们完蛋了。"我未加考虑就同样大声告以："这是毛主席的战略战术，不在一城一地的得失，要消灭敌人的有生力量嘛！"后来才意识到"副官"之类人物就在走廊上偷听，而这一消息的传来，又可能是一种侦察手段。但已经为时已晚了。显然我在争辩中暴露了自己真正的思想立场，这样一来就推翻了我在初审中伪装的不偏不倚的政治态度，因之自知前途艰险，是很难活着出去了。[①]

就在骆宾基在狱中坚持战斗并备受折磨的时候，外界也正在关注着他。由于国民党的消息封锁，直到骆宾基已经被捕两个月后，《东北日报》才对此事有所报道。那则消息以《民盟负责人杜斌丞等被蒋特非法逮捕》为题，内容是：

> 【新华社五日电】综合沪报消息：蒋特在西安、沈阳等地非法逮捕民主同盟负责人杜斌丞、王南人、骆宾基等。该盟于前月中旬即派出罗隆基、章伯钧二氏至南京营救，历时二周，曾分别与郑介民、雷震、邵力子等交涉，毫无效果。按蒋特目前正制造各种借口，摧残民主组织，此类事件显将日益增加。
>
> 又据沪四日讯：美办密勒氏评论报陈华特（译音）氏，

---

① 骆宾基：《作者自传》，载《初春集》，江西人民出版社，1982，第327页。

项著文抨击最近上海蒋特非法捕人事称：所有这些逮捕，当时既无拘票，事后亦无书面或口头通知给予受害者家属。这些不幸者的家人曾至警察局及宪兵司令部交涉，但全属无效。作者结论说：实际上，中国现已无人身保障法存在。①

一个多月后，《东北日报》又以《沈阳来人谈，骆宾基，宋斐如被捕被杀经过》为题发布一则新闻：

【本报讯】名作家骆宾基、宋斐如等被蒋政府逮捕事，本报前已报道，顷据沈阳来人说称：骆宾基系于今年2月末由上海来东北，拟返北满原籍省亲，行至农安，被跟踪已久之蒋记特务秘密拘捕，现押在沈阳小西关集中营里，备受虐待。②

虽然这两则新闻中关于骆宾基的身份、被捕的地点都不确切，但是，由此也足以看出当时社会舆论对这类事件的关切和对于被迫害者的声援。骆宾基的朋友们更是没有忘记他，得知骆宾基再一次被捕入狱之后，朋友们都为他担心，暗暗祈祷骆宾基能够坚持到最后，能够迎来自由的那一天。后来有传言骆宾基已经被"处决"，关心着他的朋友们纷纷写文章纪念他，萧白、司马梵霖、凤子、臧克家等此时都用文章表达对骆宾基遇害的愤怒，也控诉了迫害者的罪行。骆宾基在狱中的时候，他的战友们更是出版和再版他的作品，时刻提醒人们这个年轻的作家的名字，让人们想到他目前的处境，以此来声援他、支持他。

如1947年上海建文书店出版了《五月丁香》和《萧红小传》，星群书店再版了短篇小说集《北望园的春天》，新丰出版公司出版了中篇神话《蓝色的图们江》，新群出版社出版了《混沌》。1948年，建文

---

① 转引自韩文敏《现代作家骆宾基》，北京燕山出版社，1989。
② 转引自韩文敏《现代作家骆宾基》，北京燕山出版社，1989。

书店再版了《萧红小传》，并在《文艺春秋》《文艺》《同代人》等杂志上发表怀念他或是评论他作品的文章，刊载他的照片及画像……这一切，体现着战友们珍贵的友谊，也体现着正义的力量。

除了声援以外，骆宾基即使在狱中也感受到了外界对他的关怀。在1980年《〈萧红小传〉修订版自序》中有这样一段记录：

> 想不到后来这本传记在上海《文萃》刚刚连载完，西南联大的一部分进步的大学生，就集资在西南翻印出书了，并且依靠翻印《萧红小传》而获得了各自可以离开川滇北上的路费。更有的到了沈阳，不惜精力奔走活动，几经周折，打通"东北行辕"军法处的各个关节去到国民党军法监狱中去探望作者，并给作者送了由于翻印《萧红小传》而赚得的一笔余利。这种感情对于当时处于生死未卜之间的一个"军事政治犯"来说，它的珍贵、带给作者无与伦比的宽慰，读者是可以想象到的。①

骆宾基能够接到外界送来的东西是在1947年6月以后的事。5、6月间，骆宾基等五人被从秘密关押地点转移到"东北行辕军法处"监狱，骆宾基作为一名"军事政治犯"，每逢被传讯，过道两旁都是刺刀林立。稍后，他们又被解到沈阳高等法院监狱，开始允许亲友前来探监。也是在这时，骆宾基从大妹璞之偷偷带进的一张《东北日报》上得知民盟中央罗隆基、周鲸文等正与国民党当局交涉，设法营救他的消息，看后心里稍感安慰，他知道外界没有忘记他，更坚定了他战斗的信心。

狱中非人的折磨考验着骆宾基的政治信仰和生存意志。到1948年夏天，同案的难友已经有两人死在了牢里，磨难、纷扰、缓慢，要熬

---

① 骆宾基：《〈萧红小传〉修订版自序》，北方文艺出版社，1987，第4页。

出来真的需要坚强的意志。剩下的三人曾被押至"中央陆军监狱"，在这里，骆宾基度过了地狱般的十个日夜。几乎每天都会有人被拖出去枪决，只要铁门哗啦一响，狱中所有人都会想："这次是哪一个？是不是我？"没有被拖走的时刻要做着被拖走的准备，骆宾基也不例外，他甚至想好了临刑时要呼的口号……

1948年7月，沈阳解放前夕，骆宾基等又被押上飞往天津的一架军用飞机，一副脚镣两端拴着他和那个曾出卖他的M。路过北平，骆宾基找机会给友人刘铁华的妻子打了个电话，得到消息的刘铁华立刻与徐盈一起冒着风险往"宪兵三团"看望了他。后来徐盈回忆说，在他的心目中，骆宾基是个严肃、刻苦、有才能的作家，因而绝不能眼看着反动派在末日临头时神不知鬼不觉地将他杀害，所以一听说骆宾基已经被押到北平，就立即利用职务之便前往探视，尽快地使真相大白于天下。在北平仅仅停留了一天，骆宾基等又被押至天津，坐船从青岛至上海再到南京。

在南京"军法处"初次过堂气氛非同寻常，骆宾基再次感到死亡的威胁。但一个月后再次提审，气氛却有所缓解，骆宾基对此不得要领。1949年年初，南京"军法处"以"勾结共匪武装叛乱罪"判处骆宾基有期徒刑两年半。至此骆宾基的近两年的牢狱生活才有了一个正式的"名目"。但当时正是宣布蒋介石下台的《元旦文告》公布的前一天，在当时，以这样可怕的罪名先被秘密处决而后再公布的"犯人"不可胜数，所以朋友们都意识到骆宾基陷入危险之中了。

一天，骆宾基又被提审，被押往审讯地点的途中一个陌生青年匆匆走近他快速而悄声地说了句："吴组缃先生正出面呼吁释放所有政治犯……"骆宾基闻听此言心头一热：战友们正在设法营救他！他们在盼望他能够坚持到脱离魔掌的那一天！

李宗仁继任总统后，国民党当局为军事形势所迫决定开释部分政治犯。骆宾基作为一名"已决犯"第三批获释。此时，骆宾基已经在狱中被关押了整整一年零十一个月！

在短短几年就进了两次国民党牢狱的骆宾基，终于回到了革命大家庭和朋友们中间，尽管经历了近两年的非人折磨，但他没有垮掉，他在艰苦磨砺中更坚定了战斗的勇气。1949年4月11日，骆宾基在香港《大公报》副刊上发表了他重获自由后的第一篇作品——杂文《虐杀者与战士》：

> 虐杀者自然也就是旧世界的统治者，正因为统治旧世界，所以要虐杀。
>
> 战士是旧世界的进攻者，因为进攻才会被虐杀者所虐杀。
>
> 不用说虐杀者与被虐杀者之间的仇恨，由于被虐杀者不断地增加而增加；因之，也就不断地增加着旧世界的敌人——战士，也就更增加了虐杀者的恐怖，因而也就越发扩大了虐杀的范围。
>
> 不用说，虐杀者与被虐杀者之间的仇恨是深深的。因之一个战士被虐杀者攫捕在手的时候，有的就企图自杀，因为战士已经被解除了武器，已经失去了生命的意义。而且自己知道结果终将会被统治者所虐杀。尤其重要的是要逃避被虐杀时的恐怖、恶毒的笑、体刑、戏弄、侮辱等等一个战士死前必经的历程；同时，也就是要卸除一个战士精神上在死前的沉重负担。
>
> 被解除了武装的战士，实在已经肩负不起这负担的沉重。而自杀就可以完完全全地解除了。所有的恐怖、威胁、侮辱、戏弄，将随着战士的生命的结束而烟消云散。
>
> 不用说，自杀当然同样地解除了虐杀者血的负担，因为虐杀者本还没有着手虐杀。至少，也可以说减轻了虐杀者该背的仇恨的负担和血的债务，甚至虐杀者还可以说，他本没有打算虐杀。

因之本来打算自杀的战士，往往是终于不自杀。正相反，战士要用的他的生命来证实他的被虐杀；因为证实被虐杀者所虐杀，也就加重了虐杀者所欠的血债；同时也就正是证实了旧世界的末日。因为统治旧世界的末日只有虐杀。

因为要证实被虐杀者所虐杀，于是死又获得了额外的一种新的意义，因之也就有力担负起被虐杀而死那以前所要受的暴虐和摧残。

面临着死而昂然不屈的精神，只有在这里才能获得解释，才没有什么神秘。

战士拥抱着真理与正义，同时在虐杀里要证实他的拥抱，战士怀着深深的仇恨，同时要在被虐杀者所虐杀中，移植仇恨，或者说用血散播他的仇恨。

因之临刑就死前慷慨激昂的表现，也就不足为奇的了。但虐杀者，对于虐杀并不避忌或畏怯，因为他必须要用虐杀来巩固他的旧世界。所以前二年竟至于还有砍头之后，继之挂在车上当众游街的事。

然而究竟虐杀者自己也知道那是在虐杀，因之虽然一个体无完肤的战士，一个五花大绑着的战士，但还要派遣大批人马来维护着虐杀。

然而究竟虐杀者的统治还似坚固，因为虐杀者居然敢不避忌他的虐杀。

但当虐杀者避忌他的虐杀的时候，那往往也就是他的旧世界就要粉碎的时候了。正因为就要粉碎，虐杀者在复仇的恐怖中越发要虐杀了。

但这时候虐杀者开始避忌虐杀之形。

《大公报》四月三日载：【新华社长春二日电】此间卫戍部队又在前国民党特务机关检察院内掘出尸体十三具，连同日前所发现的四十一具已达五十四具。该处现在正继续探掘中。此次发现之十三具尸体，大多为青年学生，两手被反绑，头部缚以帙巾，口里塞满棉花，均系受惨刑致死者。那前两日的四十一具尸体，据载是从垃圾堆里发掘出来的。

因为虐杀者的统治力，就要被粉碎，他脆弱得连被虐杀者的呼声都经受不住的了，而被虐杀者也知道只要死前用呼声就可以传达和证实自己的被虐杀，移植或散播自己的仇恨。因之，于虐杀时就要呼喊口号。于是虐杀者下进行虐杀时，在被虐杀的战士口里塞了棉花。

因为一点声音，一点政治信息这时候就会燃起广大的由于仇恨而来的燎原大火。因为虐杀者知道除了他们自己那一伙凶手，人民都已经变成面对着他的战士，或者是在挣扎中撞击着旧世界的蜘蛛网的准战士了。

四月十一日香港①

第四节 面对新生活的国统区作家

1949年4月21日，毛泽东、朱德发布总攻命令。平时很少写诗的骆宾基在无比的激动与喜悦中，在时隔三天后的香港《文汇报》上发表了题为《读毛泽东和朱德的总攻击令》的诗，他热情洋溢地写道：

> 这是作品失光的日子，
> 这是爱情跌价的日子，
> 我读着
> 巨人
> 给解放军的总攻击令，

---

① 骆宾基：《虐杀者与战士》，载《初春集》，江西人民出版社，1982，第201页。

那声音的响亮

真是"当儿当儿"地似钢,

字字都是宝石似的圆润,

又闪光呀!

那是基督的

"天国近了"的预言,

并宣布着

"有罪的人"

需要受"人民的审判"。

两天后他又写了一组短诗,发表在 4 月 27 日香港《大公报》的文艺副刊上,题为《我欢呼,我怀念,我又担心呀!》。

1949 年中秋节,骆宾基与邹民才在北海公园的来今雨轩举行了婚礼,由茅盾做主婚人,冯雪峰、许广平、胡风、凤子、葛琴、吴祖光、楼适夷等友人参加了他们的婚礼。夫人邹民才就是骆宾基在丰都适存女中任教时该校的一名进步学生,后来由于参加民主运动被校方开除,是经骆宾基介绍到育才学校的三名学生之一。骆宾基终于结束了他的单身汉生活,有了属于自己的家,这新的开始完全不同于 1949 年前在大后方的困苦、阴暗、寂寞的日子了。他感到自己可以全身心地投入到创作当中了,他满怀信心去拥抱这新生活。

在 7 月的第一次文代会上,骆宾基作为会议代表聆听了周恩来总理代表中共中央在会上作的政治报告,周恩来总理对解放区和国统区这"两个地区"的文艺工作者的会师表示庆贺。正如前文所述,虽然周恩来同样高度评价了"两个地区"的文艺工作者的成绩,但来自"两个地区"的人自己的认识是不一样的。来自解放区的代表周扬在发言中理所当然地把解放区的文艺经验当作未来新中国文艺的发展方向;而茅盾代表国统区文艺工作者的报告却更多地检讨了之前国统区文艺运动中的种种错误倾向。在这次大会上,"两个地区"在未来文艺发展道路上的地位与主次一目了然。

事实上，早在1948年骆宾基尚在狱中的时候，胡绳就发表了一篇题为《关于〈北望园的春天〉》的文章，对骆宾基20世纪40年代创作的短篇小说《北望园的春天》《生活的意义》以及《乡亲——康天刚》提出了尖锐的批评。特别是联系文艺评论家萧白对骆宾基《寂寞》的评论①，胡绳严厉地批评道：可是谁要认真地读这个作品，谁就只能得到一个印象：生活没有意义。……照这故事看起来，这本应属于"革命队伍"（究竟是什么革命队伍呢？）的兵士一到了后方，立刻就成了最无聊赖的生物了。他们的生活只因为近邻的小池子里发现了一个不知什么东西的怪物才振奋起来，他们从这一无聊的事件中制造趣味来消遣自己，甚至以此来吓唬一个寡妇而自己得到快感。最后当他们钩出来一条平常的鳅鱼，而同时那寡妇竟因所受惊吓而死的时候，他们的生活又重归于单调与寂寞。……但作者是真的从"革命队伍"的士兵中发现这种生活现象吗？为什么要把这样的生活态度装到"革命士兵"身上去呢？人们未尝不能得到这种印象，即使是革命士兵，一到了"后方"，生活也会无意义到这般地步，更何况其他呢？于是他认为作家"所宣扬的思想内容"与"现实的人民大众的生活斗争之间的距离，不能不说是相当远的"②。

而这篇批评文章正是当时文艺界有计划地对国统区一批有较大影响的作家进行批评的文章之一，当时受到批评的除了骆宾基，还有姚雪垠、钱锺书、李广田、臧克家等，范围相当广泛。在批评的同时还有对解放区文艺创作的热情洋溢的介绍和肯定。第一次文代会的精神与定位其实在那次大范围批评中就已经做好了舆论准备。当时狱中的

①萧白对这篇小说评论道："作者是在探究那些人物活着的寄附及意义。当那九个士兵，从前线调到后方来休养时，他们因为脱离了伟大的民族革命战争，而失去了生活的意义，又因为他们是革命队伍里的战斗员，他们必须要生活得规规矩矩，就变得格外的寂寞与无聊。"萧白：《生活的意义》，载中国文联出版社，《萧白文艺评论集》，2005，第10页。

②胡绳：《关于〈北望园的春天〉》，《小说月刊》1948年8月1日。

骆宾基恐怕对此并不了解，出狱后正赶上人民解放大军胜利的捷报频传，在一片激动人心的气氛中回到了北平，对自己在创作上即将遭遇的挫折与困境毫无思想准备。正如他自己后来所说，当时的他还认识不到"我们的文艺工作者……一定要把立足点移过来""移到工农兵这方面来，移到无产阶级这方面来"的含义；相反，却认为自己的立足点，早在十三年前，开始由哈尔滨逃亡到上海，从事文艺工作的时候，就已经"移过来"了。尤其是1937年冬天，上海文艺界抗敌协会的王任叔同志介绍他到浙东去，并得到《呐喊》的主编人茅盾先生的资助；而且就在要离开上海的前夕，在鲁迅先生的寓所又听到那位从瓦窑堡受党中央和周恩来副主席亲自派遣到上海来的党的工作者冯雪峰同志对他指出"东方巨人在西北，民族希望在西北，我们在东南只能做些宣传工作，动员全民抗战就是了"，更以为方向明确了。于是在浙东期间，他写了《千人塔下的声音》，在桂林写了《老女仆》《乡亲——康天刚》以及1946年在上海发表了《由于爱》等短篇，反映了两个阶级之间的矛盾、爱与憎，以及剥削者的幸福建立在劳动者的不幸的基础上的客观事实，并据此自认为是属于"社会主义现实主义"领域里的文艺战士，哪里还会存在着世界观的改造？[①]

这确实是骆宾基在中华人民共和国成立初期的真实想法。对骆宾基而言，他自投入创作伊始就受到左翼文化领袖茅盾的扶植和肯定，以后在创作方向上一直受到无产阶级文艺理论家冯雪峰的指导，在国统区的艰苦环境里孤军奋斗，两次被捕受尽折磨和侮辱，但他始终坚持自己进步的立场没有动摇过。新政权的建立是自己长期追求的理想，一种当然的胜利者的喜悦充盈在他的内心，他是准备好好大干一场的。然而他没有料到的是自己的创作和"人民的需要"之间还存在着很大的差距，他的思想改造才刚刚开始。

可见，仅仅靠满怀忠诚和一腔热情，只能构成一位新中国作家写

① 骆宾基：《我的创作历程》，载《初春集》，江西人民出版社，1982，第296页。

出新时代、新社会和新生活赞歌的情感因素。在中华人民共和国成立以来三十年的文艺与政治生活中，作为一名作家如果没有明辨是非的思索、不随世俗的远见、生活素材的丰富和艺术形式的创新，常常会陷入今天看来不堪回首的尴尬境地；可是若过于敏锐地洞察社会、苦苦坚持自己的审美理想、坚定不移地忠实于生活和无所畏惧地追求创新，又往往会导致作家跌进当时灭顶之灾中。骆宾基，他恰恰是横跨在这两类作家之间，既区别于前者，又不同于后者，这一特征特别体现在他1949年后（尤其是1995年后）的文学生涯上。

一跨进新社会的门槛，骆宾基首先是感受到了新中国的崭新面貌。当他站在天安门前参加开国大典时，感到无比欢快与幸福。第二年，也就是年轻的共和国第一个生日来临之际，骆宾基又进一步感受到这种幸福，并衷心祝愿这种"幸福与太阳同在，愿它开辟的更广阔，建立的更巩固"[①]。但是作为一名从国统区进入新中国的作家，越是对这种幸福体会得深刻，也就越加陷入创作的苦闷之中。

从创作的源泉上看，骆宾基"深切地感到，自己解放前在国统区所积累的社会生活（写作素材），已经黯然无光了，失掉它在我心目中原有的光泽了；而伟大的共产党以及我们伟大的领袖毛主席所领导的各抗日根据地和解放区的闪着史诗般光彩的革命斗争生活，我又没有切身的体会"[②]，这种创作对象层次上的主、客体矛盾，虽透露出某种程度上作家主观意识的偏颇和社会现实的极左苗头；但更能体现一位革命现实主义作家要努力跟上时代步伐的高度政治觉悟和自觉歌颂这一崭新社会的使命感。从作家艺术观上看，骆宾基认识到自己"旧有的艺术观是属于资产阶级的""灵魂深处仍然有一个批判现实主义的艺术王国"，而且那些"属于旧的批判现实主义范围内的'暴露文字'，仿佛已失去了它原有的政治意义"。这种"负荆请罪"式的自我反省，今天看来固然有将脏水和婴儿一同泼出去的偏左苗头，但当时

---

① 骆宾基：《国庆大典观礼记》，《山东文艺》1950年10月15日1卷5期。
② 骆宾基：《我的创作历程》，载《初春集》，江西人民出版社，1982。

绝大多数作家（特别是来自国统区的）也就是在这种自卑感与上进心、忏悔感与虔诚心等种种矛盾复杂的心境中，陷入了"灵魂深处从来没有的空虚"和"旧的艺术观已经破碎新的又未形成的'苦闷'之中"①。然而抱着文学服务于政治、献身于斗争的艺术观而走上文学道路的骆宾基，在勇于否定自我的彻底的革命现实主义和努力追求真善美的革命理想主义这两大创作精神支柱下，面对新时代、新生活他的思想转变既不像某些作家那么艰难痛苦，也不像另外一些作家那样曲折漫长。在沂蒙山南的水利建设工地上，在全国第一届战斗英雄和劳模代表大会上，在费县窟窿山上一个民兵模范的家乡，在吉林东部一个新兴的初级农业社里……骆宾基很快完成了生活源泉和艺术观的双重飞跃，由中华人民共和国成立初没有新的生活素材、新艺术观的危机感，置换成一种赶上时代步伐、发现艺术源泉的欢快幸福。这一现实时间短暂、心理时间漫长的转变过程，深刻地说明了骆宾基在努力摆脱旧艺术观束缚的同时，没有丢掉他的生活是源泉的现实主义艺术观念，没有丧失他的"爱生活中最美的"理想主义坚定信念。

从创作源泉到艺术观念这两个层面上双重矛盾的解决，奠定了骆宾基可能会写出优秀作品的生活、思想方面的必要条件。可是他对旧艺术观的全盘否定和新艺术观中对艺术形式的藐视态度，造成了骆宾基缺少一个使他写出优秀作品的重要基因——艺术的美感（我们可以大胆地说，骆宾基在新中国成立后创作的大多数作品都是有积极的思想内容和真实的生活基础，但若是要用较高的艺术尺度去衡量，他的作品并不总是有相应的审美价值的），这样一种艺术和生活、思想的双双脱节，固然是伴随大变化、大飞跃、大运动而来的一种政治热情有余、艺术准备不足的文学史常规现象，可体现在骆宾基身上却远远不是那么简单。

我们不妨将中华人民共和国成立后的骆宾基作品发表时间与其间

---

① 骆宾基：《我的创作历程》，载《初春集》，江西人民出版社，1982。

历次政治性文化运动产生的年代做一番比照，便会看出骆宾基的创作与这些运动形成一种令人深思的共时性，它构成了我们剖析骆宾基创作心态的一个参照基点。是的，在骆宾基解放后（至1964年止）几乎不间断的创作生涯中，他几乎贯穿了一场接一场的文艺政治运动。从批《武训传》到批《红楼梦》研究中的唯心主义，从批萧也牧到批胡风，从文艺界反右到文艺界整风……有的运动将他牵连进去，被当成胡风分子审查整整一年，这样一种本应使一些作家弃笔转向的左右为难的处境，反倒促成了他马不停蹄的创作丰收（至少是每年都有作品发表）。

这一怪异、反常现象的谜底，就在于往日里政治思想上积极上进、艺术创作中忠实生活、人格操守上追求真善美的骆宾基，在苦闷、徘徊的创作心境下，其性格发生了裂变。作家的良心、战士的使命、时代的要求使他始终未下定告别创作、从事研究的决心；更不愿无动于衷地面对着新中国奋飞的建设、火热的生活、英雄的人民。可极左的社会思潮、战友的前车之鉴、斗争的冷酷无情，又使他不能像后来被打成右派的作家们那样，出于肝胆相照的赤诚，暴露社会的阴暗面；而是立足于当年写战地报告文学的为政治服务的艺术观和重新学习《讲话》后的切身体会，写了些只见光明、不见阴暗、"不管它们的未来怎样"的"颂歌"文学[1]。这样一来反倒使骆宾基在徘徊、彷徨心境下的多重矛盾之间发生一种同向运动，于是也就导致了与之同构的心理平衡。这就是骆宾基从矛盾体的接触点出发，巧妙地寻到了一个感情上的宣泄口和政治上的安全阀，即他不为（至少在内心深处）历次运动做毫无时间差的同步性图解，又不去暴露生活中应该暴露的阴暗面；同时他又紧紧踏着时代的节拍，唱出一些发自肺腑的赞歌。显而易见，在如此没有充分创作自由，又伴随着大大小小的文艺和政治运动的社会环境中，由作家矛盾、复杂的心态创造出来的一系

---

[1] 骆宾基：《〈老魏俊与芳芳〉后记》，载《老魏俊与芳芳》，作家出版社，1958。

列作品（除《父女俩》等几篇作品外）也就不能不呈示出艺术魅力和政治激情、文学气息和生活积累的双双脱节，再加之作者一迈进新社会便产生的那种对一切旧艺术观全盘否定而导致的自我压抑感，终于促成了他在1949年后创作中某种程度的美感作用贫乏化。

与舒群、罗烽、白朗，特别是萧军这些东北作家相比，骆宾基在1949年后的境遇还算幸运的。但这不等于说这些东北作家就没有像骆宾基这样苦闷、徘徊、矛盾的创作心境和这心境下产生的并不成功的平庸作品。仅以萧军为例，1949年后至"文革"前创作的小说作品只有《五月的矿山》和《吴越春秋史话》，这两部长篇小说都带有受批判后的变态创作心理，往往出现欲吐而不能、不吐又不快的创作现象。在《五月的矿山》后记中，作者声明这小说只是作为他写作过程中对于这类新的题材、新的斗争的一种试练。唯恐被人误解，在小说后边又加了一大堆附录。在具体创作中，作者不敢对生活素材进行提炼和加工，事无巨细，面面俱到。为了不至于重蹈1948年的《三周年"八一五"和第六次劳动"全代大会"》一文未提苏联而遭批判的悲剧，他甚至没忘记将一次劳模大会上的标语"向解放东北的英勇的苏联红军致敬"写进小说里[1]。这样一种瞻前顾后的心理状态体现在骆宾基的创作中，则也不只是在人物形象的丰满程度、艺术构思的美感浓度上存在着不足，而且还反映在作者对矛盾冲突的展示上。

前面谈到骆宾基既没有成为紧密配合政治斗争、图解政策、粉饰现实的歌颂文人，又不是大胆发掘社会弊病、敢于抒发己见的暴露文学作家，他的这一"横跨"特征是其在1949年后创作的独特风貌。具体反映在作品里就是既涉及一些阶级矛盾、社会冲突，又不将它们刻画得那么针锋相对、剑拔弩张。这一点在当时的批评者看来，"是跟作品较少从尖锐、深刻的阶级斗争或阶级关系来描述人物，跟作者在进行艺术概括时的思想高度和政治视野有关的"。其实，今天看

---

① 萧军：《〈五月的矿山〉后记》，载《五月的矿山》，作家出版社，1954。

来无论是骆宾基在写"生活的火车头"人物时，总是在政治上成熟，可形象却不丰满；还是"有些作品""过多地描写地方风光和变化"以及"过程的铺垫掩盖了情节的提炼"①。不管是作品里"颇有些回避矛盾冲突的现象存在"，还是"恰恰就没有一个明确的主题思想"②，所有这些与其说是缺乏当时看来应有的"思想高度"和"政治视野"所致，不如说是深深陷入写与不写都为难的两难处境中的骆宾基，在运用文学这个阶级斗争的工具为当时极左路线服务时显得那么笨拙和无力；昔日在民族矛盾白热化之际写出迅速及时地反映现实、紧密配合政治斗争、为抗日服务的优秀作品的骆宾基，在这一场场人为的路线斗争、阶级矛盾面前又显得那么束手无策、忧心忡忡，因而他没能创作出更多的思想性和艺术性都颇高的作品，也是理所当然的。

毋庸讳言，从旧中国迈进新中国的老一代作家，特别是那些从国统区来的作家，在日新月异的新生活面前是不乏创作激情的。但恰恰是这种有着良好创作愿望，却忽视艺术规律的激情，使一些名作家写出了不少平庸之作。巴金曾说过："解放后我想歌颂新的时代，写新人新事，我想熟悉新的生活，自己也做了一些努力。但是努力不够，经常浮在面上，也谈不到熟悉，就像蜻蜓点水一样，不能深入，因此也写不出多少作品，更谈不上好作品了。"③曹禺、老舍也是如此，新中国成立初期，曹禺怀着对新中国的满腔热情，对《雷雨》进行了一次大修改，结果因为对某些人物的拔高而未能赢得观众的好评。老舍为了紧跟形势写的《西望长安》也成了舞台上的匆匆过客。相形之下，骆宾基似乎不乏热火朝天的生活，可以说他在1949年后的每一篇

---

① 林志浩：《为农村新貌和新人而讴歌——试评短篇小说集〈山区收购站〉》，《北京文艺》1963年第11期。

② 魏金枝：《别具一格的一个短篇集——读〈山区收购站〉》，《文艺报》1964年第2期。

③ 巴金：《随想录》（第1集），人民文学出版社，1980。

作品里都能使人感受到强烈的生活气息。"胡风案"的牵连虽然使他一度产生告别文坛之念，可火热的生活又唤起这位文艺战士的使命感和责任心；再加之"双百"方针的提出和王蒙、耿简等人冲锋在前的榜样力量，骆宾基在沉默近两年之后，又一举写出了标志着1949年后创作最高的艺术水准的《父女俩》[①]。

第五节　《父女俩》与女性形象系列的转折点

在中国现当代文学历史画卷中，有一个我们怎么也躲避不开的现象，就是无论是张扬革命文学的作家，还是"为文学而文学"的唯美艺术家，甚至还包括那些思想有些消极的作家，在他们的作品里都将或多或少的笔墨用在了对女性人物形象的描写和塑造上。

众所周知，人物描写是各类文艺作品中一种不可或缺的重要表现手段，人物描写精彩与否又往往是作品成功与否的重要因素之一。纵观古今中外的创作，我们发现，对女性人物的描写常常构成中西文人独特的审美聚焦，在这里可以读出他们所属民族的文化情结和与此情结紧密相关的人体审美观、伦理观以及作家寄托在女性人物身上的美学理想。

1. 作家笔下的中国传统女性美

说起女性描写，就不能不谈女性美；谈起女性美，又必须讲一讲"美"这个汉字。"美"，这一汉字在《说文解字》中说它是从"羊"从"大"，也就是说是由"羊"和"大"二字组成的。而马叙伦认为："美"归入"羊"部，倒不如归入"大"部，而"美"字从"大"就如同从"女"一样。这样一来，马氏便认为"美"是"媄"

---

① 《人民文学》1955年第1期上开始发表批胡风的文章，第3期发表了骆宾基的短篇小说《交易》，从此，骆宾基在文坛上消失了，一直到1956年在《人民文学》第10期上发表《父女俩》。

（《说文解字》："媄，色好也。"）的初文。进而可以得出中国文化中最早的"美的观念是起源于女性的美丽和对这种美的感受"①。以上的文字考证孰是孰非，不是我们的写作意图，我们引证这些只是用来说明"美"这一词（或字）与女人的外形美有着较为初始的联系。

其实如果从女性的美色角度来考察"美"字，在训诂学方面存在着不少例证。如在《方言》卷二里从"女"的娓、娃等都训"美"；在王氏疏证的《广雅·释诂》中赢、姗等许多字也训"好"或"美"；特别应该强调的是那些不胜枚举的描摹女子容貌漂亮的字，如"妩""媚""姝""妍""姣""娇""姹""娥""婵""嫣""婷""婉""娟""娴""姿""婀""娜"……都无一例外地含有"女"字。这些文字至今还对现代汉语有着不可低估的影响。

日本学者笠原仲二根据《诗经》中的《君子偕老》《硕人》《猗嗟》《列子》中的《周穆王》，《楚辞》中的《神女赋》《登徒子好色赋》，司马相如的《上林赋》，曹植的《洛神赋》，《淮南子》中的《修务训》，以及《西京杂记》等作品，将中国古代人们心目中的理想美女，做了如下的概括：年轻苗条，肌肤白嫩如凝脂，手指细柔如破土幼芽，两耳稍长显出一副福相，黑发光泽如漆，发髻高梳，簪珥精巧，面颊丰润，鼻梁高高，朱红的小嘴唇，整齐洁白的稚齿，光彩鲜艳的衣装，以及舒徐优雅、柔情宽容的举止，等等。如果再具体、再肉体化一些，那么则有唐代名妓赵鸾鸾在其《闺房五咏》里对女性"云鬟""柳眉""檀口""纤指"和"酥乳"的描写。②甚至还有辽代耶律乙辛在《十香词》中按照人体不同局部的先后次序，对女性人体进行的描写③。

假如我们能从人体文化的层面，而不是性甚至色情的角度去欣赏诸如此类的描写，就不难发现：在中国文人作品（无论是男作家，还

---

① ［日］笠原仲二：《古代中国人的美意识》，北京大学出版社，1987。
② 谭正璧：《中国女性文学史话》，百花文艺出版社，1984，第200页。
③ ［英］霭理士著，潘光旦译注：《性心理学》，三联书店，1988，第90页。

是女作家）中，对女性美的描绘几乎是一样的理想模式，这就是调动声、色、味、触等多种感觉，借用自然现象、植物或生活中的常用物品来刻画女子身体的各个部位。诸如蛾眉、杏眼、樱桃小口、琼瑶鼻、桃花面、春笋指、云鬓、玉臂、雪胸、柳腰、冰肌，等等，甚至都能将性器官与日常食品联系起来。这样一种在修辞学上称为暗喻和移觉的方法，长期以来，成为中国传统文学作品中描摹人体的一个重要手段，无论是诗词曲赋，还是小说戏剧，几乎无一例外。

对女性美的认识和理解是随着历史的进程而逐渐深化的，特别是由于特定历史阶段中产生出的时代精神和社会风气，常常使得这一时代的文人一方面承继了前几代人积淀下来的传统的女性审美观，另一方面又自觉不自觉地衍生出符合特定历史阶段的新的美学观念。而这种美的观念的更迭与嬗变，如从东西方文化相互影响、交融的层面上去分析，便会很快得出这样的结论：在西风东渐的近代中国，那些五四运动后涌现出的大批作家，在对中国女性人体的艺术描写中，一方面批判地继承了中国传统文学中的女性审美观（尽管有的是不自觉的），另一方面又接受了西方近现代文学中的女性美观念（尽管有的是不自愿的）。

发表在1922年《小说月报》上的许地山的《缀网劳蛛》的女主人公尚洁在作者笔下是位"流动的眼睛，软润的额颊，玉葱似的鼻，柳叶似的眉，桃绽似的唇，衬着蓬乱的头发"的美女。巴金著名的《激流三部曲》之一《家》中的鸣凤是作者深深同情并极力歌颂的一位下层女子，而她的肖像也不外乎是"脑后垂着一根发辫，一件蓝布棉袄裹着她的苗条的身子。瓜子形的脸庞也还丰润，在她带笑说话的时候，脸颊上现出了两个酒窝。她闪动着两只明亮的眼睛天真地看他们"。叶圣陶的《倪焕之》中的女主人公金佩璋则是"那两个眼瞳的一耀，就泄露了无量的神秘的美。再看那出于雕刻名手似的鼻子，那开朗而弯弯有致的双眉，那勾勒得十分工致动人的嘴唇"……

以上我们信手拈来的几个例证，就已充分说明了在中国现代作家中，对女性美的描写常常是作家对理想美的颂歌。等时间到了1949年以后的五六十年代，一些思想内容充满革命化和带有明显的新时代特征的作品，一写到女性的美时就不自觉地落入了中国传统女性审美观的窠臼之中。比如出版于1958年的周立波的《山乡巨变》中的女主人公邓秀梅是长着"两撇弯弯的、墨黑的眉毛，又细又长，眉尖差不多伸到了鬓边"。让人很自然地联想到唐明皇李隆基的《好时光》一词中"眉黛不须张敞画，天教入鬓长"的语句。诸如此类的像《三家巷》中的区桃，《林海雪原》中的白茹，《青春之歌》中的林道静，《野火春风斗古城》中的金环、银环等这些深深寄托着作者美学理想的女主人公都或多或少地体现出中国古代传统美女的肉体特征，她们或眉弯，或脚小，或肤白，或凤眼，等等，饶有趣味地说明了对中国传统女性的审美意识已经深深地刻在了中国当代作家的骨子里。

2. 西方女性审美观对中国现代作家的影响

五四运动在文学领域中掀起了一场铲除旧文化、旧道德，建立新文化、新道德的反封建热潮，同时也掀起了一浪高过一浪的译介西方文学作品、引进西方文化思潮的运动。从俄国的批判现实主义到法国的自然主义，从厨川白村到弗洛伊德，一时间纷纭复杂的文学思潮和作品先后被介绍到中国来。于是，鼓吹要以西方文学名著为模范，多读多看西洋小说的文人、作家也身体力行，创作出不少不同程度上受到西方小说影响的作品。这些作品在对女子形象塑造上的突出表现就是将女性解放（包括性解放）意识融入女性人体的刻画中。

纵观茅盾、郭沫若、巴金、郁达夫、丁玲、蒋光慈、陈白尘、萧红、穆时英、叶灵凤、刘呐鸥、张资平等作家的作品，他们都有意无意地在对女性人体的描写中流露出一种灵肉冲突的宣泄；而且这种宣泄显然不是中国传统文化中那些对女性身体的单纯描摹，更不是中国古代文学遗产中对女性之美的极力歌咏和赞颂。他们的描写说到底无非是"五四"时代年轻人为追求个性解放、努力冲出封建礼教的各种压抑（包括性压抑）而拼命抗争的精神在文学创作中的反映。正如郭沫若在《论郁达夫》中所说："那大胆的自我暴露，对于深藏在千年万年的背甲里面的士大夫的虚伪完全是一种暴风雨式的闪击，把一些假道学假才子们震惊得至于发狂了。为什么？就因为有这样露骨的直率，使他们感受到作假的困难。"而这种创作动机上对"禁欲主义的反动"（茅盾语）又恰恰与这些作家五四运动以来所倡导的学习西方小说的主张的精神实质上合上了节拍。也就是说，欧洲资产阶级所谓世纪末文艺思潮中的一些观点、美学主张，正好被中国这些提倡以西方文化为楷模的作家拿过来作为反封建文化的思想武器，而且有些急功近利、饥不择食地使用起来了。在这样一种创作心态下，他们往往从整体到局部对传统女性人体审美观进行了叛逆。其具体表现为下列三点：

一是一反中国传统文学中以柔弱为美的女性审美标准，以刻画女子的丰满健美为艺术准则。在上面提到的作家作品中的女性形象很少有"肩若削成""金莲碎步""腰如弱柳"的，相反的是，这些女性几乎都是胸部丰满、大腿丰腴、臀部圆大……而这些恰恰是西方美女的人体特征。

二是一反中国传统文学中对女性腿部的忽视，将腿的描写作为女性美的一个重要的组成部分。纵观中国古代文学作品，一到描写女子腿部的地方，似乎就"黔驴技穷"了。而"五四"新文学以来的不少作家，在对女性的外在形象描写时，有不少将审美注意中心集中到了女性的腿部：什么"两条柔嫩的腿肚"（郁达夫《秋河》）、"映着太阳光的白腿"（茅盾《创造》）、"浑圆的柔若无骨的小腿"（茅盾《蚀·动摇》）、"短短的黑绸裙下露出一双圆圆的小腿"（丁玲《梦珂》）、"那一双粉红色的腿""像是红玉做成的"（巴金《光明集》）、"灰黑色袜子里透出来的两只白膝头"（刘呐鸥《两个时间的不感症者》）、"桃色的短裤遮不住腿的整部"（张资平《苔莉》）……这显然是借鉴西方文学中对女子腿部的审美观念和描写手法。[1]

三是将性意识与肉体审美结合起来。近现代作家笔下的女子往往都有强烈的自主意识和自信精神，她们充分认识到自己的胴体是争取做人的权利的一件武器，同时也是一块使自己不陷入被玩弄、被凌辱境地的盾牌。这一点从中国现代文学作品中经常出现的女性对镜中身体的自我陶醉的描写中，便可窥见一斑。[2]

"五四"以来的中国作家用人性、性、肉体反对封建专制，抨击千年礼教，抒发内心的苦闷，似乎形成一种不大不小的热潮。但随着各种社会思潮的不断渗入，一些在"五四"初期用资产阶级的道德观、性爱观、女性人体观来抨击封建文化的作家开始认识到：性意识的开放、性苦闷的宣泄、灵肉的冲突都不能置封建文化于死地，反而会在中国这块特殊土壤上培育出一些封建流毒较深、又染上资产阶级恶习的堕落贵族。

例如，茅盾的《子夜》一开篇就形象地描绘出声色犬马的十里洋场，尤其是二小姐的"壮健的身体"、吴少奶奶"全身肌肉的轮廓"和黄包车上的时装少妇的"看得分明的肌肤"……这些代表着资本主

---

[1] 对于腿的审美，似乎西方比中国更为注重。因为中国传统文人对女性"腿"的描写很不充分，远不如"胸""足""腰"。以描写两性关系"越常情"（鲁迅语）为最的《金瓶梅》也不过反反复复地重复一句"白生生的腿儿"。西方文学中对腿的描写则较为细腻传神。《圣经·雅歌》中就有"你的大腿圆润好像美玉"之形容，《巴黎圣母院》中有"小而圆的腿子、柔而白的膝头"的描写，劳伦斯的《查泰莱夫人的情人》里也有"圆满的象牙似的大腿"之类的文字。同样对女性下肢描写，为什么中国文人写"腿"时黔驴技穷，而在"足"面前却花样翻新呢？我认为主要有下面几点因素：一是与中国古代女性的着装有关。一般来讲，中国女性以穿长裙居多，在正常情况下腿是被遮盖的。二是到了有展示女性腿部的描写机会时，中国大多数文人反将审美注意的中心偏向了更能带来感官刺激的胸、臀、小腹甚至阴部，所以就往往把腿忽略了。三是缠足造成中国女子的身体变形甚至近于残废，使得她们的腿不但不美，而且还畸形。四是中国宋代以来的文人骚客从封建士大夫的变态心理和庸俗低级的审美趣味出发，为迎合统治者的心愿，人力赞美所谓"金莲"之美。

[2] 丁玲的《一九三〇年春上海》、茅盾的《蚀·追求》、叶灵凤的《浴》等都有此类描写。

义文化的"人体符号",给封建文化的代表人物吴老太爷和被老太爷认为是"金童"的阿萱带来了冲击。在十里洋场的肉色香风的熏陶下,他们非但不能以"万恶淫为首"为其信条,反而只能逐渐走向堕落,而且这种堕落之中又深深积淀了封建文化的毒素。可以说,像茅盾这样从如此深刻的角度描写女性人体在中国现代文学中还是不多见的。

3. 新中国女性形象的一个转折点

冰心曾经讲过,如果没有女性,"这世界至少要失去十分之五的真,十分之六的善,十分之七的美"。她这种对同性无不夸饰的溢美之词,体现在骆宾基的艺术观中形成了独特的认识女性的角度——将她们看成是"一些希腊神话里的有翅膀的天使和仙女"①,这种女性观使他的作品里充满了对女性美的礼赞。从精刻细雕的主人公到转瞬即逝的过场者,可以说在骆宾基的女性世界中很难找到一个集假、恶、丑于一身的女子,而是建立起一个以柔美为性格主调的形象系列,这一系列不但体现,而且促成了骆宾基细腻、含蓄、隽久的艺术风格。

前面讲过,骆宾基在新、旧艺术观交替之际,其新艺术观的形成并不是十分艰难和痛苦的。这在他女性形象系列的演化轨迹上,便可清晰地考察到。骆宾基在中华人民共和国成立前的作品中所描写的女性不外乎这么两类:一是处在社会最底层的劳动妇女,如曹妈儿(《老女仆》)、孙寡妇(《生活的意义》)、袁大德老婆(《一九四四年的事件》),等等;一是处在不同境遇下的知识妇女,如女指导员(《生活的意义》)、×夫人、娜露(《当那幅油画诞生的时候》)、胡玲君、林美娜(《北望园的春天》)、刘步芳(《由于爱》),等等,无论这两类妇女具有怎样千差万别的生活遭遇、文化教养和性格属性,有一点是相通的,即都是生活在半殖民地半封建社会的旧中国,她们身上往往都被作者罩上一层悲剧的色彩。可是一进入新社会,骆宾基的创作中便情不自禁地涌发出一种乐观向上的蓬勃朝气。表现在对中华人民共

———————

① 骆宾基:《三月书简》,载《初春集》,江西人民出版社,1982。

和国成立后妇女形象的塑造上，如果说在中华人民共和国成立后发表的第一篇小说《张保洛的回忆》时，作者对刚刚翻身的张保洛老婆的刻画，还主要揭示她残余的落后封建意识的话；那么紧接着的一系列作品则突出地塑造了一大批当家做主的新中国妇女形象。

从《张保洛的回忆》以后，在《父女俩》发表之前，骆宾基共发表了六篇短篇小说。其中《马小贵和牛连长》写于1950年，但所描写的人和事皆是中华人民共和国成立前的；《旅途》《年假》和《交易》皆取自作者深入东北农村之后的实际生活；《王妈妈》《夜走黄泥岗》则是作者随劳模走访平邑县、费县时所积累的创作素材。这五篇作品虽在发表时间上都早于《父女俩》，可它们却都发生在骆宾基参加水利工地的建设活动之后；也就是说，作者在水利工地引河南岸所发现的《父女俩》创作素材，要早于其他五篇。那它究竟是为什么呢？按作者自己所说，是因为正当他作为素材的《父女俩》中的父亲——一个"孤独的属于农业个体经济的旧式老农民"深深地打动作者，并开始构思时，他很快意识到这个"构思中的主题，正是属于'人性论'之类的东西"[1]；根据《讲话》对照检查自己以后，他又进一步"认识到自己的艺术观仍然是属于旧的""灵魂深处仍然有一个批判现实主义的艺术王国"。这种按今天观点分析有着强烈负罪意识的自我反省，尽管在当时确实是出自作者内心的，但这只是骆宾基复杂、矛盾的创作心境的一个侧面，并不完全是作者放弃《父女俩》原来构思的所有因素。我们认为，其中还有两个重要原因：一是批胡风、批萧也牧以来，庸俗社会学的观点越来越滥，以至于谁也不敢保证自己不会在任何时候被扣上一顶"小资产阶级创作倾向"的帽子。正如作者自己所讲："岂不正是说明我要为这个旧的人物唱挽歌……十万民工欢欣鼓舞所开辟出来的十七华里引河岂不成了破坏'人伦之爱'的工程！"[2]因而骆宾基，这个此时此刻急于要摆脱旧艺术观束缚的来自国统区的作家，是

---

① 骆宾基：《我的创作历程》，载《初春集》，江西人民出版社，1982。
② 骆宾基：《我的创作历程》，载《初春集》，江西人民出版社，1982。

绝不会明知故犯的。二是骆宾基不会忘记当年由于在抗战年代写脱离政治倾向的爱情故事——《当那幅油画诞生的时候》，而受到冯雪峰、邵荃麟的严肃批评；这一深刻的教训告诫他：在这样一个蓬勃向上、到处欢歌的伟大时代，他这样一个并不擅长描写爱情，特别是刻画女性爱情世界的作品，稍不谨慎，其后果是难以想象的。因此努力赶上时代步伐、迫切树立无产阶级新文艺观的骆宾基，更不可能去冒这个风险的。就这样骆宾基将《父女俩》的最初创作素材搁置起来，又开始了"茫茫的旷野里寻找通往无产阶级艺术源泉的路径"①了。

然而，搁置不等于放弃。当骆宾基的艺术观因为一个民兵连长的先进事迹而改变时，他又对《父女俩》进行了重新构思。虽然我们还不能确切地认同《父女俩》中香姐儿的未婚夫、民兵队长张达就是以这位民兵连长为模特儿；但有一点可以肯定：在旧式老农民——父亲邢老汉和"民兵型的新农民"——张达之间，骆宾基成功地刻画了逐渐摆脱了封建守旧观念束缚、走向新生活的年轻寡妇——香姐儿这样一个具有强烈象征意义的辞旧迎新的典型形象。这个因写脱离政治倾向的爱情而在当年受到批评的骆宾基，如今不但把张达和香姐儿的爱情提升到中国妇女已经脱离旧俗走向新生、当家做主的思想高度，而且还细腻地揭示了一位年轻寡妇矛盾复杂、丰富多彩的爱情内心世界。可以说《父女俩》无论在思想内容还是在艺术价值上都是骆宾基在中华人民共和国成立后小说的上乘之作。

香姐儿这一形象虽然是在1956年才与广大读者见面的，但从骆宾基在中华人民共和国成立后的女性形象系列中不难看出，她确实是位吐故纳新、承前启后的新女性，进而构成了骆宾基笔下女性形象系列在中华人民共和国成立前后的一个重要转折点。首先我们看一下发表在《父女俩》之前的几篇作品：《王妈妈》尽管在旧社会喝的苦水要远远超过香姐儿，可在作品中作者并没有展示她由旧到新的具体转变过

---

① 骆宾基：《我的创作历程》，载《初春集》，江西人民出版社，1982。

程，其出发点似乎只是站在新旧社会的对比角度，来刻画这位与《红玻璃的故事》（1943年）中的王大妈形成鲜明对照的、开在互助组中的"一朵老牡丹花"①。《年假》中的吴桂香则是个完全新型的妇女组长，甚至在领取结婚证书时也并不那么拘谨。至于《旅途》中的黄河水利委员会指挥周仪容，那简直是位叱咤风云的女政治家和身先士卒的女实干家，从她身上不但看不到一点旧社会的痕迹，而且寄托了作者对新时代女性的崇拜之情和通过她体现出来的骆宾基新女性观。《夜走黄泥岗》和《交易》中连一个女性形象都没有。由此看来，我们把《父女俩》中的香姐儿作为骆宾基女性形象系列的一个转折点是不无道理的。

我们曾经论述过，骆宾基1949年以后的创作是在苦闷、徘徊、矛盾的心境下进行的，在这样心境下他很难创作出艺术性很高的作品，特别是在批胡风运动以后，骆宾基"不求有功，但求无过"的心理更加重了，那么为什么偏偏在骆宾基受"胡风案"牵连后的1956年，写出《父女俩》这样的优秀作品呢？其实这并不矛盾。它恰恰是笔者所讲的骆宾基创作与历次政治性文化运动形成一种令人深思的共时性，这是一个问题的两个方面。

1956年，这个被称为"中国知识分子的一个春天"②、1949年后文艺界第一次思想解放时期的来临，对被当成"胡风分子"审查了一年了的骆宾基来说，犹如中华人民共和国成立前夕走出监狱一样具有双重的解放意义。1月，党中央召开了讨论知识分子问题的会议；2月，中央提出并决定对科学工作采取百家争鸣的方针；4月，毛泽东同志作了"论十大关系"的讲话；5月，党的"双百"方针正式宣布。面对这样的大好形势，文艺界做出了迅速的反应。王蒙、刘宾雁、耿简等人的报告文学，何直、陈涌等人的文学论文纷纷出世，推动了文艺界"百花齐放、百家争鸣"的局面蓬勃展开。在徘徊、彷徨中苦闷了几年的骆宾基，在这股强劲的春风吹动下，不但没有过多地考虑个人

———————

① 骆宾基：《我的创作历程》，载《初春集》，江西人民出版社，1982。

② 于光远：《"双百"方针提出三十周年》，《人民日报》1986年5月26日。

荣辱得失或斤斤计较受"胡风案"牵连所造成的后果，而且还立刻拿出当年为配合抗日而迅速反映现实、号召人民抗战救亡的创作激情，对于这样春光明媚的大好时机做出了同步性的举动，这就是重新构思了那篇曾深深打动读者的《父女俩》，并在王蒙等人作品出世后不久，同在《人民文学》上发表了。显而易见，此时此刻《父女俩》的诞生，已不是作者自己所说的新艺术观对旧艺术观的战胜问题（至少不全是），而是一个挣脱了极左思潮的束缚、畅所欲言抒发自己艺术激情的作品，对"双百"方针发自内心的讴歌。因而我们认为《父女俩》中香姐儿的形象意义，在客观上已超出了新中国妇女辞旧迎新的思想层面，这一成功的艺术典型，是作者思想更深刻、艺术更成熟的一个标志，可以说骆宾基1949年后的创作已面临一个新的飞跃。

但是，骆宾基正欲登上眼前这座艺术的山峰，完成他向新的创作高度飞跃之时，1957年反右派的狂风暴雪又将他吹落在原来的基点上。骆宾基随着社会环境、政治形势和文艺气候的急剧变化，而造成这一创作上的"回跌"现象，体现在具体作品中便产生了前面曾提到过的一些问题：比如《北京近郊的月夜》一组作品，为反映"大跃进"即将到来的"壮观"，架子摆得挺大，可很少有个性鲜明的性格；《山区收购站》中虽然写出一些颇为复杂的矛盾冲突，但解决这些矛盾时似乎就靠一个女孩子曹英，有点简单和肤浅化[①]；《草原上》和《暴

---

① 对这篇小说的发表情况，涂光群的记述是：记得那是1961年，根据上边精神，文艺界整个儿是实行比较宽松的政策，重申贯彻"双百"方针，鼓励创作。在小说编辑岗位上，我接触的一些青年作家纷纷提笔，有些老作家跃跃欲试，短篇创作趋向活跃的象征已很明显。但真正的佳作仍不多见。在作协领导人邵荃麟和创作研究室成员、文学评论家侯金镜关怀下，《人民文学》小说组于初夏季节开了个全国短篇创作情况汇报会。编辑们在发言中推荐了他们新近从地方刊物上发现的一批较好的作品。与会的人受到鼓舞，于是一个创意产生了。《人民文学》出个七、八期合刊，除了选载兄弟刊物上青年作者的佳作，再发表一点中老年作家有分量的新作，请老侯（金镜）写篇评介文章，这期刊物岂不可以成为短篇成果的一次新的检阅？合刊筹备了一个时期，可以说万事俱备只欠一篇头题小说了。正在这时候，骆宾基帮了大忙，他赐给我们一篇《山区收购站》。（见涂光群的《赤子作家骆宾基》一文）

雨之后》里干脆侧重于描写自然风光，而对生活素材缺乏提炼，人物塑造掩盖于风景描写之中。表现在妇女形象的塑造上，以《父女俩》为标志的转折，不是发展了香姐儿形象上所体现出来的作者塑造生动感人的妇女形象的深厚功底，而是使以后作品中的妇女再也没有达到有血有肉的香姐儿的审美高度。和香姐儿相对照，柴桂英（《北京近郊的月夜》）、曹英及其他次要女性形象显得缺乏一种真实可亲的人情味。于是，骆宾基建立起来的以柔美为性格基调的女性世界，在浮夸风、共产风、冒进风的强劲吹动下，在把社会主义英雄人物越拔越高的创作潮流中，在极左的社会思潮愈演愈烈的情形之下，开始大量地涌现壮美的"铁姑娘"型的人物；以至于作者再也不愿（也不敢）去描绘女性的优美姿容，刻画她们丰富而细腻、复杂又多样的内心世界①，最后他干脆把女性赶出了小说的大门②。我们可以想象，以细腻、含蓄、隽永的艺术风格见长的作家，却避开了最能体现这一风格的女性形象，其作品的审美价值、艺术个性会怎样也就可想而知了。

第六节 "留把春秋在案头"的学者

尽管骆宾基与有些大作家相比，其文学作品的影响力和在文学史上的地位不是很大很高，但这些一点都没阻挡他成为优秀作家的势头，换句话讲，他的文学才能是有目共睹的。

司马梵霖在一篇文章中曾经这样评价骆宾基：他的写作才能很高，这是许多人都承认的。而我觉得他还有一种绝不弱于写作的才

---

① 当时有的论者已敏锐地指出："曹英的内心世界显得不够丰富，发掘得不够深入。"见林志浩《为农村新貌和新人而讴歌》一文，《北京文艺》1963年第11期。

② 骆宾基创作于1962年的《草原上》《初冬》《暴雨之后》里连一个女性形象都没有。

能，就是讲说。他非常善于讲说一个东西。记得和他认识的第一天晚上，就听他讲《皇帝有双驴耳朵》的童话，讲得非常动听，因此对他印象很深。以后不久，还听他讲过《两个伊凡的吵架》，和《死魂灵》里的一些片段，每次都听得很满足。他那种讲，都是由于一种很自然的动机引起的。大概先是谈闲话，谈着谈着就讲起来了。那种情形的转化，简直微妙到不可捉摸。无论在他和别人，谁都丝毫也不觉得有什么突兀的地方，然而却已经是从谈闲天变到讲作品了。并且就在这时候，也仍然让人觉得他是在说着一种非常生动而有意味的东西，并不感觉到他是在俨乎其然地讲作品。真不晓得他是怎么弄的，似乎总觉得不论什么东西，只要经他一讲，就会活起来的样子。他常能把作品中一些平淡无奇在我们读的时候多被不在意地忽略过去的地方，讲得亲切动人。令人觉得那确有深意。这，我想大概是根源于他的深切而敏锐的感受方来的吧！

他也常讲自己的作品，后来知道他好把要写的东西先讲给朋友们听，几乎每一篇都没有例外。而讲自己的东西时和讲别人的在神情上也略有不同。他更聚精会神，目不转睛地凝视着对方的眼睛，注意着每一点微妙的反应。虽然无论对方怎样的反应他都像是不动声色，但实在他却是在暗暗地做着很大的活动。因为紧接着不久，当他又跟另外的朋友讲那些东西时，所讲的已经跟原先的有所不同了。而那些不同之处，当事者可以看出显然有自己的反应所留下来的痕迹在。可以说，他对朋友的每一次讲说，都是他对自己作品的每一次筹思和琢磨。①

然而，和1949年后的不少作家一样，骆宾基这种"讲故事"的才能由于当时各种各样的主客观因素，而仿佛失去了进一步发挥和施展的空间。于是骆宾基开始寻找同在"案头"却与文学创作无关的工作。

在1949年后的文坛上，曾出现这么一种不小的倾向：一些从旧中

---

① 司马梵霖：《关于骆宾基的几则琐忆》，《人世间》1948年7月5日第3卷第1期。

国过来的作家有的潜心于中国服饰的考证，有的埋头于晚清文学的研究，有的致力于历史文学创作，有的勤奋在翻译工作中，甚至有的干脆弃笔从政……这些作家的纷纷转向、远离现实和告别文坛，固然有着巴金所说的不熟悉新生活的原因，但是历次极左运动的冲击，不能不使这些人为自己的命运担忧，于是他们选取了一条在当时看来不失为上策的道路。骆宾基，也几乎成为与他们同时出现的一个，汇入这股从文学繁荣的角度来看的中国作家悲剧命运洪流中的一位学者。

1954年年末、1955年年初，在神州大地上卷起了一场中华人民共和国成立以来第一次声势浩大的批判运动——对所谓"胡风反革命集团"的批判。这场运动是一场镇压文艺界、否定马克思主义科学文艺论的极左运动，它冲击了不少作家、学者，骆宾基当然也就在所难逃了。

其实，骆宾基自1941年初次相识胡风以后，文艺观点上矛盾之处多于相同之处，有时还磕磕碰碰，无论怎么讲他也"不够资格"成为"胡风反革命集团"一分子。涂光群在《赤子作家骆宾基》里记述了1955年骆宾基丰产的作品后有这样一句话："其后一年，我们再也听不见作家骆宾基的消息，这个人，从一切公开场合消失了。"这消失的一年，就是由于这场"肃清胡风及一切反革命分子"的政治运动。当时骆宾基在北京电影剧本创作所被列为"运动对象"，被审查了一年，其中有三个月是隔离审查，家里也遭到了搜查。

此时骆宾基正一心一意地构思一部长篇小说，这个运动对他真是一场突如其来的灾难。他感到困惑，他感到委屈，但又无可奈何。首先他不明白，胡风为什么成了"一贯反共反人民"的罪魁祸首了呢？骆宾基还分明记得，1945年春天他刚获释从丰都回到重庆，冯雪峰亲口告诉他：让胡风主编《希望》，是周恩来的意见。他心目中的胡风是一位坚持反帝反封建政治方向的有才华的文艺家，胡风主编的《七月》培养、锻炼出一批优秀的抗战诗人。他不能理解，抗战时期与抗战胜利后胡风编了《七月》《希望》这两种倾向鲜明、艺术质量很高的刊物，受到那么多读者的欢迎，还有党的肯定，应该说是在抗战文艺发展史上立下了汗马功劳的，怎么一下子竟完全颠倒了呢？他想不通。的确，骆宾基与胡风，特别是与绿原、路翎、吕荧等人之间是有友情的，但这也是同志之间或者是文友之间的关系。骆宾基实在想不通，他感到苦闷、孤独和失望。

由此，骆宾基也开始对文学创作感到怨恨和失望了。1980年骆宾基在给友人蒋天佐的一封信里写下了这样的话：至于我之所以要离开文学创作转到这个古金文考证学阵地上来，主要是从1956年反"胡风集团"开始（应为1955年，属于骆宾基的笔误）。当时，我被隔离审查一年，实在不想再搞文学创作，当什么作家了，于是钻研起古代典籍《诗经》与《古代社会研究》之类史学来……①

1958年，骆宾基被下放到黑龙江。当时黑龙江省的欧阳钦书记、宣传部部长延泽民（他本人也是个作家）对从各地调到黑龙江省的一批作家给予了热情接待和支持，还努力给他们创造出一个较宽松、自由的创作环境。

但是，实践证明在后来的创作中，除了《山区收购站》还比较优秀外，骆宾基的作品多半都是影响度不高之作，比如《当轧钢厂在香坊诞生的时候》《轻工业中一枝花——访松花江胶合板厂人民工程师刘秀丽》和《白衣指挥者和十六条生命——关于哈尔滨医科大学附属医院门诊部的报告》《富饶迷人的黑河》《航行在黑龙江上》《"东北号"江轮上》《"燕子峡"外》《草原上》和《一九六二年在苇河》等。

如果说十年前骆宾基由于《当那幅油画诞生的时候》一文受到批评后，是从正的方面"吃了一堑"，坚定不移地走在革命现实主义创作道路上的话；那么这次因胡风问题受牵连，则是骆宾基从反面"长了一智"，他几乎放弃了文学创作。当时他"对于文学艺术感到从未有的一种伤心而产生了'艺术负我''误我'的念头，很想从此摆脱

---

① 引自《蒋天佐与骆宾基谈金文》，《学习与探索》1981年第3期。

这位迷人女神的纠缠，而转途别谋生路"①，紧接着批判所谓"丁、陈、冯反党集团"；打倒"舒、罗、白反党小集团"；文艺界反右；对丁玲、艾青、萧军等人的再批判；等等；几乎不间歇的运动铺天盖地而来。我们暂且不谈打击面相当大的反右运动，只就其他几次运动所批判的对象而言：丁玲虽不能说与骆宾基关系密切，但在20世纪40年代骆宾基确实写过赞赏《我在霞村的时候》的文章；冯雪峰和骆宾基是导师和学生的关系，而且他对骆宾基有着很深的影响；舒群、罗烽、白朗、萧军和骆宾基一样，同属于20世纪30年代成长起来的东北作家群成员。这些作家与骆宾基不同程度的关系，就像一条无形的锁链，将骆宾基的美学追求、艺术创新、大胆探索都统统锁住；面对随时有可能再被打倒的局面，骆宾基在受"胡风案"牵连时就曾产生过告别文坛之念②，此时此刻愈加坚定了，于是他将目光落在文学创作以外的金文、古史研究上。

可是，命运却偏偏和骆宾基开了个大玩笑，他的研究成果非但没使他在远离尘世的书案前，超脱现实，超越自我；反而由于他考证中得出的某些论断与当时学术权威，也就是郭沫若的观点相对立，本想远离现实的骆宾基使他比任何一个时期更靠近了"现实"。是屈服于权威、泯灭了自我、逃避开现实，还是勇于追求真理、大胆抒发己见、坚持求是精神，这对于一个曾经不懈追求真善美的现实主义作家、深受文艺为政治服务观念影响的革命文艺战士、屡遭正确与不正确的批评和批判的骆宾基来说，确实是个因袭太重的艰难选择。如果是处在春光明媚的1956年，毫无疑问，骆宾基一定会选择后者；可如今他要是选择后者，胡风、丁玲、冯雪峰、萧军等这些他昔日的上级、老师、战友和同志的悲剧命运和不计其数的"右派文人"的下

---

① 骆宾基：《怀念郭沫若 师承其创新精神》，《社会科学》1983年第3期。

② 笔者曾与骆宾基进行了两次长谈，骆宾基曾讲过："五四年我被打成胡风分子以后，伤了心，自己确实是一心奔着党来的，结果却这样……从那时就有了不想搞创作，想搞研究的念头。"

场，又不能不在骆宾基的心头罩上了一层恐怖感，这样一种瞻前顾后的心理状态，终于使得骆宾基——处于创作"回跌"阶段的骆宾基，清醒地意识到"如果继续研究下去，必会产生误会和麻烦"①，因而他不情愿地放弃了金文研究，在无精打采之中，写了一部比前几篇小说还要平庸的、有点《龙江颂》味道的剧本《结婚之前》，离"文化大革命"开始还有一年多的时间，骆宾基便在文坛上悄无声息地隐退了。

"文化大革命"的暴风疾雨，再次无情地向骆宾基袭来。但在这次运动中，骆宾基的徘徊、犹豫、矛盾的心态反倒一扫而光了。他所表现出的凛然正气、硬汉性格和令人钦慕的人格光辉，着实令人顿生敬意。这从"北京市文学艺术界联合会大事记"1966年的记录里，我们便可以看到骆宾基当时的铮铮铁骨：

1月《北京文艺》开辟专栏开展关于剧本《海瑞罢官》的讨论。讲座中，对该剧褒贬不一。

5月20日《北京晚报》发表署名郑公盾的文章《〈北京文艺〉在为谁服务？》及北大五同学的文章，诬蔑《北京文艺》是"三家村"的"黑分店"。

6月1日《人民日报》发表社论《横扫一切牛鬼蛇神》。当晚经毛泽东批示，中央人民广播电台播发聂元梓等7人的大字报。

6月15日市文联贴出《把反革命分子赵鼎新揪出来》的大字报，市文化局不少人到会议室观看大字报。

6月16日有人贴出大字报支持"揪赵"。

6月18日市文联作家骆宾基贴出《赵鼎新是左派》的大字报，文内举例说"周扬也是左派"，在文联引起震动。

---

① 引自《蒋天佐与骆宾基谈金文》，《学习与探索》1981年第3期。

6月19日市文联贴出反对骆宾基观点的大字报，并有人同骆宾基展开辩论，市文联机关处于无领导无政府状态。

6月20日北京新市委派工作组（由北京军区装甲兵某师干部组成），进驻市文化局、市文联。

6月27日市文联成立了"文革筹委会"。

6月28日部分群众贴出《坚决支持文革筹委会》的大字报。有人贴出《拥护工作组，誓把文联黑根子挖出来》的大字报。

8月23日社会上的一队红卫兵以"破四旧"名义，闯进机关大院，扬言要烧毁市文化局系统剧团所存的传统戏装，并勒令市文化局把揪出的"黑帮"送去陪烧。下午，他们开始揪人，市文化局、市文联被揪出29人，其中属于市文联的有：老舍、田蓝、金紫光、张季纯、端木蕻良、骆宾基、江风7人，被用卡车送到孔庙，围着烧戏装的火堆，受到红卫兵的皮带抽打。老舍因头部被打破，提前被送回，在市文联、市文化局院内又遭揪斗，受尽凌辱。

8月24日午夜时分，老舍死于德胜门豁口外太平湖的后湖，成为"文革"动乱中的第一位殉难的中国作家，终年68岁，遗体被匆匆火化。

…………

雷加在一篇悼念骆宾基的文章里记录了8月23日那一天的情景：

8月23日，一个红卫兵小队进驻机关大院，揪出走资派大斗不已。这只是序曲，不久开进卡车，把院内所有"牛鬼蛇神"统统押上卡车。只见一阵阵无情的皮带抽打，赶着"牛鬼蛇神"爬上车厢。车厢高，资深的走资派，年老体弱，行动迟缓，不知多挨了多少打，这正是红卫兵"造反有理"所希望的。卡车拉到孔庙，那难以描述的一幕就开始了。旧戏衣堆得比山还高，全市的"牛鬼蛇神"跪在周围，前面是焚烧戏衣的熊熊大火，背后是像雨点打来的皮带。用皮带打人真是一个惊人的拙劣发明，皮带上的铜环更使之登峰造极。红8月的街头，汹涌的人群铺天盖地，一时间都站下来望着这堆大火。它烧了不知多少时辰，才蓦然收场。含冤而死的先去了，强暴一点的和坚韧的汉子留下来了。骆宾基就是其中的一个。[①]

"陪烧"毒打过后，他们又被拉回了文化局大院，一群人已经疲惫虚弱，满脸血污。骆宾基被赶至一个角落，被命令蹲下，这时，他隐约听见院心里的一群人还在继续围斗老舍。就在第二天，人们发现老舍含冤而去了。

这年秋天，骆宾基等受审查者被集中起来，先后在马神庙、团河等地边劳动边反省、检查。雷加的文章里这样写道：

骆宾基属于极其强韧的一个。他从不低头，从不认罪。时间一长，便有了不同的安排。有一阵大部分进了小"集中营"。门锁上，搜去皮带，又把电线掐断。这时他们既是犯人，又像古董文物似的保护起来。再以后，有的下放劳动，有的走进各种学习班。骆宾基可能是最独特的一个。他总是独来独往，独自被提审，独自拘留一地。他的案情越是一目了然，就越是复杂得处处有错。说起来像个苦瓜，浑身是刺。首先他是反革命分子，一度失去党的关系，又在白区两次被捕。这些他都言辞恳切，但是一句委屈自己的话都不说。他和冯雪峰关系最好，冯雪峰早已被打成反动学术权威

---

① 雷加：《生活奖章》，载《雷加作品自选集》，作家出版社，2000。

头子，骆宾基不但说邵荃麟是好人，他说冯雪峰更加"崇高"。他敢对红卫兵反驳说："三十年代，左翼文艺，左联，是红的，是党领导的。左联，左翼文艺是红线，不是黑线。这一点很清楚。"他说谁是大好人时，敞开嗓子喊出来，像是对天鸣誓一样。一块淬火的钢可以吓退一队敌人，真不假，他就是这样一副傲骨。一脸挑战的神气。他会紧闭嘴唇，嘴唇是灰白色的，一双浓眉，微微耸动；两颗黑眼珠射出冷冷的光。[①]

而涂光群是这样评价骆宾基的：

> 骆宾基从青年时代起就很崇敬的鲁迅先生，曾经高度赞扬过这种在任何情况下都不随风而转、"随行就市"，而坚持自己主义、信仰的人。他说："他们因为所信的主义，牺牲了别的一切，用骨肉碰钝了锋刃，血液浇灭了烟焰。在刀光火色衰微中，看出一种薄明的天色，便是新世纪的曙光。"骆宾基就是这种纯净的人，一个坚持真理、正义、信仰的赤子。[②]

1979年，改革开放的春风也复苏了骆宾基的创作生命。11月，他出席第四届全国文学艺术工作者代表大会，当选为中国文联委员与中国作协理事。一种不亚于当年他《读毛泽东和朱德的总攻击令》的激动和兴奋，将自己参加了第四次文代会时在小组会上的发言以诗的形式整理出来，后来就写了他的作品集《初春集》的序。他写道：

---

① 雷加：《生活奖章》，载《雷加作品自选集》，作家出版社，2000。

② 涂光群：《赤子作家骆宾基》，载《五十年文坛亲历记》，辽宁教育出版社，2005。

…………

有如

见到了

手持神斧的人

在莽莽的丛山间，

为我们

年华正茂的

社会主义祖国，

开路，

劈山！

中华民族的优秀儿女

三千，

如处

百花争妍的

春天！

它向世界宣告，

马列主义毛泽东思想，

在东方

文学艺术领域里，

已经跨入

一个新纪元！

…………

　　1982年3月23日，他重新加入中国共产党，表现了他对党的执着与热爱。不久，经过文联党支部的广泛调查求证，他于1938年失掉的组织关系也接上了，这就是说，骆宾基从未离开过党的怀抱。历时四十多年的苦闷与遗憾终于消解了，这是对他最大的安慰。

　　由此可见，真正使骆宾基甩掉沉重的思想负担，勇敢地做出抉择的，是即将进入20世纪80年代的十一届三中全会之后。这时的骆宾基和许多老作家一样，精神焕发，心情舒畅，甚至茅塞顿开，一下子明白了三十年来没有明白的问题。以前他一直以为"暴露文字"就是资产阶级旧艺术观的产物，可在第四次文代会上，他开始明确认识到"社会主义国家也要批判""歌颂与批判是一个金币的两面"[1]；同时，他又深有感触地意识到：过去自己对领袖的热爱中"带有宗教史的个人崇拜苗头"的"不加思考的一种虔诚信赖"[2]；他1949年后的创作，特别是60年代初的报告文学是"歌颂有余而批判不足"[3]，这一系列鲁迅式的自我解剖和反省，今天看上去都是一些很简单的常识性道理；可对于一位抱着文学为政治服务、做斗争工具的艺术观，而登上文坛，并一再受极左思潮冲击的骆宾基来说，这种发自内心的感知却整整经过了三十年的认识过程。

可遗憾的是，骆宾基这些认识，毕竟来得太晚了，也就是说当他意识到这些问题时，他的生活储备与艺术准备已使这位年逾花甲、半身瘫痪的老人心有余而力不足了。他很想写一写十年浩劫及极左路线给他本人和整个民族造成的空前悲剧，但艺术准备不足；想写一写打倒"四人帮"后举国上下的大好形势，可生活积累又不够；同时他又不愿大谈创作经验、搞体会总结之类的文章。在这样一种新的矛盾心境下，积极进取、自强不息的骆宾基，由在"牛棚"里疾书的金文研究手稿，点燃了他生命不息、战斗不止的一腔热情。"留把春秋在案头"的老骥精神鼓励着他又一次勇敢地拿起笔，使《关于金文新考的报告》正式见诸报刊，从此也便完成了他由作家向学者的过渡。

从1972年起，骆宾基就利用半天的病假，开始埋头于金文研究，同时兼及《诗经》《左传》等，作了大量的笔记和批注。先后完成了

---

① 骆宾基：《我们如处春天》（《〈初春集〉代序》），载《初春集》，江西人民出版社，1982。

② 骆宾基：《美学家——吕荧之死》，载《初春集》，江西人民出版社，1982。

③ 骆宾基：《〈初春集〉编后语》，载《初春集》，江西人民出版社，1982。

《春秋批注》（约十万字）、《金文新考》（约五十万字）等学术著述。还有《关于夏禹婚宴青铜礼器于殷墟出土的报告》（1979年）、《辞书和金文》（1981年）、《释义探讨：释"鸠"》（1983年）、《郑之"七穆"考》（1984年）、《释"曰"》（1986年）、《得睹天资岂恨晚——半坡遗址识陶文》（1987年）、《说"笔""壁""碑"——伏羲氏夏禹更名改制的例证》（1988年）、《古文字出自炎帝神农氏说——释"申"》（1988年）、《迎龙年，话黄帝》（1988年）、《图腾原是"族徽"说》（1988年）、《对于"淝水之战"应辩证地再认识》（1990年）等学术论文发表。

凝结了骆宾基大量心血的论著《金文新考》，积累了他多年来的研究心得，共分四个部分。其中《典籍篇》约十万字，相当于《金文新考》的序篇，其余分作三辑，包括《兵铭集》《人物集》《货币集》。《金文新考》得出的结论是：中国在公元前4000年就已经有了青铜，这和埃及的青铜时代开始的公认年限是相同的。他还进一步指出：1956年在陕西西安半坡遗址的挖掘中，就出土过铜片，是由高级合金制成的。半坡遗址经碳素测定的年代为距今六千年。由此可知，以前定半坡遗址为新石器遗址，那就完全不对了。骆宾基以自己的研究心得，希望纠正金文研究方面的"千年之误"。

可惜的是，1978年他向中国社会科学院提出一份《关于〈金文新考〉的报告》，但并未受到重视，直到1980年，这篇文章才在《学习与探索》上发表。

关于骆宾基的金文研究的著述，涂光群有这样的印象：

在我眼中的骆宾基绝不是个学究型学者，而仍然是将其一腔激情、活跃思想贯注于学术研究中的一个文学家。我读过他送给我的《诗经新解与古史新论》中的一些篇章，如1973年写成的《〈诗经·关雎〉首章新解》一篇，这不是枯燥死板的考证文字，而是用优美文笔写成，感情色彩浓郁、充满生机、情趣盎然的散文，尤其写他在吉林蛟河县的见闻，写"情挚"的雁的悲剧故事那一节。这篇《说龙》，从考证古钟鼎文的"龙"字及其演变入手立论，认为"龙"即是上古时期黄帝夫人嫘祖养蚕缫丝的那个蚕。骆宾基配了金文中最早的几个"龙"字，作为插图。我印象中有个最早的"龙"字，确实很像一条蜷缩着正在吃桑叶的蚕。所以骆宾基的考证似也言之成理。当然我也清楚，他的这一看法不一定会为学术界所接受，肯定要引来一番批评、争议。[1]

骆宾基的女儿在父亲著述过程中为他誊写了所有稿件，她回忆父亲常常对她说："我以前写的是'小说'，这才是'大说'。"无论学术界最终的定论如何，骆宾基的研究自成一家之言，为后来的研究者提供了另一种思路和参考，是值得肯定的。

重新开始文学创作的骆宾基已经拟好了自己的创作计划，1981年，在阎纯德访问他时，他说：我最好的年华已经流逝。我是可以从生活之矿中挖掘、提炼更好的作品的，可是我失去了机会，但我并没有摒弃文学。《上古时代的旅游者是文化的传播者》将在《旅行家》杂志上发表，这是我研究金文的最后一篇文章。从今年起，我将开始《文学生涯回忆录》的写作，并整理修订《幼年》和《少年》，交文化艺术出版社。回忆录计划写三部，约六十万字。几天后，即启程去我曾生活、战斗过的浙东嵊县一带访问，以便钩沉记忆里那些已记不清的人名、地名、山名，也算是补充生活吧。虽然体质弱，但我还要努力耕耘，对明天的收获我是有信心的……[2]

骆宾基在学者化道路的过程中，一再延迟或中途撤退，并不是说

---

[1] 涂光群：《赤子作家骆宾基》，载《五十年文坛亲历记》，辽宁教育出版社，2005。

[2] 阎纯德：《他，举着生命的火把——记骆宾基》，《小说林》1981年第11期。

他本人就真不具备成为学者的素质；1949年后成长起来的专家、学者也有不少是自学成才的。骆宾基没有在中华人民共和国成立初期，特别是在20世纪五六十年代，马上加入由作家变学者的行列中，是有主客观多方面因素的。

从客观上讲，中国许多才气不小的作家纷纷转向，搞起了学术研究，无论他们在这块学术园地结出怎样丰硕的成果，但对中国现当代文学来说不能不是一种损失，这大概可以称作极左思潮下中国作家的深刻悲剧。骆宾基在当时并不一定能明确意识到造成这一悲剧的历史政治因素，甚至也不一定认识到这就是一场悲剧；但他面对火热的生活时却不能无动于衷，所以不妨说是不断打动他的心弦、给他以灵魂的生活素材牵制住他迅速转化为学者。

第二个客观因素则是极左思潮下的社会现实所致。骆宾基产生告别文坛、从事研究的念头，是反胡风的极左运动所致；可骆宾基放弃研究、重新拿起创作的笔，也恰恰是极左路线下专制、强权的学术空气所致。我们不妨设想一下，如果当时是百家争鸣、各抒己见的高度民主时代，骆宾基很可能成为当时学术界的一个挑战者，而绝不会偃旗息鼓、暗中收兵。

从主观上看，骆宾基本人也并不愿放弃创作，而去搞并非他个人优势的金文研究。这一点从他在受"胡风案"牵连后产生告别创作念头不久，就按捺不住春天降临的喜悦，很快就写出《父女俩》中完全可以看出。其次是骆宾基在当时一次次极左运动中，自觉不自觉地形成一种"不求有功，但求无过"的心理；这种心理导致他不会冒着与学术权威对立的风险，而给自己带来不必要的"误会和麻烦"。以上这些因素，使骆宾基经常徘徊在创作与研究之间，陷入一种搞创作不能畅所欲言，搞研究不敢抒发己见的新的两难境地之中。

20世纪80年代至90年代的骆宾基，在春风送暖的新的历史时期，摆脱了所有困扰，追求真理的他坚定地走在学者化的道路上。作为学者的骆宾基与作为作家的骆宾基相比，尽管已是位身患残疾的老人，然而他那种革命现实主义的求实精神、不辞辛苦的性格韧性、对真善美的追求勇气却丝毫没有改变。打倒"四人帮"后，他一鼓作气写作并发表了有关古文字和文史方面的论文二十余篇，还出版了专著《诗经新解和古史新论》《瞭望时代的窗口》《金文新考》《书简·序跋·杂记》《李延禄将军的回忆》等。虽然目前学术界对他一些研究成果尚未做出一致的定评，但在金文、古史方面他对许多权威的大胆怀疑和否定，在系列论文《说"龙"》《再说"龙觚"》《三说伏羲与夏禹》①中，对中华民族的象征——龙及其他的新近考证，都在海内外学者中引起很大反响。骆宾基以"老夫喜作黄昏颂"的一腔豪情迎来了"夕阳无限好"的思想境界，三尺案头间留住了他盎然的春意，也载下了他辉煌的金秋！

　　骆宾基离开我们已经有二十五年了，当我们在"中国知网"上搜索1995年以来有关骆宾基的研究文献后，得到的结果竟然还不到八十篇，这还包括一些重复发表、回忆、介绍，和其他作家作品的比较以及在谈到萧红等其他作家时顺便提到几句之类的文字。据不完全统计，我国公开出版的期刊有十几万种，就是有十万分之一的期刊二十五年间能保证每年发表四篇的话，有关骆宾基的研究文章也会超过八十篇（在核心期刊上发表的就更是凤毛麟角，有的甚至全年就有一篇文章和他有关系）！骆宾基生前虽然就是个与世无争的人，但我们不能因此就把这样一位既涵盖和代表了不少中国现当代作家的共性，又具有独特的"骆宾基式"个性的作家拒之门外。更何况当即将结束该书的写作之际，我们再次强烈地感到：骆宾基已经不是骆宾基本人了，在他的以"共时"与"横跨"为特征的创作生涯里，投射出许多中国现当代作家的身影，这些身影使得我们能从共性上搜寻出从整个社会到单个作家的值得总结的历史经验教训；同时在近百年的中国特色的时代与政治洪流中，骆宾基又是中国现代作家的一种范型的代

---

　　① 见美国《中报》1985年5月23—25日；10月2日；12月23日。

表，他的成绩与不足为今后中国文化艺术事业的进一步繁荣发展积累了宝贵的经验。因此从这样的意义上讲，本书对骆宾基的研究可以说是对众多中国现当代作家的一种范型的剖析，因此，其中的意义和价值也就不言而喻了。

附录一　主要参考文献

赵遐秋，曾庆瑞编．中国现代小说史［M］．北京：中国人民大学出版社，1983.

杨义．中国现代小说史［M］．北京：人民文学出版社，1988.

王瑶．中国新文学史稿［M］．上海：上海文艺出版社，1983.

唐弢．中国现代文学史（三）［M］．北京：人民文学出版社，1999.

韩文敏．现代作家骆宾基［M］．北京：北京燕山出版社，1989.

徐宗伟．珲春乡土志·跋［M］．黑龙江省图书馆藏书，油印本．

易庵．间岛问题［M］．光绪戊申年间版（上海）．

鲁迅．鲁迅全集［M］．北京：人民文学出版社，2005.

萧军．五月的矿山［M］．北京：作家出版社，1954.

巴金．随想录（第1集）［M］．北京：人民文学出版社，1980.

勃兰兑斯．十九世纪文学主流·英国的自然主义［M］．北京：人民文学出版社，1984.

勃兰兑斯．十九世纪文学主流·德国的浪漫派［M］．北京：人民文学出版社，1981.

毛泽东．毛泽东选集：第2卷［M］．北京：人民出版社，1952.

毛泽东．毛泽东选集：第3卷［M］．北京：人民出版社，1953.

黑龙江社会科学院历史研究所编．东北近百年史讲话［G］．哈尔滨：黑龙江人民出版社，1984.

郭沫若. 沸羹集 [M]. 上海：新文艺出版社，1952.

艾青. 诗论 [M]. 北京：人民文学出版社，1983.

王观泉. 萧红短篇小说集 [M]. 哈尔滨：黑龙江人民出版社，1982.

列宁. 列宁全集 [M]. 北京：人民出版社，1976.

别林斯基. 别林斯基选集：第3卷 [M]. 上海：上海译文出版社，1981.

布尔索夫. 俄国革命民主主义者美学中的现实主义问题 [M]. 北京：中国社会科学出版社，1980.

高尔泰. 论美 [M]. 兰州：甘肃人民出版社，1980.

笠原仲二. 古代中国人的美意识 [M]. 北京：北京大学出版社，1987.

谭正璧. 中国女性文学史话 [M]. 天津：百花文艺出版社，1984.

霭理士. 性心理学 [M]. 潘光旦，译. 北京：生活·读书·新知三联书店，1988.

于立影. 骆宾基评传 [D/OL]. 长春：东北师范大学，2006.

骆宾基. 边陲线上 [M]. 长春：吉林人民出版社，1984.

骆宾基. 大上海的一日 [M]. 上海：上海文化生活出版社，1938.

骆宾基. 夏忙 [M]. 烽火社，1939.

骆宾基. 东战场别动队 [M]. 上海：大路出版公司，1940.

骆宾基. 吴非有 [M]. 桂林：文化供应社，1942.

骆宾基. 播种者 [M]. 大地图书公司，1943.

骆宾基. 一个倔强的人 [M]. 永安：东南出版社，1944.

骆宾基. 蓝色的图们江 [M]. 上海：上海新丰出版公司，1947.

骆宾基. 五月丁香 [M]. 上海：建文书店，1947.

骆宾基. 北望园的春天 [M]. 上海：新文艺出版社，1953.

骆宾基. 混沌 [M]. 北京：作家出版社，1954.

骆宾基. 老魏俊与芳芳 [M]. 北京：作家出版社，1958.

骆宾基. 萧红小传 [M]. 哈尔滨：黑龙江人民出版社，1981.

骆宾基. 过去的年代 [M]. 哈尔滨：黑龙江人民出版社，1979.

骆宾基. 骆宾基短篇小说选 [M]. 北京：人民文学出版社，1980.

骆宾基. 初春集 [M]. 南昌：江西人民出版社，1982.

骆宾基. 骆宾基小说选 [M]. 长沙：湖南人民出版社，1982.

骆宾基. 诗经新解与古史新论 [M]. 太原：山西人民出版社，1985.

骆宾基. 书简·序跋·杂记 [M]. 西宁：青海人民出版社，1986.

骆宾基. 金文新考 [M]. 太原：山西人民出版社，1987.

骆宾基. 瞭望时代的窗口 [M]. 北京：人民日报出版社，1988.

骆宾基. 大后方 [M]. 北京：作家出版社，1990.

骆宾基. 中国上古社会新论 [M]. 北京：华文出版社，1991.

骆宾基. 骆宾基——中国现代作家选集 [M]. 香港：三联书店（香港）有限公司、人民文学出版社联合出版，1994年香港版.

骆宾基. 乡情小说 [M]. 上海：上海文艺出版社，1997.

骆宾基. 混沌初开 [M]. 北京：北京十月文艺出版社，1998.

常勤毅. 女性描写：继承与批判的双刃剑——兼论中西作家的女性审美观 [J]. 中国人民大学复印报刊资料·外国文学研究，1993（7）.

常勤毅. 论抗日东北作家群及其作品的人格倾向和美学品格 [J]. 中国人民大学复印报刊资料·中国现当代文学研究，2013（5）.

常勤毅. 新中国建立后骆宾基创作的"横跨"特征 [J]. 社会科学战线，2013（12）.

常勤毅. 战乱中奴、主的悲喜剧——兼论《老女仆》与《潘先生在难中》的审美同构关系 [J]. 宁波大学学报（人文科学版），2005（5）.

附录二　骆宾基著作年表

边陲线上（长篇小说）

1936 年作；1939 年 11 月由上海文化生活出版社出版，署名骆宾基（以下凡未注明者，均署骆宾基）。

救护车里的血（报告文学）

1937 年作；载《烽火》1937 年 9 月 12 日第 2 期；初收 1938 年 5 月上海文化生活出版社版《大上海的一日》。

我有右胳膊就行（报告文学）

1937 年作；载《烽火》1937 年 9 月 19 日第 3 期；初收 1938 年 5 月上海文化生活出版社版《大上海的一日》。

在夜的交通线上（报告文学）

1937 年作；载《烽火》1937 年 9 月 26 日第 4 期；初收 1938 年 5 月上海文化生活出版社版《大上海的一日》。

难民船（报告文学）

1937 年作；载《烽火》1937 年 10 月 10 日第 6 期；初收 1938 年 5 月上海文化生活出版社版《大上海的一日》。

拿枪去（报告文学）

1937 年作；载《烽火》1937 年 10 月 17 日第 7 期；初收 1938 年 5 月上海文化生活出版社版《大上海的一日》。

一星期零一天（报告文学）

1937 年 11 月作；载《烽火》1938 年 5 月 1 日第 13 期；初收 1938

年5月上海文化生活出版社版《大上海的一日》。

失去巢的人们（报告文学）

1938年作；初收1939年9月烽火社版《夏忙》。

落伍兵的话（报告文学）

1938年6月作；初收1939年9月烽火社版《夏忙》。

在庙宇里（报告文学）

1938年4月作；载《文艺阵地》1938年5月16日第1卷第3期；初收1939年9月烽火社版《夏忙》。

戏台下的风波（速写）

1938年5月作；载《文艺阵地》1938年7月1日第1卷第6期；初收1939年9月烽火社版《夏忙》。

意外的事情（报告文学）

1938年8月作；载《文艺阵地》1938年9月16日第1卷第11期；初收1939年9月烽火社版《夏忙》。

《边陲线上》后记（散文）

1938年6月作；初收1939年11月上海文化生活出版社版《边陲线上》。

夜与昼（散文）

1938年9月作；载《鲁迅风》1939年1月8日第2期；初收1939年9月烽火社版《夏忙》。

罪证（中篇小说）

1938年冬作；以《水火之间》为题目载1940年7月《文阵丛刊》之一（《水火之间》）及1940年8月《文阵丛刊》之二（《论鲁迅》），约连载三分之二；以《被损害的人》为题目载《中学生》1943年4月至9月第62至67期；1946年8月由上海民声书店初版。

诗人的忧郁（速写）

1937年2月作；载《文艺阵地》1939年2月16日第2卷第9期；初收1939年9月烽火社版《夏忙》。

东战场别动队（报告文学）

1938年冬至1939年春作；载《文艺阵地》1938年12月16日至1939年4月1日第2卷第5、6、7、8、12期；1940年5月由上海大路出版公司初版。

两只箱子（报告文学）

1939年作；载《鲁迅风》1939年5月20日第14期。

千人塔下的声音（短篇小说）

1939年9月作；载《文艺阵地》1939年12月16日第4卷第4期；初收1947年东北书店版《一天的工作》。

播种者（散文）

1940年作；载《刀与笔》1940年2月25日第3期；初收1943年5月大地图书公司版《播种者》。

纪念孙中山先生逝世十五周年（杂文）

署名张普君；载《战旗》（革新号）1940年3月15日第81期。

关于宪政（杂文）

署名金阳；载《战旗》（革新号）1940年3月25日第82期。

欧洲和远东（杂文）

署名金阳；载《战旗》（革新号）1940年3月25日第82期。

七十五届议会后敌国国民将怎样生活（杂文）

署名金阳；载《战旗》（革新号）1940年4月5日第83期。

男女间（中篇小说《吴非有》中之一章）

1940年5月作；载《现代文艺》1940年5月25日第1卷第2期。

吴非有（中篇小说）

1940年4月至1941年2月作；载《自由中国》1941年7月15日至1942年1月10日新1卷第2、3、4期及1942年1月第5、6期合刊；1941年由桂林文化供应社初版。

生与死（短篇小说）

1940年除夕作；载《中学生》1941年4月20日第42期；初收

1943年5月大地图书公司版《播种者》。

寂寞（短篇小说）

1941年作；1941年8月桂林文献出版社版（现实文丛之一）。

鹦鹉和燕子（童话）

1941年作；1946年9月由桂林文化供应社初版（少年文库）。

人与土地（长篇小说）

1941年作；载《时代文学》1941年9月至11月。

仇恨（中篇小说）

1941年秋作；在太平洋战争中部分原稿遗失，1943年年初补完；载《笔谈》1941年11月至12月第5、6、7期；1944年6月以《一个倔强的人》为题，由福建永安东南出版社初版；1982年1月又改以《胶东的"暴民"》为题收入湖南人民出版社版《骆宾基小说选》。

答读者（书信）

1941年9月作；初收1943年5月大地图书公司版《播种者》。

站在犀牛岭上（散文）

1941年9月作；载《笔谈》1941年10月16日第4期；改以《记犀牛岭》为题收入1943年5月大地图书公司版《播种者》。

幼年（《姜步畏家史》第二部中之一章）

1941年秋作；载《文艺生活》1941年11月15日第1卷第3期；改以《庄户人家的孩子》为题载《人世间》1942年10月15日至1943年4月1日第1卷第1至4期；初收1946年4月新知书店《二十九人自选集》。

生活的意义（短篇小说）

1941年冬作；载《文学报》1942年6月20日第1号；初收1947年8月上海星群出版社版《北望园的春天》。

萧红逝世四月感（散文）

1942年5月作；载《半月文萃》1942年7月20日第1卷第3期；初收1943年5月大地图书公司版《播种者》。

孤独（散文）

1942年5月作；初收1943年5月大地图书公司版《播种者》。

鸡鸣与狗吠（散文）

1942年6月作；载《文化杂志》1942年7月25日第2卷第5期；初收1943年5月大地图书公司版《播种者》。

乡居小记（散文）

1942年6月作；收1942年11月桂林华华书店版《雪山集》。

周启之老爷（短篇小说）

1942年9月作；载《青年文艺》1942年11月15日第1卷第2期。

老爷们的故事（短篇小说）

1942年10月作；载《创作月刊》1942年12月15日第2卷第1期；初收1982年1月湖南人民出版社《骆宾基小说选》。

老女仆（短篇小说）

1942年冬作；初收1947年8月上海星群出版社版《北望园的春天》。

红玻璃的故事（短篇小说）

1943年1月作；载《人世间》1943年1月15日第1卷第3期；初收1947年8月上海星群出版社版《北望园的春天》。

读诗小记（随笔）

1943年1月作；载《青年文艺》1943年5月15日第1卷第5期。

萧红逝世一周祭（散文）

1943年3月作；载《青年文艺》1943年3月15日第1卷第4期。

乡亲——康天刚（短篇小说）

1943年春作；载《文学报》1943年5月10日第1卷第1期；初收1943年8月上海星群出版社版《北望园的春天》。

北望园的春天（短篇小说）

1943年作；载《文学创作》1943年10月1日第2卷第4期小说专号；初收1947年8月上海星群出版社版《北望园的春天》。

幼年（长篇小说《幼年》一至五章）

1942年至1943年作；载《人世间》1943年10月15日至1944年4月1日第1卷第1至4期；初收1944年5月桂林三户书店版《姜步畏家史第一部：幼年》（下简称《幼年》）。

一个唯美派画家的日记——当那幅油画诞生的时候（短篇小说）

1943年作；载《当代文艺》1944年1月1日第1卷第1期；初收1982年1月湖南人民出版社版《骆宾基小说选》。

蓝色的图们江（中篇神话）

1943年作；载《文学杂志》1943年7月1日至11月5日创刊号至第1卷第2期。

三月书简（随笔）

1943年作；载《当代文艺》1944年4月1日第1卷第4期；初收1982年10月江西人民出版社版《初春集》。

一九四四年的事件（短篇小说）

1944年4月作；载《文学创作》1944年6月15日第3卷第2期；初收1947年8月上海星群出版社版《北望园的春天》。

新诗和诗人（杂文）

1944年作；初收1982年10月江西人民出版社版《初春集》。

幸运的人们——旅途小记（速写）

1944年作；载《新华日报》1944年7月10日第4版。

冬天（长篇小说《幼年》中的一章）

1944年作；载《抗战文艺》1944年9月第9卷第3、4期合刊；初收1944年5月桂林三户书店版《幼年》。

红旗河上的新年（长篇小说《幼年》中一章）

1944年作；载《青年文艺》1944年9月新1卷2期；初收1944年5月桂林三户书店版《幼年》。

在学校里（长篇小说《幼年》中的一章）

1944年；载《青年文艺》1944年10月10日新1卷3期；初收1944

年5月桂林三户书店版《幼年》。

大风暴中的人物——评丁玲的《我在霞村的时候》

载《抗战文艺》1944年12月第6卷第5、6期合刊；初收1982年10月江西人民出版社版《初春集》。

窝棚（长篇小说《幼年》中的一章）

1944年作；载《文哨》1945年5月第1卷第1期。

少年（长篇小说《少年》中的一章）

1944年作；载《文艺杂志》1945年6月25日新1卷第1、2期合刊及《文艺杂志》1945年9月15日新1卷第3期。

一个坦白人的自述（短篇小说）

1945年作；载《希望》1945年12月第1集第1期；初收1947年8月上海星群出版社版《北望园的春天》。

秋收（长篇小说《少年》中的一章）

1945年作；载《文萃》1945年12月11日第10期。

萧红小论——纪念萧红逝世四周年（评论）

1946年1月作；载《新华日报》1946年1月22日第4版。

一个奉公守法的官吏（短篇小说）

1946年1月作；载《新华日报》1946年1月23日第4版；初收1953年6月上海新文艺出版社版《北望园的春天》。

论感伤（论说文）

1946年1月13日作；初收1982年10月江西人民出版社版《初春集》。

贺大杰的家宅（短篇小说）

1946年作；载《文讯月刊》1946年3月15日新3号第6卷第3期；初收1947年8月上海星群出版社版《北望园的春天》。

《罪证》后记（序跋）

1946年7月19日作；初收1946年8月上海民声书店版《罪证》。

可疑的人（短篇小说）

1946年6月作；载《文艺复兴》1946年8月第2卷第1期；初收1982年湖南人民出版社版《骆宾基小说选》。

氤氲（长篇小说《少年》中的一章）

1946年作；载《清明》1946年6月10日至10月15日第2至4期。

地主之家（长篇小说《少年》中的一章）

1946年作；载《侨声报》文艺副刊1946年8月12日至12月9日。

节日（长篇小说《少年》中的一章）

1946年作；载《文艺复兴》1946年8月15日第3卷第2期。

萧红小传（传记）

1946年秋作；载《文萃》1946年11月14日至1947年1月1日第6至11期；1947年7月上海建文书店初版。

《萧红小传》后记（序跋）

1946年11月19日作；初收1947年7月上海建文书店版《萧红小传》。

由于爱（短篇小说）

1947年1月作；载《同代人》1947年4月20日第1期第1集；初收1953年6月上海新文艺出版社版《北望园的春天》。

姜仰山的农舍（长篇小说《少年》中的一章）

1946年作；载《文艺春秋》1947年2月15日第4卷第2期。

下屯去（长篇小说《少年》中的一章）

1946年至1947年作；载《文艺复兴》1947年7月1日第1卷第1期。

五月丁香（话剧）

1946年至1947年作；1947年8月上海建文书店初版。

给C君（诗）

1947年1月作；载《大公报》1947年1月14日。

海上人间（报告文学）

1947年初作；载《人世间》1947年3月复刊第1期。

我欢呼，我怀念，我又担心呀！（诗）

1949年4月22日作；载香港《大公报》1949年4月27日。

读毛泽东和朱德的总攻击令（诗）

1949年4月23日作；载香港《文汇报》1949年4月25日。

虐杀者与战士（杂文）

1949年4月11日作；载香港《大公报》副刊1949年4月14日；初收1982年10月江西人民出版社版《初春集》。

马小贵和牛连长（短篇小说）

1950年作；初收1953年6月上海新文艺出版社版《北望园的春天》。

纪念高尔基学习高尔基（散文）

1950年6月作；载《青岛日报》1950年6月18日；初收1982年10月江西人民出版社版《初春集》。

替身寡妇竖牌坊（民间故事）

署名羽衣；1950年6月作；载《山东文艺》1950年7月15日第1卷第2期。

张保洛的回忆（短篇小说）

1950年8月5日急就章；载《山东文艺》1950年9月15日第1卷第4期；1951年山东人民出版社初版。

国庆大典观礼记（速写）

1950年10月作；载《山东文艺》1950年10月15日第1卷第5期。

有理由自豪，但并不满足（杂文）

1950年12月作；载《山东文艺》1951年2月1日第2卷第2期。

我们带回来的是什么？（散文）

1951年1月作；载《大众日报》1951年1月13日；初收1982年10月江西人民出版社版《初春集》。

故事新写（故事）

署名金羽；1951年3月1日作；载《群众文艺》1951年3月第3卷

第5期。

英雄气概与生产艺术家（杂文）

1951年作；载《山东文艺》1951年4月1日第2卷第3、4期合刊，初收1982年10月江西人民出版社版《初春集》。

纪念民盟先烈的几句话（散文）

署名一民；1951年作；载《大众日报》1951年7月15日；初收1982年10月江西人民出版社版《初春集》。

王妈妈（短篇小说）

1952年1月至3月作；载《人民文学》1953年5月第5期；1953年12月人民文学出版社初版。

夜走黄泥岗（短篇小说）

1953年10月作；载《人民文学》1953年12月第12期；初收1963年10月作家出版社版《山区收购站》。

旅途（短篇小说）

1953年11月作；载《人民文学》1954年5月第5期；初收1956年11月作家出版社版《年假》。

年假（短篇小说）

1954年3月作；载《人民文学》1954年4月第4期；初收1956年11月作家出版社版《年假》。

略谈契诃夫（短论）

1954年6月作；载《人民文学》1954年7月第7期；初收1982年10月江西人民出版社版《初春集》。

交易（短篇小说）

1954年11月至12月作；载《人民文学》1955年3月第3期；初收1956年11月作家出版社版《年假》。

父女俩（短篇小说）

1955年作；载《人民文学》1956年10月第10期；初收1956年11月作家出版社版《年假》。

以往和未来（杂文）

1957年初稿；载《文艺报》1957年4月24日第3号。

老魏俊与芳芳（短篇小说）

署名张怀金；1957年3月作；载《人民文学》1957年4月第4期，初收1958年8月作家出版社版《老魏俊与芳芳》。

《萧红选集》后记（序跋）

1958年作；收入1958年12月人民文学出版社版《萧红选集》，署名编者。

十年，奔驰了百年的路（诗）

1959年夏作；载《北方文学》1959年10月国庆特大号第10期。

抗联四军的"童年"（革命回忆录）

1959年夏作；载《北方文学》1958年7月5日第7期与8月5日第8期。

疾风知劲草（革命回忆录）

1960年春作；载《北方文学》1960年2月5日第2期与3月5日第3期；转载1960年5月24日《收获》第3期。

响应号召，持续跃进（杂文）

1960年春作；载《北方文学》1960年4月5日第4期。

社员之家（电影剧本初稿）

1960年作；载《北方文学》1960年5月5日第5期和6月5日第6期；与陈桂珍、丛深合写。

少年英雄何畏（革命回忆录）

1960年春作；载《黑龙江日报》1960年5月29日第3版。

争取做红色文艺工作者（杂文）

1960年夏作；载《北方文学》1960年9月5日第9期。

黑龙江大合唱（歌词）

1960年作；载《黑龙江日报》1961年1月15日；与严辰、逯斐等人合写。

在大跃进的日子里（报告文学）

1960年10月20日作；载《哈尔滨文艺》1961年1月新年特大号；刘长义口述，骆宾基整理。后改名为《当轧钢厂在香坊诞生的时候》，编入《初春集》。

轻工业中一枝花（报告文学）

1960年作；初收1982年10月江西人民出版社版《初春集》。

白衣指挥者和十六条生命（报告文学）

1960年12月4日作；初收1982年10月江西人民出版社版《初春集》。

山区收购站（短篇小说）

1961年5月作；载《人民文学》1961年7月20日第7、8期合刊；初收1963年10月作家出版社版《山区收购站》。

富饶迷人的黑河（散文）

1961年作；载《北方文学》1961年11月5日11月号；初收1982年10月江西人民出版社版《初春集》。

航行在黑龙江上（散文）

1961年11月25日作；初收1982年10月江西人民出版社版《初春集》。

"燕子峡"外（散文）

1961年作；初收1982年10月江西人民出版社版《初春集》。

大车轱辘和家具（短篇小说）

1961年作；载《人民文学》1962年1月12日第1期；改以《初冬》为题收入1963年10月作家出版社版《山区收购站》。

草原上（报告文学）

1962年1月作；载《人民日报》1962年2月24日；初收1963年10月作家出版社版《山区收购站》。

高举毛泽东旗帜前进（杂文）

1962年4月27日作；载《北方文学》1962年6月5日第6期。

白桦树荫下（短篇小说）

1962年作；载《人民文学》1962年7月12日第7期；初收1963年10月作家出版社版《山区收购站》。

暴雨之后（短篇小说）

1962年7月作；载《北京文艺》1962年8月第8期；初收1963年10月作家出版社版《山区收购站》。

关于饲养员给狗咬伤的问题（短篇小说）

1947年8月作；载《收获》1958年第1期；初收1958年8月作家出版社版《老魏俊与芳芳》。

黄昏以后（短篇小说）

1957年10月8日作；载《人民文学》1957年11月第10期；改以《黄昏》为题；初收1958年8月作家出版社版《老魏俊与芳芳》。

月出（短篇小说）

1957年10月8日至1958年2月1日作；载《北京文艺》1958年2月20日第2期；初收1963年10月作家出版社版《月出》。

夜归（短篇小说）

1957年10月8日至1958年2月1日作；载《新港》1958年3月1日第2、3期合刊；初收1958年8月作家出版社版《老魏俊与芳芳》。

夜晚（短篇小说）

1957年11月7日作；载《人民文学》1958年1月第1期；初收1958年8月作家出版社版《老魏俊与芳芳》。

半夜（短篇小说）

1958年11月18日作；初收1958年8月作家出版社版《老魏俊与芳芳》。

六月的早晨（短篇小说）

1958年2月17日作；初收1958年8月作家出版社版《老魏俊与芳芳》。

从王府井大街所见而想起的（随笔）

1958年初作；载《人民文学》1958年2月第2期；初收1982年10月江西人民出版社版《初春集》。

午睡的时候（短篇小说）

1958年3月15日作；初收1958年8月作家出版社版《老魏俊与芳芳》。

《老魏俊与芳芳》后记（序跋）

1958年3月作；初收1958年8月作家出版社版《老魏俊与芳芳》。

"东北号"江轮上（散文）

1962年8月10日作；初收1982年10月江西人民出版社版《初春集》。

一九二六年秋天在苇河（报告文学）

1962年作；载《人民文学》1963年1月12日第1期；初收1982年10月江西人民出版社版《初春集》。

春天的报告（报告文学）

1963年春作；载《人民日报》1963年4月24日第6版；初收1963年人民日报出版社人民日报报告文学选集《春天的报告》。

《山区收购站》后记（序跋）

1963年5月作；载《北京文艺》1963年6月4日第6期；初收1963年10月作家出版社版《山区收购站》。

结婚之前（话剧）

1963年至1964年作；载《剧本》1964年11月20日第11期。

东北的冬天（散文）

1963年作；载《人民画报》1964年2月第2期；初收1982年10月江西人民出版社版《初春集》。

六十自述（自传）

1977年10月作；收入1980年5月人民文学出版社版《骆宾基短篇小说选》。

我的创作历程（论文）

1977年年底至1979年春作；初收1980年5月人民文学出版社版《骆宾基短篇小说选》。

《过去的年代》后记（序跋）

1978年10月31日作；初收1979年6月黑龙江人民出版社版《过去的年代》。

生死场、艰辛路——萧红简传（传记）

1979年7月20日作；载《十月》1980年1月第1期；初收1982年10月江西人民出版社版《初春集》。

悼冯雪峰同志（散文）

1979年作；载《鸭绿江》1979年10月第10期；初收1982年10月江西人民出版社版《初春集》。

我们处在百花争妍的春天（诗）

1979年11月作；1979年11月24日再整理；载香港《文汇报》1979年12月9日；后改题为《我们如处春天》初收1982年10月江西人民出版社版《初春集》。

从《诗经》看殷周三世姻缘关系（论文）

1979年作；载《柳泉》1980年6月创刊号。

写在孔厥著《灯塔》出版之前（序跋）

1979年12月29日作；载《文艺理论研究》1980年创刊号；初收1982年10月江西人民出版社版《初春集》。

中国新考古学发掘系统的辉煌贡献（杂文）

1980年6月30日作；初收1982年10月江西人民出版社版《初春集》。

紫禁城内有待重新开垦的古文化领域（随笔）

1980年6月30日作；初收1982年10月江西人民出版社版《初春集》。

珍贵的青铜彝器（随笔）

1980年作；载《紫禁城》1980年第2期。

关于《金文新考》的报告（给中国社会科学院的报告）

1980年春作；载《学习与探索》1980年11月15日第6期；1981年《新华月报》文摘版曾做专题简介。

写在《萧红选集》出版之前（杂文）

1980年作；载《长春》1980年7月第7期；初收1982年10月江西人民出版社版《初春集》。

《萧红小传》修订版自序（序跋）

1980年6月4日作；改以《〈萧红小传〉订正版前记》为题，载1981年《新苑》第2期；初收1981年11月黑龙江人民出版社版《萧红小传》。

《萧红小传》修订版编后记（序跋）

1980年8月26日作；初收1981年11月黑龙江人民出版社版《萧红小传》。

美学家——吕荧之死（散文）

1980年9月5日作；载香港《文汇报》1980年10月4日；初收1982年10月江西人民出版社版《初春集》。

镜泊湖畔（电影文学剧本）

1960年10月作；1981年春定稿；载《电影创作》1981年12月6日第12期。

初到哈尔滨的时候（散文）

1980年11月作；载《哈尔滨日报》1981年2月15日；初收1982年10月江西人民出版社版《初春集》。

致蒋天佐的信（书信）

1980年12月28日作；载《学习与探索》1981年5月第3期。

《诗经·关雎》长句新解（上篇）（论文）

1980年作；载《百花洲》1981年1月第1期。

关于我的报告文学及其他——《诗文自选集》编后记（序跋）

1980年秋作；载《文艺理论研究》1981年3月第1期；该集后撤

出诗选部分，只留一诗作为代序，改名为《初春集》出版。

古金文"羊角"是族称（论文）

1981年1月作；载《北京日报》1981年1月30日。

《骆宾基小说选》后记（序跋）

1981年1月作，初收1982年1月湖南人民出版社版《骆宾基小说选》。

骆宾基复宫尾正树先生的信（书信）

1981年3月16日作；载《江城》1981年6月第6期。

《幼年——〈姜步畏家史〉第一部》自序（序跋）

1981年3月18日作；载《文学报》1981年5月14日；初收1982年3月文化艺术出版社版《幼年》。

悼念茅盾先生（散文）

1981年4月作；载《北京日报》1981年4月12日。

与茅盾先生第一次见面的前后（散文）

1981年春作；载《中国建设》1981年7月第30卷第7期。

茅盾先生题签《金文新考》的附记（散文）

1981年春作；载《北京文学》1981年8月第8期。

太平洋战争爆发之后（散文）

1981年春作；载《北方文学》1981年6月第6期；初收1982年10月江西人民出版社版《初春集》。

多读、多看、多写（书信）

1981年3月26日作；载《文学报》1981年11月26日。

《诗·绵》篇新解（论文）

1981年9月作；载《学术研究》1982年9月20日第5期。

戈悟觉著《记者和她的故事》（序跋）

1981年10月作；载《奔流》1982年8月10日第8期。

僖公五年载"杞伯姬来朝有子"新解（论文）

1982年5月28日作；载《中小学语文教学》（青海师院中文系

编）1982年9月1日第9期。

庐山行之一——仙人洞外（诗）

1982年作；载《百花洲》1982年11月第6期。

庐山行之二——盘山道上（诗）

1982年作；载《百花洲》1982年11月第6期。

关于作者——柳溪长篇《功与罪》代序（序跋）

1982年作；载《天津日报》1982年7月15日。

关于《镜泊湖畔》的信（书信）

1982年作；载《电影创作》1982年8月6日第8期。

重读《边陲线上》有感（散文）

1982年7月4日作；载《丑小鸭》1982年10月25日第10期。

晋与周非兄弟之族说——以《史记》所载"文公之命"证《春秋左传》已为伪笔所篡改（上）（论文）

1982年作；载《中小学语文教学》（青海师院中文系编）1982年11月1日第11期。

晋与周非兄弟之族说——以《史记》所载"文公之命"证《春秋左传》已为伪笔所篡改（下）（论文）

1982年作；载《中小学语文教学》（青海师院中文系编）1982年12月15日第12期。

怀念郭沫若 师承其创新精神（散文）

1982年11月16日至12月8日作；载《社会科学》1983年3月15日第3期。

八十年代一座农业里程碑（报告文学）

1982年10月作；载《百花洲》1983年7月第4期。

初访"神坛"（第一夜）（回忆录）

1983年2月9日作；载《新文学史科》1983年5月至8月第2期至3期。

要重视四十年代的文学作品（书信）

1981年作；载《文学报》1982年1月7日。

我的笔名的由来（随笔）

载《文学报》1983年10月27日。

三月书怀·宣誓归来（诗）

载《北京日报》1982年7月13日。

"剡溪美展"前言（杂文）

载《文汇报》1983年3月16日。

生活是文学艺术之源（杂文）

载《人民日报》1984年3月5日。

一九四〇年初春的回忆（散文）

载《作家》（长春）1984年9月。

"从拿来主义"说起（杂文）

载《文艺报》1984年2月。

从叔孙氏始祖"僖叔"的亲称看齐鲁三世属于古昭穆制的婚姻关系（论文）

载《克山师专学报》1984年2月。

一曲优美的赞歌——《"修氏理论"和它的女主人》读后（随笔）

载《文学报》1984年4月26日。

我看到的"工农兵"（杂文）

载《支部生活》（北京）1984年10月15日。

希望寄托在这一代（杂文）

载《文艺报》1984年9月。

《蓝色的图们江》自序（序跋）

载《文汇报》（香港）1985年4月1日。

说龙（论文）

载《中报》（美国）1985年5月23日至5月25日。

再说"龙瓠"（论文）

载《中报》（美国）1985年10月2日。

三说伏羲与夏禹（论文）

载《中报》（美国）1985年12月24日。

瞭望时代的窗口——读《经济和人》想到的（随笔）

载《文学报》1986年4月13日。

两个时代阶段的农民朋友（报告文学）

载《中国》1985年1月。

骆宾基致李起超（书信）

载《今日文坛》（贵州）1985年1月。

诗经新解和古史新论（专著）

山西人民出版社1986年版。

书简·序跋·杂记

青海人民出版社1986年版。

龙王庙两尊主体相背的塑像考（论文）

载《民间文学论坛》1986年6月。

八六年书怀——纪念金剑啸殉国五十周年（诗）

载《哈尔滨日报》1986年8月15日。

金文新考

山西人民出版社1987年版。

瞭望时代的窗口（"百家丛书"之一）

人民日报出版社1988年版。

李延禄将军的回忆——关于东北抗日联军第四军的报告

湖南人民出版社1988年版。

大后方（现代作家创作丛书）

作家出版社1990年版。

中国上古社会新论

华文出版社1991年版。

骆宾基——中国现代作家选集

三联书店（香港）有限公司、人民文学出版社联合编辑出版，

1994年香港版。

乡情小说（王彬选编）

上海文艺出版社1997年版。

混沌初开

北京十月文艺出版社1998年版。

附录三　骆宾基研究资料索引

国内部分

茅盾：大上海的一日（《文艺阵地》1938年第8期）

贺依：论《边陲线上》（《文艺阵地》丛书1940年，《水火之间》）

华君：骆宾基的长篇小说《姜步畏家史》第一部读后（《新华日报》1944年9月25日）

萧白：生活的意义（1948年《同代人文艺丛刊》创刊号）

胡绳：关于《北望园的春天》——兼评萧白对骆宾基的批评（《小说月刊》1948年8月第1卷第2期）

聂绀弩：迎骆宾基（《大公报》1949年4月7日）

司马梵霖：琐记——关于骆宾基的几则琐忆（《人世间》1948年7月5日第3卷第1期）

流金：《谈〈混沌〉》（《人世间》1948年7月10日第2卷第5至6期合刊）

珞山：读骆宾基的《年假》（《文艺报》1954年7月15日第13号）

姚虹：发掘生活的矿藏——读骆宾基的小说集《年假》（《文艺报》1957年12月1日）

吴延瑨：读《夜走黄泥岗》（《文艺报》1954年4月15日第7号）

任愫：曹英——高小毕业生和收购员的榜样——读小说《山区收

购站》（1961年9月29日《黑龙江日报》）

舸勤：描绘农村生活的收获——读《山区收购站》（《光明日报》1963年12月26日）

林志浩：为农村新貌和新人而讴歌——试评短篇小说集《山区收购站》（《北京文艺》1963年11月）

魏金枝：别具一格的一个短篇集——读《山区收购站》（《文艺报》1964年2月）

彦火：骆宾基与《金文新考》（《明报》1982年6月14日）

陈无言：骆宾基短篇小说集作家要再提笔创作（《明报》1980年7月29日）

丁周：从《边陲线上》到《金文新考》（《中国建设》1980年12月）

高进贤：根生大地，渴饮甘泉——访骆宾基（《文艺报》1981年4月）

张洁：帮我写出第一篇小说的人——记骆宾基叔叔（《北方文学》1981年11月）

萧白：重逢骆宾基（《文学报》1981年2月25日）

刘慧心：老作家骆宾基（《西湖》1982年8月）

关松亭：作家与时代——访骆宾基（《星火》1982年10月）

谢永旺：经得住时间淘选的作品——重读《夜走黄泥岗》（《星火》1982年10月）

夏华：试谈骆宾基短篇小说的人物刻画（《扬州师院学报》1982年1月）

马肖瑞：骆宾基的青少年时代（《人物》1982年6月）

张胜捷：留把春秋在案头——访老作家骆宾基（《新观察》1982年第21期）

丛杨等：骆宾基（作家传）（《海燕》1983年6月）

丁言昭：桃花潭水深千尺——重读骆宾基同志《萧红小传》有感（《延边大学学报》1983年2月）

罗迦：重逢——记骆宾基（《百花洲》1983年5月）

赖丹：生活的折光——试论骆宾基短篇小说创作的思想艺术（《龙岩师专学报》1983年1月）

韩文敏：骆宾基和他的第一位导师（《克山师专学报》1983年2月）

韩文敏：漫评日本的骆宾基研究（《抗战文艺研究》1984年2月）

韩文敏：骆宾基和热爱他的日本朋友们（《中日文化与交流》1，中国展望出版社，1984）

韩文敏：日本的骆宾基研究（《中日文化与交流》2，中国展望出版社，1984）

闻敏：致西野广祥（《中日文化与交流》3，中国展望出版社，1984）

韩文敏：关于骆宾基的《幼年》（《延边大学学报》1984年4月）

赵成：访骆宾基（《北京文学》1984年1月）

李春燕：一位给人以希望和力量的作家——谈骆宾基的小说创作（《学术研究丛刊》1984年1月）

赵伟：月是故乡明——致著名作家骆宾基同志一封信（《大众日报》1984年12月30日）

刘景华：漫论骆宾基（《花城》1984年4月）

韩文敏：从《北望园的春天》谈起——关于骆宾基三四十年代的创作（《中国现代文学研究丛刊》1985年4月）

王培元：对于生活的思索和追求——骆宾基四十年代文学创作读后（《东北现代文学史料》9）

蒋源伦：骆宾基传略（《东北现代文学史料》9）

诃卓：骆宾基著作年表（《东北现代文学史料》9）

翟耀：一部别具特色的长篇小说——骆宾基《幼年》艺术风格管窥（《沈阳师院学报》1986年5月1日）

蔡栋：从作家到学者（《湖南日报》1986年7月2日）

肖燕立：骆宾基著述丰收（《北京晚报》1986年8月31日）

赵园：骆宾基在四十年代小说坛（《北京社会科学》1986年1月）

卢阴：中华五千年文明史的问题——卢阴给骆宾基先生的信（《人民政协报》1986年11月18日）

李怀亮：攫取与推拒之间——论骆宾基对外国文学的借鉴和批判（《青海师范大学学报》哲学社会科学版1986年4月）

李怀亮：骆宾基解放前的小说（《文学评论》1987年1月）

翟耀：骆宾基的艺术世界（《山东师范大学学报》人文社会科学版1987年6月）

李怀亮：骆宾基小说的艺术风格（《山东师范大学学报》人文社会科学版1987年6月）

韩文敏：骆宾基晚年的回忆散文（《北京社会科学》1988年1月）

常勤毅：试论骆宾基四十年代小说创作中的悲喜剧形象（《绥化师院学报》1986年3月）

常勤毅：试论骆宾基四十年代小说中的三重审美意识（《中国现代文学研究丛刊》1988年3月）

常勤毅：骆宾基论（《绥化师院学报》1989年1月）

常勤毅："眼睛流着泪滴儿，嘴却在笑着"（《东北文学研究丛刊》哈尔滨文学院编）

张世英：熔金铸史辨误求真（《人民日报》海外版1990年9月4日）

翟德耀：《姜步畏家史》（第一部）简论（《中国现代文学研究丛刊》1990年1月）

鲁人：生命意识的萌动与张扬——论骆宾基《姜步畏家史》的人物主体性（《辽宁教育行政学院学报》1990年1月）

马伟业：温婉的诗意消溶于苦涩的生活河流中——论骆宾基的《少年》兼及《幼年》（《绥化学院学报》1990年3月）

尹鸿禄：采取他山之石谱写时代报告——评骆宾基抗战时期的报告文学（《西华师范大学学报》哲学社会科学版1991年4月）

文学武：焦灼·痛苦·孤独——论骆宾基小说创作的审美心理特

征（《社会科学辑刊》1993年1月）

吴峤：沉痛悼念骆宾基先生——记骆宾基五十年来指导我习作的往事（《新文学史料》1994年4月）

李怀亮：论骆宾基"歌颂光明"的小说创作（《河北学刊》1994年5月）

刘静，阎继承：试谈骆宾基的小说创作道路（《北方论丛》1994年5月）

宋汎：丰硕的成果，闪光的品格——献给著名老作家骆宾基同志（《北京观察》1994年7月）

陈增甫：寓言中的"硬汉"与传奇中的"乡亲"——《老人与海》与《乡亲——康天刚》比较（《通化师范学院学报》1995年1月）

赖丹：香港北京两地逢——忆念骆宾基同志（《龙岩师专学报》1995年1月）

闻敏：骆宾基的初次被捕（《百年潮》2000年2月）

闻敏：骆宾基的第二次被捕（《百年潮》2000年7月）

谢淑玲：巴人与骆宾基（《丹东师专学报》2001年3月）

谢淑玲：骆宾基与抗战文学（《丹东师专学报》2003年4月）

易惠霞：骆宾基："冰山"下的诗意（《求索》2004年9月）

叶继群：论骆宾基小说的家园与寻根意识（《韶关学院学报》社会科学版2004年11月）

涂光群：赤子作家骆宾基（选自辽宁教育出版社《五十年文坛亲历记》2005）

邹志远，张楠：论骆宾基小说《乡亲——康天刚》的悲剧精神（《东疆学刊》2005年2月）

常勤毅：战乱中奴、主的悲喜剧（《宁波大学学报》人文科学版2005年5月）

于立影：论《幼年》与《呼兰河传》中的故乡与主题策略（《东北师大学报》哲学社会科学版2006年2月）

张景忠，褚大庆：矢志求索：康天刚与唐三藏民族文化精神之比较（《东疆学刊》2006年4月）

谢淑玲：骆宾基的小说世界（之一）——与鲁迅擦肩而过的《边陲线上》（《辽东学院学报》社会科学版2006年2月）

张圣节：硬汉子骆宾基敢讲真话（《新文学史料》2007年3月）

李长虹："东北作家群"笔下的"小镇生活"——论《北望园的春天》与《江南风景》（《文艺争鸣》2007年11月）

王晓习：论骆宾基小说的地域文化特色（延边大学硕士学位论文，2007）

徐晓杰，李宝华：东北作家群中的别样景观——萧红、骆宾基创作论（《佳木斯大学社会科学学报》2008年4月）

杨永泉：骆宾基拿笔的战士（《东北之窗》2009年7月）

谢淑玲：骆宾基的小说世界（二）——"混沌初开"之《幼年》（《辽东学院学报》社会科学版2009年2月）

谢淑玲：从骆宾基的《混沌初开》看满汉民族心理的常与变（《满族研究》2009年1月）

杨守森：骆宾基小说中的人情世故（《沈阳工程学院学报》社会科学版2009年3月）

潘文祥：骆宾基文学风格对契诃夫的借鉴与接受（《吉林省教育学院学报》2010年1月）

刘凤侠：骆宾基与哈代异曲同工（《吉林日报》2010年5月20日）

邵丽坤：骆宾基《幼年》：个人记忆的别样书写（《社会科学战线》2011年2月）

常勤毅：论抗日烽火下的骆宾基及其东北作家群的美学品格（《名作欣赏》2011年6月）

李淑成：生命意义的探求与重建——骆宾基40年代创作与思想研究（湖南师范大学硕士学位论文，2011）

邵丽坤，肖莉杰：从骆宾基的《幼年》看其对抗战题材的超越

（《西安欧亚学院学报》2011年4月）

范庆超：骆宾基小说四论（《长春师范学院学报》2011年7月）

耿颖：传记文学中的萧红形象研究（延边大学硕士学位论文，2012）

卢晓霞：抗战时期骆宾基在桂林的小说创作（《桂林师范高等专科学校学报》2012年1月）

李婷婷：试论骆宾基长篇小说的创作思想（《湖北广播电视大学学报》2013年1月）

彦火：萧红生命中最后的男人骆宾基书信曝光（《羊城晚报》2013年5月16日）

彦火：骆宾基（下）：出入文学与文史之间（《羊城晚报》2013年5月23日）

谢淑玲：骆宾基建国后小说创作的心路历程（《辽东学院学报》社会科学版2013年6月）

常勤毅：新中国建立后骆宾基创作的"横跨"特征（《社会科学战线》2013年12月）

常勤毅：论抗日东北作家群及其作品的人格倾向和美学品格（《中国人民大学复印报刊资料·中国现当代文学研究》2013年5月）

孙宾：漂泊·寻找·归来——骆宾基小说创作论（四川师范大学硕士学位论文，2014）

廖家嘉：试论康天刚的悲剧精神（《兰州教育学院学报》2015年4月）

马媛：萧红传记中的萧红形象塑造论（山东师范大学硕士学位论文，2016）

李梦洁：骆宾基小说研究（中南民族大学硕士学位论文，2016）

王小燕：骆宾基在"桂林文化城"时期小说创作的特色分析（《牡丹江师范学院学报》哲学社会科学版2016年2月）

黄平："自我"的诞生——再论新时期文学的起源（《当代作家评

论》2016年6月）

何爽：抗战烽火中的文学斗争——东北沦陷时期骆宾基的小说创作（《北方文学》2016年9月）

王晓习，李忻殊：骆宾基《幼年》中的风俗民情（《新西部》理论版2017年3月）

文洁若："姜步畏，又是你！"（《中国艺术报》2017年6月26日）

常勤毅：论著名作家骆宾基的研究现状与骆宾基心路历程（《宁波城市职业技术学院学报》2017年3月）

李北京：骆宾基桂林文化城时期小说创作研究（广西师范大学硕士学位论文，2017）

士方：我与骆宾基的交往（《海内与海外》2017年7月）

吴晓东：战时文化语境与20世纪40年代小说的反讽模式——以骆宾基的《北望园的春天》为中心（《文艺研究》2017年7月）

毕玮琳，王法权，田婕：书写时代风云的文学大家（《吉林日报》2017年12月9日）

石健：众声喧哗觅"春踪"——重读骆宾基《北望园的春天》（《内江师范学院学报》2019年1月）

肖然方：骆宾基现代小说叙事研究（延边大学硕士学位论文，2019）

李辉：骆宾基：与黑土地的不解情缘（《贵阳日报》2019年7月14日）

国外部分

[日本]饭冢朗：骆宾基及其作品（《中国公论》1—4，1948年第931—933页）

[日本]冈崎俊夫：骆宾基的小说（《中国文学》1952年4月）

[日本]小野忍：《北望园的春天》的解说（见《北望园四春》

1955年日本岩波书店版）

〔日本〕小野忍：东北作家骆宾基（《路标——我与中国文学》，1979年日本小泽书店版）

小野忍：最后一次演讲——关于骆宾基（讲话录音）（载日本《人文学部纪要》1981年第16号）

〔日本〕西野广祥：抗战后期骆宾基的小说（日本庆应义塾大学经济学部《日吉论文集》第24期）

〔日本〕深尾正美：《北望园的春天》的写作过程（日本《新星》1979年版）

〔日本〕深尾正美：《混沌》序一、序二（日本《新星》1980、1981年版）

〔日本〕冈本不二明：骆宾基年谱（东京大学中国新文学社《译林》创刊号）

〔日本〕冈本不二明：从句子结构看骆宾基《一九四四年的事件》的结构（《译林》1981年4月第2期）

〔日本〕宫尾正树：宫尾正树致骆宾基先生的信（中国《江城》1981年6月）

〔日本〕宫尾正树：论骆宾基——以其想象力的源泉珲春的形象为中心（《东北现代文学史料》第9期）

〔日本〕中岛贞子：从骆宾基的短篇集谈起（日本《中国民话会会报》第3期第10号）

〔瑞士〕赵淑侠：浅谈骆宾基（美国《华侨日报》1985年4月23日）